KB262168

무적문주

눈매 新무협 판타지 소설

FANTASTIC ORIENTAL HEROES

무적문주 1

눈매 新무협 판타지 소설

초판 1쇄 찍은 날 § 2011년 1월 13일
초판 1쇄 펴낸 날 § 2011년 1월 20일

지은이 § 눈매
펴낸이 § 서경석

편집팀장 § 서지현
편집책임 § 주소영
편집 § 박우진 · 어정원

펴낸곳 § 도서출판 청어람
등록번호 § 제1081-1-89호
등록일자 § 1999. 5. 31
어람번호 § 제2-2032호

주소 § 경기도 부천시 원미구 심곡2동 163-2 서경B/D 3F (우) 420-822
전화 § 032-656-4452 팩스 § 032-656-4453
http://www.chungeoram.com
E-mail § chungeoram@chungeoram.com

ⓒ 눈매, 2011

ISBN 978-89-251-2407-0 04810
ISBN 978-89-251-2406-3 (세트)

無籍刀主

무적문주

눈매 新무협 판타지 소설

FANTASTIC ORIENTAL HEROES

①

도서출판 청어람

目次

구름이 달을 가렸다.

창가에 서서 하늘을 올려다보던 노인의 눈동자에 어둠이 깊어졌다.

선풍도골(仙風道骨)의 풍채인 노인 뒤로 흑의중년인이 내려섰다.

"다녀왔는가?"

"예, 태상 문주님."

흑의중년인이 한쪽 무릎을 꿇으며 깍듯이 대답했다.

"어찌 됐는가?"

"스무 명 모두… 죽었습니다."

노인이 지그시 눈을 감았다.

어느 정도 예상을 하고 있었다는 반응이다.

"송구합니다."

"자네가 송구할 일이 아니잖나."

노인이 몸을 돌렸다.

담담한 듯 행동하고 있었지만 실망과 근심이 뒤섞인 낯빛은 쉽게 감출 수 없었다.

그가 태사의로 걸어와 앉았다.

"적룡문(赤龍門)의 뇌검(雷劍)도 죽었단 말인가?"

그래도 혹시나 하는 마음에 던진 질문이다.

하지만 흑의중년인의 낯빛만 보고도 대답은 들은 것이나 다름없었다.

전멸인 것이다.

"적룡문의 반응은 어떠한가?"

"더 이상 개입하지 않겠다고 합니다."

노인은 아무 말도 하지 않았다.

적룡문이 그렇게 나오는 것도 무리가 아니다. 아니, 오히려 개입하지 않겠다는 선에서 그친 것만도 다행스러운 일이다. 뇌검은 적룡문에서 다섯 손가락 안에 드는 고수다. 만약 그들이 뇌검의 죽음에 대한 책임을 이쪽에 물으려 한다면 그야말로 난감한 일이었을 것이다.

"대책이 시급합니다. 이곳도 곧 그들에게 발각될 것입니다."

"하나 설화(雪花)를 보호할 자가 없잖은가. 그 아이로 위장한 스무 명이 모두 죽고 호위무사들도 전멸했으니……."

적룡문의 뇌검이 죽었다.

누가 이 위험한 일을 맡으려고 하겠나?

흑의중년인이 착잡한 심정으로 노인을 바라보다가 조심스럽게 입을 열었다.

"속하가 생각해 본 사람이 한 명 있습니다만."

"강무(强武), 자네가?"

노인의 눈빛에 이채가 서렸다.

강무는 좀처럼 의사 표현을 잘 하지 않는 사람이다.

그만큼 신중하다는 뜻이기도 했다.

하지만 이번만큼은 그도 확신이 들지 않는 표정이었다.

"표운성(豹雲晟)이라는 자입니다만……."

"표운성이라……. 처음 듣는 이름이로군. 사문이 어딘가?"

"그것이… 정공(正功)을 익힌 자가 아닙니다."

"하면, 사파(邪派)란 말인가?"

"예. 사문(師門)을 정확히 알 수는 없으나 현재 강호에서 은밀히 해결사 일을 하며 돈을 벌고 있습니다."

"해결사 일이라 함은?"

"주로 실종자를 찾아주거나 잃은 물건을 되찾아주는 역할을 하는 모양입니다."

노인의 표정에 실망한 기색이 스쳤다.

"족보도 없는 사파에다가 분실물이나 찾아주는 자라니, 지금 설화를 그런 자에게 맡기자는 겐가?"

강무는 잠시 뜸을 들이다가 대답했다.

“고루색마(骷髏色魔)를 죽였습니다.”

“뭣이?”

노인의 눈이 번쩍 뜨였다.

그는 자신의 귀를 의심했다.

고루색마가 누군가? 강호 백대고수 안에 드는 자다. 말이 백대고수지 강호의 무인은 바닷가의 모래알처럼 많다. 그중에서 백 명 안에 든다는 것은 실로 대단한 실력이라고 볼 수 있다.

거기에 고루색마라면 마공(魔功)을 익힌 악질 늙은이.

실전 경험이라면 누구에게도 뒤지지 않을 자다. 백 명의 고수 중에도 능히 중간은 갈 자다.

한데 그런 자를 죽여?

“확실한 정보인가?”

“확실합니다. 고루색마는 한 달여 전에 죽은 것으로 확인됐습니다.”

“어쩌다가 고루색마와?”

“표운성이 고루색마에게 납치된 의뢰자의 딸을 되찾는 과정에서 벌어진 일인 듯합니다.”

“하나 고루색마가 죽었다면 강호에 한바탕 소문이 휩쓸었을 터. 어찌 이리 조용한가?”

“아직 이 사실은 저희를 비롯한 극소수만 알고 있습니다.”

“도대체 어디서 받은 정보인가?”

“그것이 실은…….”

강무가 말끝을 흐렸다.

노인은 다그치지 않고 잠자코 기다렸다.

"의뢰자가 육촌형님이었습니다."

"…그렇군. 자네 친척이었던가."

노인은 더 이상 사정을 묻지 않았다.

친척이 강무에게 그 일을 맡기지 않은 것은 여러 사정을 고려해서였을 것이다. 작금의 강호 사정도 그러하거니와 그들만의 집안 사정도 있었을 테고.

아무튼 거기에 관해선 노인이 관여할 필요가 없었다.

정보가 확실하다는 것만 확인되면 그만이다.

노인이 일어나 창가로 걸어갔다.

"표운성 그자의 나이는?"

"송구합니다. 거기까지는 정보가 없습니다. 다만, 젊은 이십대일 가능성이 큽니다."

"어리군."

담담히 대꾸했지만 아직 서른도 되지 않은 나이에 고루색마를 죽였다는 것은 놀라운 일이었다.

족보도 알 수 없는 사공을 익힌 데다가 새파랗게 어린 자라……

정파 무인들 사이에 사천지수(邪泉之水)라는 말이 있다. 도천지수(盜泉之水)를 인용한 말로, 아무리 목이 말라도 '사(邪)'자 들어가는 물은 마시지 않는단 말이다. 비록 정도가 흔들리고 쓰러지고 있지만 사파의 무리에게 손을 내밀 수야.

노인의 근심이 깊어졌다.

"자네 생각은 어떤가?"

"정도문파들이 등을 돌렸습니다. 그들에게 호위무사를 기대할 수는 없습니다."

"표운성을 믿어보자는 말인가?"

"비록 맡은 일이 대수롭지 않다지만, 그가 맡은 의뢰 건은 전부 해결됐습니다."

"거기에 고루색마를 죽일 수 있을 정도의 실력. 하나 그것이 운일지도 모르지."

"태상 문주님, 지금으로서는 시간을 끌 수가 없습니다."

노인이 지그시 눈을 감았다.

창밖에서 밤바람이 소슬하니 불어왔다.

"강무."

"예, 태상 문주님."

"표운성, 그자를 찾게."

"복명."

잠시 후, 노인의 등 뒤에서 강무의 기척이 거짓말처럼 사라졌다.

답답한 한숨이 노인의 마른 입술 사이로 흘러나왔다.

어쩔 수 없는 선택이었다고 스스로를 달래본다.

이미 정도문파들은 패기를 잃었다고, 도와 달라 손을 뻗어도 잡아줄 자가 없다고, 이 암흑의 시기를 타파할 배짱이 그들에겐 없다고.

　그럼에도 이 지경을 헤쳐 나갈 수 있는 사람은 자신의 손녀 뿐이라고 생각했다.

　‘표운성이라…….’

　검은 구름이 완전히 달을 덮었다.

　때는 바야흐로 마도천하(魔道天下)의 시대였다.

第一章
의뢰수락(依賴受諾)

다부진 근육질의 사내가 눈썹을 성큼 추켜올리며 고함을 내
질렀다.

"뭐라고, 이 자식아?"

"은자 한 냥입니다요."

"왜 은자 한 냥이야, 이 자식아!"

"저기."

투실투실하게 살이 찐 점소이가 심드렁한 표정으로 벽보를
가리켰다.

벽보에는 이렇게 적혀 있었다.

매운 불닭발! 모래시계가 다 떨어지기 전까지[一刻] 그릇을 깨끗이

비우시는 분께는 공짜! 단, 실패할 시에는 벌금 은자 한 냥! 도전하시
겠습니까?

벽보를 확인한 근육질사내가 다시 점소이를 보았다.
"그래서?"
"그래서 은자 한 냥입니다요."
"뭐야?"
근육질사내는 기가 찼다.
아무래도 이 점소이가 오늘 갑자기 삶에 대한 미련이 사라
졌나 보다. 아니면 인생에 대해 지독한 회의감이 밀려들었거
나. 그러지 않고서야 어찌 이리도 뻔뻔스러울 수가 있나?
"이 자식아! 난 분명히 일각 안에 다 먹었어!"
"물론 그렇습니다만, 그릇에 양념이 남았습니다요. 그릇을
'깨끗이' 비우셔야 성공이거든요."
"하! 이 미친놈 좀 보게."
"어쨌든 한 냥 줍쇼."
결국 근육질사내의 인내심이 한계에 다다랐다. 그가 욕지기
를 뱉어내면서 점소이에게 주먹을 휘둘렀다.
퍽! 우당탕탕!
점소이가 탁자와 의자를 부수며 날아갔다.
그제야 사내도 기분이 좀 풀리는지 입꼬리를 추켜올렸다.
"가서 주인장 나오라 그래!"
점소이가 엉거주춤 몸을 일으켰다.

“주인장님은 지금 바쁘십니다요.”

“손님 하나 없는 객잔에 바쁠 일이 뭐 있어?”

점소이는 대답하는 대신 비틀거리며 근육질사내에게 다가왔다. 그리곤 그를 올려다보며 씨익 웃었다.

“치료비랑 기물 파손으로 은자 한 냥 더 내셔야겠습니다.”

“뭐? 이 미친놈이 오늘 죽으려고 환장했구나!”

근육질사내가 작정을 하고 소매를 걷어붙였다.

이때였다.

객잔 입구에서 주렴(珠簾)을 젖히며 한 사내가 들어섰다. 흑의를 입고 죽립을 깊이 눌러썼는데, 척 보아도 기도가 남달랐다. 자연 점소이와 사내의 시선이 그쪽으로 향했다.

죽립사내는 천천히 걸어와 창가에 자리를 잡았다.

그가 점소이를 불렀다.

“여기 손님 받지 않는가?”

“아, 예. 이 손님 계산만 해드리고 곧장 가겠습니다요!”

점소이가 호쾌하게 대답했다.

상황이 이렇게 되자 근육질사내로서도 난감했다. 죽립인은 척 보기에도 무림인이었다. 자신이 힘깨나 쓴다지만 무인을 상대로 호기를 부릴 정도로 무모하진 않았다.

게다가 요즘 시기가 어느 때인가.

마도천하의 시대가 아닌가.

자칫 마인에게 걸려들었다간 뼈도 못 추릴 터였다. 무공을 익히지 않은 그로서는 겉모습만 보아서는 죽립인이 정공을 익했는지 마공을 익혔는지도 구분하기가 어려웠다.

'혹시 마인인가?'

때마침 죽립인이 근육질사내를 힐끗 보았다. 마치 빨리 계산하고 꺼지라는 듯.

꿀꺽.

근육질사내가 마른침을 삼키는데 점소이가 히죽 웃었다.

"자, 손님, 은자 두 냥입니다요."

"너… 이 새끼……."

"어서요."

"끙, 두고 보자!"

근육질사내가 은자 두 냥을 던지다시피 주고는 몸을 돌렸다. 그는 입구를 나가면서도 점소이를 뚫어지게 노려보았다.

악착같이 은자 두 냥을 받아낸 점소이가 이번에는 새로운 먹잇감(?)을 향해 달려갔다.

"어서 옵쇼! 뭘 드릴깝쇼?"

"이 가게에서 제일 비싼 것으로 내오게."

제. 일. 비. 싼. 것!

점소이의 눈이 반짝 빛났다.

간만에 대박 손님이 아닌가!

"곧 대령하겠습니다요!"

신나게 소리친 점소이가 얼른 주방으로 달려갔다. 잠시 후 점소이가 싱글벙글한 표정으로 물을 들고 나왔다.

"자네."

"예, 나리!"

"이름이 뭔가?"

"군보(君寶)라고 합니다."

"군보, 혹시 내강(內江)의 해결사라고 들어보았나?"

순간, 점소이의 눈빛이 날카롭게 변했다.

하지만 그것은 죽립인도 알아채지 못할 정도로 짧은 순간의 변화였다.

곧 점소이가 뒤통수를 벅벅 긁으며 대답했다.

"글쎄요. 그런 말은 처음 듣는뎁쇼?"

죽립인이 나직하면서도 강압적인 어투로 말을 이었다.

"자네에게 오면 그자를 연결시켜 준다고 해서 왔네만."

"저… 아무래도 사람을 잘못 찾아오신 것 같습니다요. 헤헤."

"그자에게 대가는 넉넉히 주겠다고 전해주게."

그러자 주방으로 향하던 점소이가 배시시 웃으며 돌아섰다.

"전 그런 사람이 아닌데… 이건 그냥 궁금하니까 물어나 봅시다. 요즘 해결사들한테 그런 부탁하려면 얼마나 준답디까?"

죽립 아래로 사내의 입꼬리가 슬며시 올라갔다.

그가 품에서 비단에 싸인 무언가를 꺼냈다.

"이게 그 대가네. 물론 착수금일세."

점소이가 눈살을 찌푸렸다.

요즘 같은 어려운 시기에 현금박치기도 아니고.

보자기 안에 든 물건이 무엇이든 점소이로서는 별 관심이 없었다.

점소이가 다시 휙 돌아섰다.

"에이, 저 같으면 그런 것 받고는 일 안 하겠습니다요."

사내가 희미하게 웃으며 천천히 비단을 풀었다.

점소이가 힐끗 쳐다보았다. 그리고 비단에 싸여 있던 물건이 완전히 모습을 드러냈을 때,

"허억!"

점소이가 화들짝 놀라며 물러났다.

탁자 위에 놓인 그것은 오색찬란하게 빛나는 한 마리의 말이었다. 마치 탁자 주위로 바람이 분다는 착각마저 불러일으키는 조각상.

"오색풍마상(五色風馬像)일세."

"오오……!"

"시가로 천 냥은 족히 나갈 걸세."

"……!"

천 냥!

점소이가 침을 꿀꺽 삼키고 진지한 표정으로 자리에 앉았다.

"도대체 무슨 일이랍니까?"

"한 사람을 보호하는 일이네. 어떤가?"

점소이가 이맛살을 살짝 구겼다.

사람을 보호하는 일.

그것은 분명 죽이는 일보다 어려운 쪽이다.

"그럼 잔금은 얼마나 된답니까?"

"이천 냥을 드리지."

"이, 이천 냥!"

"할 수 있겠는가?"

"물론입지요! 하고말고요! 아, 아니, 그러니까 제 말은 그분이 분명히 하려고 하실 겁니다!"

"그럼 자네가 좀 전해주게. 참, 내 이름은 강무라고 하네."

"알겠습니다요! 제가 분명히 전해 드리겠습니다요!"

"그리고 그자에게 이곳으로 오라고 전해주게나."

강무가 작게 접힌 서신을 내밀었다.

점소이가 넙죽 받았다.

"예, 나리!"

강무가 자리에서 일어났다.

그가 입구로 나가면서 은자 한 냥을 던져 주었다.

"음식 값이네. 잔돈은 필요없네."

"헤헤, 감사합니다요. 그런데 저……."

"뭔가?"

"저희가 좀 비싼 편이라… 제일 비싼 요리는 은자 두 냥은 주셔야……."

터무니없이 높은 가격이었다.

물론 마도가 천하를 재패하면서 물가가 급상승했다곤 하지만, 그런 걸 감안하더라도 말도 안 되는 바가지였다.

하지만 강무는 말없이 은자 한 냥을 더 던져 주었다.

은자를 낚아채듯 받아낸 점소이가 꾸벅 고개를 숙였다.

"복 많이 받으십쇼, 무사님!"

강무가 사라지자 점소이는 오색풍마상을 다시 비단에 고이 싼 다음 주방으로 향했다.

후끈한 열기가 가득한 주방으로 들어서면서 점소이가 목 언저리를 긁었다. 그리고 태연히 살 껍데기를 벗겨내기 시작했다. 인피면구(人皮面具)를 벗자 놀랍게도 좀 전과는 완전히 다른 미청년의 얼굴이 드러났다. 게다가 어느새 체형까지 늘씬하게 변해 있었다.

만약 다른 이가 보았다면 그야말로 혀를 내두를 역용술(易容術)이었다.

미청년이 주방장을 향해 오색풍마상을 던졌다.

"극신(極迅), 일거리가 생겼어."

*   *   *

사천(四川)과 귀주(貴州)의 경계쯤에 위치한 홍문(興文)의 어느 숲 속.

"하앗!"

여인의 날카로운 기합성이 정원을 가로질렀다.

칼끝에 꽃이 피었다.

곧게 내뻗어진 칼은 하늘을 그어 내리는 유성처럼 대각선으로 흘렀다. 칼끝에 핀 꽃잎이 우수수 흩어지며 비산하는 듯하다. 이에 화향(花香)도 사방으로 퍼져 나간다.

만약 검이 머문 자리에 누군가 서 있었다면 어김없이 혈화(血花)가 피었으리라. 또한 사방으로 퍼져 나간 것은 혈향(血香)이 되었으리라.

하나 비록 피를 부른다고 할지라도 그녀의 검술은 아름답다. 일로(一路)에 꽃이 피고, 다시 일로에 꽃잎이 비산한다.

마치 선녀가 우아한 자태를 뽐내며 허공에서 검무(劍舞)를 추는 듯했다. 무술도 예술이 될 수 있다면 바로 이러한 모습을 두고 이르는 말이리라.

그 화려한 검술 실력만큼이나 여인의 용모는 아름다웠다.

맑고 영롱한 눈동자와 긴 속눈썹, 오똑한 콧날과 홍초처럼 붉은 입술. 백옥 같은 피부는 비단결처럼 고왔다.

"후우."

초식을 끝낸 여인이 자세를 바로 하며 심호흡을 했다.

비검문(飛劍門)의 독문 무공인 천비검법(天飛劍法) 중 비화검(飛花劍)이라는 초식이었다.

짝! 짝! 짝!

어디선가 박수 소리가 이어졌다.

"과연 설화 아가씨의 비화검을 보자면 눈이 황홀할 지경입니다."

설화라 불린 여인이 희미한 미소를 지으며 고개를 돌렸다.

"언제부터 지켜보셨나요?"

"조금 전 근처를 지나다가 아가씨의 검술에 저도 모르게 이끌려 왔습니다.”

“엽 총관님도 참.”

설화가 부끄러운 듯 양 볼에 홍조를 띠었다.

엽 총관이라 불린 남자가 칭찬을 이어갔다.

“아가씨의 검술을 보자면 정말이지 지금이 마도의 시대인 지조차도 잊게 되는군요.”

“절 너무 부끄럽게 만들지 마세요. 아직은 한참 부족한 걸요.”

이때,

“알긴 잘 아네?”

어디선가 불쑥 들려온 낯선 목소리.

엽 총관과 설화가 화들짝 놀라서 몸을 돌렸다.

“누구냐!”

인자해 보이기만 하던 엽 총관이 날카롭게 소리치며 검을 뽑아 들었다.

설화 역시 긴장한 표정으로 주위를 살폈다.

목소리의 주인을 확인한 두 사람은 더욱 경악할 수밖에 없었다.

정원을 둘러싼 돌담 위에 한 미청년이 버드나무 줄기를 입에 물고 앉아 있었다. 바람결에 흔들리는 버드나무 줄기만큼이나 여유로운 표정이었다.

“도, 도대체 어떻게?”

엽 총관이 눈썹을 파르르 떨었다.

이곳은 숲 속 깊은 곳에 위치한 비검문의 비밀 별장이었다.
만약을 대비해서 인근에 기관장치를 설치했음은 물론이고, 혹
여 무사히 들어온다고 해도 일급무사들이 곳곳에 은신한 채
침입을 대비하고 있었다.

한데 새파랗게 어린 청년이 사지육신 멀쩡하게 들어와서 정
원의 돌담에 앉아 있다니!

청년이 정원으로 폴짝 뛰어내렸다.

그 순간, 정원 곳곳에서 열두 명의 무인이 쏜 화살처럼 설화
의 주위로 내려섰다. 바로 설화를 보호하는 호신위 십이귀(十
二鬼)였다.

"우와! 멋있다!"

청년이 홍의(紅衣)를 착용한 호신위들을 보며 박수를 짝짝
쳤다. 긴장감이라고는 찾아보기 힘든 행동이었다.

찰나, 호신위들이 일제히 청년을 향해 쇄도해 들어갔다. 그
야말로 전광석화(電光石火)라는 말이 어울릴 정도로 빠른 움직
임이었다.

쉬쉬쉭!

"헉!"

당황한 청년이 엉거주춤 뒤로 물러났다.

하나 이미 검을 뽑아 든 십이귀는 망설임이 없었다. 가장 앞
서 움직였던 일귀(一鬼)가 검을 내찌른 순간,

쒜액!

검이 허공을 갈랐다.

피했다?

동시에 청년이 바닥을 구르며 앓는 소리를 냈다.

"아야야!"

청년이 엉덩이를 만지며 인상을 찌푸렸다. 그제야 일귀도 상황을 파악했다.

'피한 게 아니다.'

청년은 뒤로 물러서다가 돌부리에 걸려 넘어지고 만 것이다. 그 결과 우연히 자신의 검을 피한 것이리라. 우연이라지만 일귀로서는 기분이 좋을 리 없었다.

십이귀가 순식간에 청년을 에워쌌다.

이윽고 그들의 검이 피를 보려는 순간,

"물러나세요."

맑은 음색이 그들의 행동을 잡아끌었다.

십이귀가 일제히 적당한 거리를 두고 물러났다.

설화와 엽 총관이 그들을 지나쳐 청년에게 다가갔다. 청년은 여전히 엉덩이를 쓰다듬으며 눈살을 구기고 있었다. 불과 조금 전 황천길을 건너갈 뻔했다는 사실도 모르는 듯.

"누구냐?"

엽 총관이 나서서 물었다.

그제야 청년이 몸을 일으키며 투덜거렸다.

"사람 대접이 이게 뭐랍니까?"

"대접? 누가 보내서 왔느냐?"

"제 발로 왔습니다만……."

“어떻게 여기까지 온 것이지?”

“그냥 걸어서 왔습니다.”

엽 총관이 어금니를 꾹 깨물었다.

어쩐지 이 청년은 사람의 속을 긁어놓는 재주가 있나 보다.

결국 그가 버럭 소리쳤다.

“그럼 왜 여기까지 들어온 것이냐!”

“저 귀 안 먹었거든요? 조용히 얘기해도 알아듣습니다. 이런 걸 받고 왔수다.”

청년이 서신을 불쑥 내밀었다.

엽 총관이 다소 긴장한 표정으로 서신을 받았다. 서신을 읽은 그가 놀라운 표정으로 청년을 다시 보았다.

“표운성?”

“그렇소만.”

엽 총관은 이해할 수가 없었다.

서신의 내용에 의하면 분명 태상 문주의 초대로 온 사내였다.

‘태상 문주님이 고작 이런 애송이에게?’

태상 문주가 불렀다면 이유는 하나밖에 없다.

설화 아가씨를 보호하는 것.

도무지 이해가 되지 않았지만 서신은 분명 가짜가 아니었다. 그렇다면 이자가 여기까지 걸어서 들어왔다는 말도 납득이 된다. 서신만 보인다면 길은 자연히 열릴 테니까.

그가 생각에 잠겨 있는 동안 운성이 설화에게 말했다.

"아까 그 춤, 또 춰봐. 보기 나쁘진 않던데."

설화가 미간을 좁혔다.

초면부터 격식없는 반말이다. 이런 안하무인(眼下無人)으로 행동하는 남자는 딱 질색이다. 게다가 춤이라니. 도대체 무슨 소린가?

'혹시 비화검을 말하는 건가?'

거기에 생각이 미치자 설화는 수치심에 얼굴이 붉게 달아올랐다. 그러고 보니 처음부터 이 남자는 자신의 검술을 깔보지 않았던가.

설화가 한마디 하려는데 마침 엽 총관이 먼저 입을 열었다.

"크흠, 실례가 있었소. 진작 말씀을 해주셨더라면."

"말할 기회를 줘야 말이죠."

"커험!"

엽 총관이 불편한 기색으로 헛기침을 내뱉고는 말을 이었다.

"하나 정문으로 들어오지 않고 이렇게 담장을 넘어 들어온다면 누구라도 이럴 것이오. 난 총관 직을 맡고 있는 엽상섭(葉上涉)이라고 하오. 우선 태상 문주님께 안내해 드리겠소이다."

"잠깐."

"뭡니까?"

"아까 그자들이 갑자기 날 공격하는 바람에 이게 이렇게……."

운성이 소맷자락을 들어 보였다. 과연 소매 부분이 날카롭게 찢어져 있었다.

"이게 이래 봬도 꽤 비싼 거라서… 어떻게 보상을 좀 해주셔야겠는데……."

엽 총관이 어이없는 표정으로 물었다.

"얼마요?"

"은자 한 냥은 족히 나가는지라……."

'이게?'

아무리 봐도 싸구려 옷에 불과해 보였지만 본인이 그렇다니 어쩌겠나?

"있다가 보상하도록 하겠소이다."

"헤헤, 그럼 감사하지요. 그리고 또……."

"또 뭡니까?"

아무리 태상 문주의 손님이라지만, 엽상섭은 도무지 이 남자가 마음에 들지 않았다.

"방금 공격으로 제가 정신적으로 충격을 심하게 받아서 그에 대한 피해 보상도……."

기가 찬 요구다.

그렇게 따지면 갑자기 나타나서 놀란 이쪽은 어쩌란 말인가.

하지만 엽 총관은 꾹 눌러 참고 물었다.

"얼마면 되겠소?"

"제가 좀 예민한 체질이라… 역시 은자 한 냥은 되어야……."

“끄음…….”

“이게… 한 번 놀라면 막 두통도 오래가고, 괜히 밥 먹고 소화도 안 되고 그렇거든요.”

“…알겠소. 나중에 드리도록 하겠소.”

“헤헤, 고맙습니다.”

“그럼 날 따라오시오.”

엽 총관이 앞장을 섰다.

운성이 그 뒤를 따르며 설화를 보고 싱긋 웃었다.

“다음에 봐.”

설화는 너무 어이가 없어서 처음부터 지금까지 한마디도 꺼낼 수가 없었다.

'다음에 보자고? 절대 그럴 일 없을 거야!'

하지만 운명은 그녀의 생각과는 다르게 흐르고 있었다.

양광(陽光)이 비스듬히 스며드는 누각에서 한 노인이 홀로 장기를 두고 있었다.

바로 비검문의 태상 문주인 비뢰검인(飛雷劍人) 차진양(車眞量)이었다.

한 수 한 수 말을 옮기는 그의 손길에서 장고(長考)의 신중함이 묻어났다.

만약 누군가 보았다면 손가락질을 했을지도 모른다.

세상이 어지럽고 가문마저 기울어 버린 현 시점에서 한가로이 장기라니!

하지만 누각 한쪽에 장승처럼 우뚝 서 있는 강무는 그런 차진양을 이해할 수 있었다.

주위가 혼란스럽다고 거기에 휩쓸리게 되면 될 일도 안 되는 법이다. 태상 문주는 지금 장기를 두면서 현실을 도피하는 것이 아니라 격정으로 흔들릴 수 있는 마음을 무겁게 가라앉히고 있는 것이리라.

탁.

장기 말을 힘있게 옮긴 차진양이 입을 열었다.

"생각보다 접근이 빠르군."

"그렇습니다. 놈들이 의빈(宜賓)까지 좁혀왔다는 정보입니다. 곧 이곳까지 올 것입니다."

"설화를 어서 보내야겠어."

"빠를수록 좋습니다."

"자네한테 미안하이."

"당치도 않는 말씀이십니다."

"왜 설화를 자네에게 맡기지 않는지 알고 있는가?"

강무는 대답하지 않았다.

알고 있다. 너무나 잘 알고 있다.

자신이 설화 아가씨를 따라나서게 되면 분명 마교 놈들은 자신을 쫓아올 것이다.

하지만 이곳에서 태상 문주와 함께 남게 되면 설화 아가씨에게 좀 더 시간을 벌어줄 수 있을 것이다. 즉, 자신은 태상 문주와 함께 그들의 미끼인 셈이다.

차진양의 눈가에 주름이 잡혔다.

"자네가 너무 잘 알고 있으니 그래서 더욱 미안하이."

이번에도 강무는 대답하지 않았다.

태상 문주의 나약한 모습에 마음이 아플 뿐이었다. 그리고 거기에 어떤 힘도 더해주지 못해 분할 뿐이었다.

이때, 엽상섭이 한 사내를 데리고 누각으로 올라왔다.

"표운성 대협이 찾아왔습니다."

차진양이 반색하며 자리에서 일어났다.

"오! 어서 오시오. 먼 길 오느라 고생이 많으셨소. 차진양이라고 하오."

"표운성이라고 합니다."

운성이 천진한 표정으로 인사를 받았다.

차진양은 상대가 생각보다 훨씬 어려 보인다는 것이 마음에 걸렸지만 겉으로 내색하진 않았다. 대신 얼른 맞은편 자리를 권했다.

"앉으시지요. 대협의 명성은 익히 들었습니다."

"오, 제가 그렇게 유명한가요?"

"허허허, 대협께서 의로운 일을 많이 하셨다고 들었습니다."

"별말씀을요. 다 은자의 은혜를 받고 한 것이죠."

"예?"

"아무것도 아닙니다."

운성이 씩 웃으며 대꾸했다. 그러다가 문득 장기판을 보고는 말을 이었다.

"홀로 두고 계셨던 모양입니다."

"허허, 늙어서 마땅히 즐길 거리도 없어 재미 삼아 두고 있었습니다."

"형세를 보니 초국(楚國)이 유리하군요."

운성이 무심코 던진 한마디에 가장 놀란 사람은 차진양이었다.

물론 한쪽에서 이를 지켜보던 강무 역시 내심 놀라고 있었다.

'한 번 훑어본 것만으로 형세를 파악하다니.'

지난 오랜 세월 동안 강무는 태상 문주가 두는 장기를 지켜봐 왔다.

하지만 그 결과는 늘 자신의 생각과 다르게 끝나곤 했다. 초국이 유리하다고 생각하면 늘 한국(漢國)이 이겼고, 한국이 유리하다고 생각하면 늘 초국의 승리로 돌아갔다. 결국 나중에는 형세 보기를 포기하고 말았다. 때문에 그로서는 다음과 같은 생각이 자연히 뒤따랐다.

'틀렸겠지?'

하지만 이어진 차진양의 대답은 뜻밖이었다.

"단번에 형세를 정확히 파악하다니, 젊은 대협께서 대단하시군요."

맞혔다!

차진양의 장기를 보고 형세 파악을 해내다니!

하지만 필시 운도 따랐으리라.

주위의 경악과 달리 운성은 마냥 기분 좋은 듯 헤벌쭉 웃었다.

"별것 아닌 걸로 칭찬받으니 쑥스럽네요."

'별것 아니라고?'

강무는 확신했다.

'저리 말하는 걸 보면 필시 운이다. 그게 아니라면 잘난 척을 하는 것이거나.'

그는 당연히 전자일 것이라고 생각했다.

차진양이 부드럽게 물었다.

"그렇잖아도 혼자 두다 보니 재미도 없고 적적하던 참인데, 대협께 이 늙은이가 한 수 배워보고 싶구려. 판을 대협께서 이어가시는 건 어떻겠소?"

"저랑요?"

"그렇소. 혹 부담되는 제안이었다면 미안하구려."

"부담은 아니지만……."

"아니지만?"

"제가 대전료가 좀 비싼 편이라서요."

"대전… 료?"

"헤헤, 삼백 닢은 주셔야… 맞수를 해드릴 수 있는데."

긴장하고 지켜보던 엽상섭과 강무는 뒤로 넘어질 뻔했다. 너무 어이가 없어서 다리에 힘이 풀렸다.

차진양이 대소를 터뜨렸다.

"하하하하! 대전료라……. 그럼 이건 어떻소?"

"뭔가요?"

"대협께서 이긴다면 대전료를 드리겠소. 물론, 지금의 형세
가 초국에 유리하니 대협께서 초국을 잡으시오. 대전료는 은
자 열 냥이오."

"은자 열 냥!"

운성이 벌떡 일어났다.

그의 입꼬리가 귀까지 벌어졌다.

은자 열 냥이라니? 대전 한 번 하고 은자 열 냥을 받을 수 있
단 말인가! 이 무슨 횡재란 말인가. 요즘 시대에 은자 열 냥이
면 사 인 가족의 두 달여 생활비였다.

운성이 다시 자리에 앉아 물었다.

"만약 한을 잡으면 대전료가 더 올라가나요?"

"한으로 하시겠단 말이오?"

차진양이 동그랗게 뜬 눈으로 물었다.

"예. 제가 한으로 하지요. 대신 은자 스무 냥 어떻습니까?"

차진양이 슬쩍 눈살을 찌푸렸다.

터무니없는 판돈 때문이 아니다. 상대의 오만한 태도 때문
이다.

이 정도면 객기를 넘어 무모한 수준이 아닌가.

손녀를 수행할 사람이 무모한 자라면 결코 사양이었다. 사
람을 보호하는 일이란 어떠한 상황에서도 가장 안전한 길을
택할 용기가 있는 자라야 한다.

‘과연 그것이 패기인지 객기인지 두고 보지.’

차진양이 고개를 끄덕였다.

“좋소. 단, 대협께서 진다면 이번 의뢰는 없던 것으로 하고 일전에 받은 오색풍마상도 반납하시오. 그리고 오늘 바로 돌아가도록 하시오. 그래도 받아들이겠소?”

“물론입지요.”

운성이 활짝 웃었다.

“그럼 시작합시다.”

장기가 시작됐다.

한의 차례였으므로 운성이 먼저 말을 옮겼다.

두 사람은 천천히 번갈아가며 말을 옮겼다. 그러는 동안 차진양은 운성에게 이것저것 물었다.

“대협께서는 사문이 어디오?”

“글쎄요. 워낙 이것저것 어깨너머로 익혀 딱히 사문이 어디라고 하기가 힘들군요.”

좋지 않은 대답이다.

물론 차진양은 운성의 말을 곧이곧대로 믿지 않았다. 사문을 밝힐 수 없는 피치 못할 사정이 있거나 떳떳하지 못한 사문이거나 어떤 이유가 있으리라.

강호에서 사문을 밝히지 않는 무인은 많다.

하지만 의뢰를 하는 입장에서는 적어도 상대의 정보를 어느 정도 알고 있는 게 좋다.

‘급박한 상황만 아니라면 이런 자에게 절대 일을 맡기지 않

겠건만.'

상황이 어쩔 수 없었다.

만약 조금만 더 시간적 여유가 있었더라도 가차 없이 내쫓았을 것이다.

차진양은 별수 없이 말을 이었다.

"설화는 내 손녀라오. 아직 많이 부족한 아이지요. 그 아이를 잘 보호해서 호남(湖南)의 장사(長沙)로 데려가 주는 일이 이번에 대협께 부탁드릴 일이라오."

"장사까지요? 그렇게 멀리 가는 일인 줄은 몰랐는데요?"

"흐음. 혹 곤란하시오?"

"곤란한 건 아니지만… 그 정도 거리라면 금액이 좀 추가되는지라……."

"허허, 계약 성사만 된다면 추가금으로 은자 스무 냥을 더 얹어드리겠소. 돌아올 여비로는 충분할 거요."

"언제 떠나면 되나요?"

운성이 눈빛을 빛내며 물었다.

"빠를수록 좋소. 내일이라도."

물론 그전에 장기에서 이겨야겠지만.

"장사에 가면 누가 있습니까?"

"그 아이의 숙부가 있소."

"그렇군요."

두 사람은 그렇게 두런두런 이야기를 나누며 말을 옮겨갔다. 그러던 어느 순간,

“자아, 장(將)이오.”

차진양이 말을 내려놓으며 빙긋이 웃었다.

물론 결정적인 한 수는 아니었다. 다만 이 한 수에서 어떻게 대처하느냐에 따라서 위기를 모면할 수도 있었고 완전히 몰락할 수도 있었다. 물론 한두 수 내다보아서는 해결할 수 없는 것이지만.

한데 운성은 조금도 망설이지 않고 손을 내뻗었다.

“역시 장을 부른다면 양수겸장(兩手兼將)이 좋겠죠.”

말을 옮긴 운성이 씩 웃었다.

순간, 차진양은 그 자리에 얼어붙은 듯 꼼짝도 하지 못했다. 마치 손이 굳은 듯 말을 움직일 생각도 못했다.

지켜보던 엽 총관과 강무가 고개를 갸웃거렸다.

그들로서는 뭐가 어떻게 된 건지 도무지 알 수가 없었다.

운성은 단지 장을 막았을 뿐이다. 딱 거기까지다. 장을 부를 상황도 아니고 부르지도 않았다.

한데 차진양은 충격으로 잔뜩 굳어버린 표정이다.

차진양이 무겁게 입을 열었다.

“…졌소.”

“헤헤, 이거 왠지 죄송하네요.”

운성이 뒤통수를 긁으며 웃었다. 장기 한 판 하고 스무 냥을 벌었으니 왠지 미안했던 것이다.

하지만 차진양은 오히려 좀 전보다 밝아진 얼굴이었다.

“설화 그 아이를 잘 부탁드리겠소, 표 대협.”

“계산만 확실하다면야 당연한 일이지요.”

“엽 총관, 표 대협께 묵을 곳을 안내해 드리게.”

“알, 알겠습니다.”

엽상섭이 어리둥절한 표정으로 운성을 데리고 나갔다. 운성은 마냥 싱글벙글한 표정으로 그를 따라나섰다.

강무가 멍하니 앉은 차진양에게 다가왔다.

“태상 문주님, 도대체 어찌 된 것입니까?”

“그가 이겼다. 더 두지 않아도 알 수 있네.”

“하지만 제가 보기에는…….”

차진양이 빙그레 미소 지었다.

“비록 한두 수를 내다보아서는 알 수가 없네. 그보다 몇 수를 더 내다보아야 하네. 이대로 두어 나가면 그자는 분명 겸장을 불렀을 거네. 젊은 친구가 참으로 대단하군.”

강무는 충격받은 표정을 지우지 못했다.

차진양은 장기를 곧잘 두었다. 그는 장기를 잘 두기 위해서는 인생을 살아야만 한다고 노래 부르다시피 말하곤 했다.

즉, 연륜이 필요하다는 말이다.

무수한 경험이 장기를 두는 데도 영향을 준다는 것이다.

한데 저토록 새파랗게 어린 자에게 지다니.

‘정말 대단한 자. 하지만…….’

강무가 조금은 어두운 표정으로 말을 이었다.

“저자의 무공은 알 수 없지 않습니까? 비록 혜지(慧智)가 있다고는 하나 무공이 약해서야 마교의 추격으로부터 버텨내기 힘들 것입니다. 적어도 무공 시험도 거친 다음에……."

"허허, 자네가 추천한 자가 아닌가? 어찌 그리 믿지 못하는가?"

"하지만 신중을 기하는 것도……."

"무공도 이미 시험해 보았네. 저런 청년이 지금껏 어디에 있다가 나타난 것인지 알 수가 없군."

'무공도 시험해 보았다니! 어느 틈에?'

강무의 생각을 짐작한 듯 차진양이 말을 이었다.

"이리 와서 앉아보게."

강무가 어리둥절한 표정으로 맞은편에 앉았다.

"말 하나를 옮겨보게."

"어떤 말을 말씀이십니까?"

"아무것이나 좋네."

"그럼……."

강무가 말을 들어 올렸다. 한데,

"……!"

말을 들어 올릴 수가 없다!

'어째서?'

강무가 다시 힘을 주어 말을 들어 올렸다.

여전히 말은 바닥에 붙은 것처럼 꼼짝도 하지 않았다.

그가 이번에는 오른손에 진기를 집중시켰다. 그러자 가까스로 말이 들렸다.

하지만 여전히 옮기기도 힘들 정도로 무거웠다.

겨우겨우 말을 적당한 위치로 옮겨놓고 나니 온몸에 땀이 비 오듯 흘렀다.

"천근기공(千斤氣功)이군요."

천근기공.

비검문의 독문 무공으로 천근추(千斤錘)와 비슷한 느낌이지만 다른 무공이다.

천근추가 자신의 무게를 늘리는 무공이라면 천근기공은 특정 대상의 무게를 늘리는 것이다. 쉽게 말해, 기를 운용해서 특정한 대상을 위에서 아래로 누르는 것이다.

차진양은 천근기공을 팔성까지 익힌 사람이다. 그를 상대로 장기 말을 옮겼다는 것은 엄청난 내력을 지니지 않고서야 불가능한 일인 것이다.

"이제 알겠나? 그는 나와 장기를 두면서 태연히 말까지 섞었다네."

"그렇다면… 그자는 계속 이런 환경에서 장기를 두었단 말씀입니까?"

"뿐만 아니라 나는 그에게 지속적으로 살기를 쏟아부었네. 웬만한 무인이라도 숨이 막힐 정도로 말이지."

강무는 입을 떡 벌렸다.

자신이 추천한 자이지만 정말 이 정도일 줄은 몰랐다.

도대체 이런 자가 여태 왜 세상에 알려지지도 않았던 것일까?

"이제야 태상 문주님의 결정을 이해했습니다."

"허허, 자네가 추천한 인물일세. 인정이 너무 늦군."

"그런데 저야 이해했다지만 엽 총관은 아직 이해하지 못했을 겁니다. 그에게도……."

"강무."

"예, 태상 문주님."

차진양이 고개를 돌려 하늘을 바라보았다.

"총군사의 배신으로 아들을 잃은 후부터는 난 그 누구도 믿지 않네."

즉, 엽 총관도 믿을 수가 없다는 뜻.

굳이 그를 이해시킬 필요가 없다는 말이다.

차진양이 빙긋 웃으며 강무를 돌아보았다.

"물론 자네만 빼고."

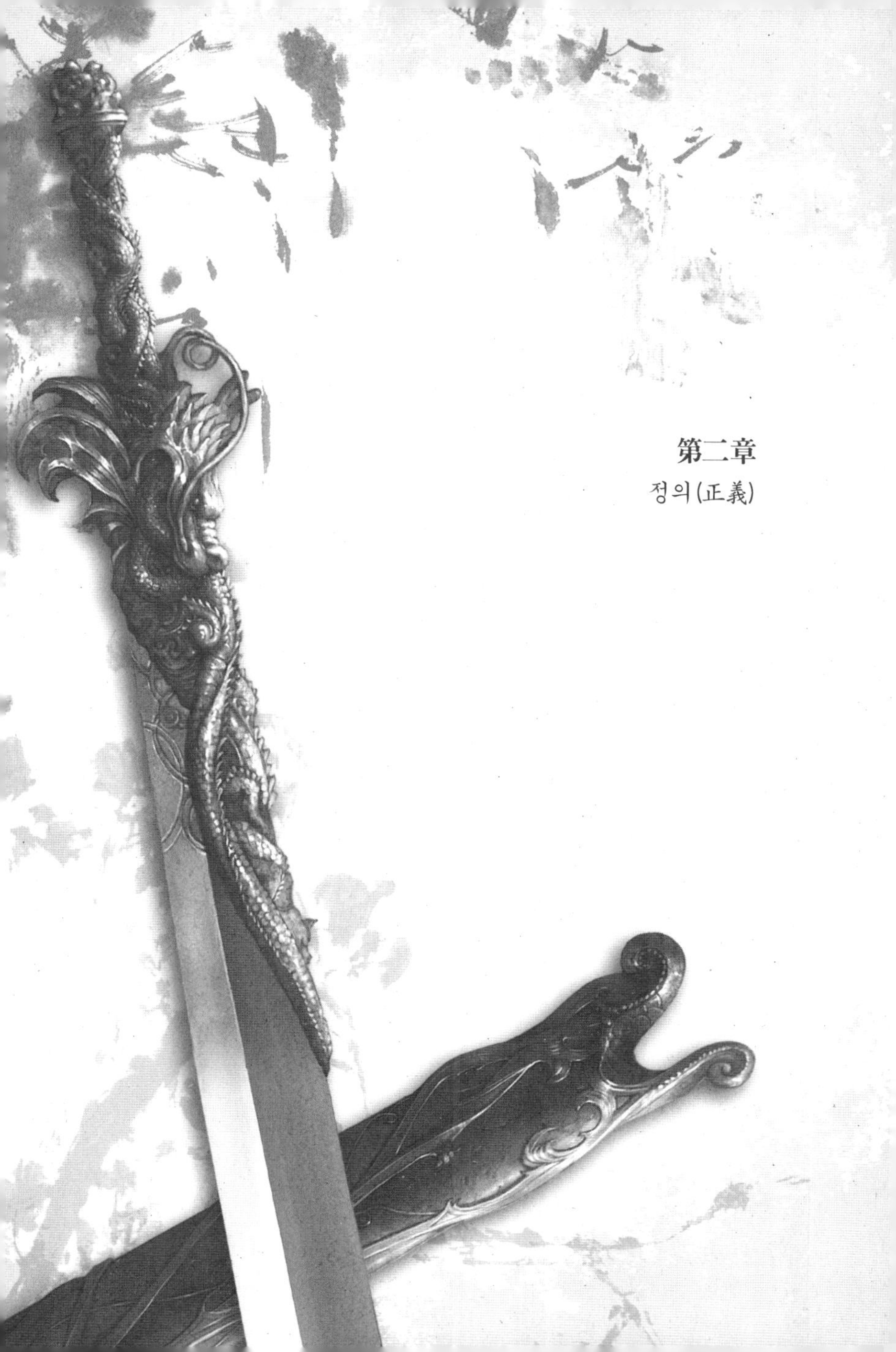

第二章

정의(正義)

다음날 아침.

도화(桃花)가 흐드러지게 핀 별장 입구에서 날카로운 목소리가 불쑥 튀어나왔다.

"말도 안 돼요!"

설화가 정색하며 소리쳤다.

그녀는 긴 머리카락을 묶어 올리고 방갓을 써서 남장을 한 모습이었다.

한편 먼저 말을 꺼낸 차진양은 완고한 표정이었다.

"이미 결정된 일이다."

"어떻게 그러실 수가 있어요! 저와 한마디 상의도 하지 않으시고!"

"그럴 여유가 없구나."

"할아버지!"

"허어, 왜 그리 정색을 하는지 모르겠구나."

"정말 모르시겠어요? 이런 남자랑 동행이라뇨. 차라리 길에 돌아다니는 거지랑 같이 다니라고 하지 그러세요."

설화가 가리킨 곳에는 운성이 서 있었다.

그녀의 말에 운성이 발끈했다.

"너무하네. 내가 거지만도 못하단 소리 같잖아."

"당연하지!"

"어허, 설화야!"

차진양이 엄한 목소리로 설화를 꾸짖었다.

"표 대협께 실례가 아니더냐."

"대협이라고요? 이런 사람이? 어딜 봐서?"

운성이 고개를 크게 끄덕이며 말했다.

"여러모로 봐서 대협이지. 대협이고말고."

"넌 좀 빠져 주겠니?"

결국 지켜만 보던 강무가 그녀를 달랬다.

"아가씨, 시간이 없습니다. 어서 이곳을 떠나서야 합니다."

"강무 아저씨……!"

"표 대협은 태상 문주님이 선택한 사람입니다. 믿어도 됩니다, 아가씨."

"하지만……."

설화가 말을 잇지 못했다.

어려서부터 아버지 다음으로 따랐던 사람이 바로 강무다.

하지만 가족이 아니기에 그만큼 어려운 면도 없지 않았다.

그런 그가 직접 나서서 자신을 달래니 더 이상 투정을 부릴 수도 없었다.

사실 이토록 발걸음을 떼지 않는 이유는 따로 있다. 단지 운성이 마음에 들지 않아서가 아니다. 물론, 어느 쪽이냐고 묻는다면 마음에 들지 않는 쪽이겠지만 그건 별로 중요한 게 아니다.

동행? 그까짓 것 해줄 수 있다.

하지만 그녀는 알고 있다.

자신이 이곳을 떠나고 나면 남은 사람들은 마교와 대항해서 싸울 것이라는 것을. 자신이 좀 더 멀리 갈 때까지 남은 사람들은 목숨을 걸고 시간을 벌 것이라는 것을.

그녀는 할아버지를 이런 곳에 두고 떠나기가 너무나 싫었던 것이다.

그런 그녀의 마음을 차진양도 잘 알기에 설화를 호되게 나무랄 수가 없었다.

어쩌면 마지막이 될지도 모르는 대화.

그래도 이별은 좋은 모습으로 기억시켜 주고 싶었다.

"설화야, 시간이 없구나. 어서 떠나거라."

"할아버지."

설화가 나직이 불렀다.

벌써 울음이 목구멍까지 차오른 상태다.

하지만 눈물을 흘리진 않았다. 마지막까지 나약한 모습을 보이긴 싫었다.

"오냐. 이 할아비는 걱정 말고 조심히 가도록 하거라. 네 숙부를 만나면 안부 전해주고."

작별해야 한다.

떨어지지 않는 발걸음이지만 이젠 정말 옮겨야 한다. 더 이상 할아버지와 다른 사람들을 곤란하게 할 수는 없었다.

설화가 차진양의 손을 꼭 잡았다.

"할아버지, 부디 조심하셔야 해요."

"오냐. 내 걱정은 말거라."

차진양이 부드럽게 웃음을 지었다.

그 얼굴을 마주 보고 있으면 금방이라도 눈물이 흐를 것 같아 설화가 얼른 몸을 돌렸다.

"그럼 이만 가볼게요."

"그래, 조심하거라. 표 대협, 설화를 잘 부탁하네."

"염려 놓으십시오. 받은 만큼은 분명히 해드립니다."

운성과 설화가 길을 나섰다.

점점 멀어지는 두 사람을 하릴없이 바라보다가 차진양이 몸을 돌렸다.

"이제 우리는 기다리는 일만 남았군."

"놈들이 오후쯤엔 이곳으로 올 것입니다."

"확실히 빨라."

차진양이 눈살을 찌푸렸다.

내부에 첩자가 있단 소리다.

자신들의 신변이 발각된 것은 큰 문제가 아니다.

부디 설화가 가는 길이 평탄하기만을, 아니, 평탄까지는 아니더라도 목적지까지 무사히 도착하기만을 바랄 뿐이다.

"준비는 마쳤는가?"

"만반의 준비를 해두었습니다."

"최대한 버텨보세, 우리 죽음이 헛되지 않도록."

"존명."

강무가 비장한 목소리로 대답했다.

*　　　*　　　*

"아아! 다리 아파!"

운성이 소리 높여 짜증을 냈다.

설화가 눈살을 잔뜩 찌푸리고 운성을 돌아보았다.

"얼마나 걸었다고 벌써 다리가 아프다는 거야?"

"두 시진이나 걸었지."

"그래, 겨우 두 시진이야."

"벌써 두 시진씩이나지."

설화가 길게 한숨을 내쉬었다.

도대체 할아버지는 이 남자의 어디를 보고 동행하라고 하신 걸까? 이런 상태라면 오히려 자신이 이 남자를 보호하게 생기지 않았나.

"그렇다고 멈출 수는 없어. 가야 해."

"그런데 너, 왜 나한테 반말이냐?"

적반하장도 유분수지.

설화가 기가 막혀 소리쳤다.

"그럼 넌 왜 반말하는데? 애초에 네가 먼저 반말했잖아!"

"그런가?"

"그래!"

"그럼 넘어가지."

'뭐지, 이 인간?'

설화는 히죽 웃는 운성을 보며 할 말을 잃었다.

그러거나 말거나 운성은 여전히 투덜거렸다.

"아아, 짐도 무겁고, 발걸음도 무겁구나."

운성과 설화는 지금 보부상처럼 위장한 채 길을 가고 있었다. 혹시나 마인들이 알아보거나 그들에게 매수된 다른 사람들이 알아볼까 봐 변장을 한 것이다.

몇 걸음이나 옮겼을까?

운성이 바닥에 철퍼덕 주저앉으며 떼를 썼다.

"이제 못 가! 더 이상 죽어도 못 가!"

"그럼 도대체 어쩌자는 거야?"

"지나가는 마차를 얻어 타자."

설화가 한심하다는 듯 운성을 바라보았다.

"너 자꾸 이러면 계약 위반이야."

"위반은 무슨. 난 널 장사까지 데려다 주기만 하면 돼. 언제까지라는 말은 없었다고."

"흥! 그럼 내가 할머니가 돼서 도착해도 괜찮단 말이야?"

"글쎄, 내 생각에 마차가 그 정도로 늦게 올 것 같지는 않은데?"

결국 설화도 졌다는 표정으로 한숨을 내쉬고 말았다.

생각해 보면 마차를 타고 가는 것도 나쁜 선택은 아니다. 어차피 지금부터 먼 길을 가야 할 테니 편한 방법으로 갈 수 있다면 힘을 비축해 두는 것도 좋으리라.

"그럼 마차를 얻어 타도록 하자."

"오, 정말?"

"그래."

"그런데 마차를 얻어 탈 수 있을까? 공짜로는 안 될 텐데."

"어느 정도 사례금을 주면 되지 않겠니?"

"얼마나?"

"호남까지 태워주기만 한다면야 은자 두 냥 정도면 되지 않을까?"

운성의 얼굴에 화색이 돌았다.

"물론이지. 그 정도면 충분해."

"네가 왜 그걸 결정해?"

"아무튼 그 정도면 될 거야. 그럼 타고 가는 것으로 결정한 거다?"

"그래. 대신 마차가 올 때까진 걸어야 해. 마냥 마차가 오기를 기다리고 있을 수는 없어."

“좋아, 받아들이지!”

운성이 흔쾌히 대답했다.

어차피 지금 걷고 있는 길은 귀주(貴州)로 향하는 길목이었다. 요행 호남까지 가는 마차를 얻어 탈 수 있다면 좋겠지만, 그 정도까진 아니더라도 방향이 같으니 지나가는 마차라면 아무것이나 잡아도 상관이 없었다.

설화는 갑자기 생생해진 운성을 보며 내심 불쾌했다.

‘뭐야, 전혀 다리 아픈 사람 같지가 않잖아?

마차를 타기로 결정하고 나서부터는 너무 힘이 넘쳐서 오히려 그녀가 운성의 걸음을 따라가기 힘들 정도였다.

그렇게 한참을 걸었을 때, 갑자기 운성이 우뚝 멈췄다.

“이번엔 또 뭐야?”

설화가 퉁명스레 물었다.

운성이 검지를 입술에 가져갔다.

워낙 표정이 진지했기에 설화는 마른침을 삼키고 잔뜩 긴장했다.

설마 마교가 벌써 여기까지 쫓아온 건가?

운성이 재빠르게 길가의 나무를 타고 몸을 날렸다. 순식간에 높은 나뭇가지 위로 올라간 그가 멀찍이 내다보더니 함박웃음을 지었다.

“온다! 마차다!”

“마, 마차였던 거야?”

설화가 맥 빠진 표정으로 중얼거렸다.

날렵하게 내려선 운성이 몸을 풀기 시작했다.

"흐흐, 드디어 마차다."

"그렇게 좋아?"

"물론."

그러는 동안 마차는 어느새 그들 가까이 다가오고 있었다. 나이 지긋한 중년인과 갓 방년을 지났을 법한 여인이 어자석(御字席)에 앉아 있었다. 두 사람이 닮은 것을 보면 아마도 부녀지간인 모양이었다.

설화가 손을 들어 마차를 세우려는데,

"어이쿠!"

운성이 갑자기 앞으로 고꾸라지며 굴렀다.

순간, 달려오던 말들이 앞발을 높이 치켜들었다.

이히히히힝!

픽!

"악!"

바닥을 구르던 운성이 말발굽에 차여 다시 데굴데굴 굴러갔다.

"표운성!"

설화가 화들짝 놀라서 소리쳤다.

한편, 마부석에 앉아 있던 부녀도 몹시 놀란 표정으로 말을 진정시켰다.

"워! 워!"

말이 진정되자 중년인이 서둘러 운성에게 달려왔다.

"괜찮습니까?"

"아이고, 나 죽네!"

운성이 소리 높여 앓는 소리를 냈다.

그 순간 설화가 몸을 흠칫 떨었다.

'이것은 바로 말로만 듣던 자해공갈(自害恐喝)!'

하지만 자해공갈이라는 것을 모르는 중년인은 완전히 사색이 되어서 안절부절못했다.

"이보시오, 젊은이! 일어설 수 있겠소?"

"아이고, 배야. 숨, 숨 쉬기가 힘들어… 끄윽! 윽!"

"젊은이! 젊은이! 이거 큰일이로군!"

운성은 혼신의 힘을 다해 연기했다.

그리고 마치 고비를 넘기는 듯 한차례 몸을 부르르 떨고 나서는 다시 숨을 몰아쉬었다.

"후아! 후아! 이제 조금 살 것 같네. 후아! 후아!"

"오, 젊은이! 괜찮으시오?"

"아직 그 정도는 아니고."

"이거 미안해서 어쩌면 좋소."

"그러게 좁은 산길에서 어찌 그리 마차를 험하게 모십니까? 아야야!"

운성은 다그치면서도 가끔씩 인상 찌푸리는 걸 잊지 않았다.

설화로서는 참 기가 찰 노릇이었지만, 굳이 나설 필요성을 느끼지 못해 가만히 지켜보기만 했다.

중년인이 거듭 고개까지 숙이며 사죄했다.

"이거 정말 미안하게 됐소. 아무래도 크게 다친 것 같으니 다음 마을에 도착하면 의원부터 찾아가 보아야겠소. 거기까지 내 데려다 드리리다."

"아뇨. 급히 호남성으로 가야 해서 의원으로 갈 수는 없습니다. 그보다……."

"말씀하시오, 젊은이."

"돈으로 주시면 제가 나중에 알아서 치료해 보지요."

"그래도 되겠소? 상처가 큰 것 같은데……."

"제 몸은 제가 잘 압니다. 그나저나 호남성까지 어찌 갈꼬. 그게 제일 걱정이군요. 아야야!"

"아! 호남으로 가신다면 우리가 회화(懷化)를 가는 길이었으니 거기까진 태워 드릴 수 있겠소이다. 한데 짐마차라 자리가 좀 불편할 텐데……."

"그럼 그것도 좀 부탁드립시다. 저기 저 친구와 함께요."

"거야 어려운 일이 아니지요. 그나저나 치료비를 얼마나 드리면 되겠소?"

"뭐, 고의로 그러신 것도 아니니 은자 한 냥만 받겠습니다. 게다가 회화까지 태워주신다니까 더 이상은 받지 않겠습니다. 후아! 후아! 아야야!"

"정말 그걸로 괜찮겠소? 의원에는 가보지 않아도 되겠소?"

"글쎄, 괜찮다니까요."

운성이 짐짓 짜증 섞인 투로 대답했다.

하지만 중년인으로서는 그런 운성이 마냥 호인(好人)으로만 보였다.

요즘처럼 물가가 비쌀 때라면 치료비와 약재 값을 포함했을 때 은자 한 냥으로는 턱없이 모자랄 것이다. 특히 이런 마차 사고라면 후유증을 조심해야 하는 법. 지금은 멀쩡하다고 해도 나중에 병신이 되기 십상이 아닌가.

한데 이 사람은 단지 치료비로 은자 한 냥만 받겠다고 하니 세상에 이런 호인이 또 어디 있을까?

중년인이 감동한 표정으로 운성의 손을 맞잡았다.

"참으로 미안하고 고맙소이다."

"별말씀을요."

중년인이 운성을 부축해서 일으켰다.

"나는 주진석(朱眞錫)이라고 하오. 볼일이 있어 사천에 들렀다가 회화로 돌아가는 길이라오."

"표운성이라고 합니다."

"이쪽은 내 딸 소영(昭映)이오."

어느덧 운성이 있는 곳으로 온 여자가 다소곳이 인사를 건넸다.

"안녕하세요. 주소영이라고 해요."

"따님이 미인이시군요."

운성이 히죽 웃으며 말을 받았다.

소영은 왠지 부끄러운 마음에 얼굴이 발갛게 달아올랐다.

"저 젊은이는……."

주진석이 한쪽에 선 설화를 가리키자 그녀가 얼른 다가왔
다.

"아, 전 설화라고 합니다. 편하게 설씨라고 부르시면 됩니
다."

설화가 남성의 목소리를 흉내 내며 말했다. 약간의 기를 운
용하니 비교적 남자다운 목소리를 낼 수 있었다. 그래도 혹시
몰라 그녀는 신분을 숨기기 위해 일부러 성씨도 속였다.

주진석이 활짝 웃었다.

"왠지 일행이 늘어난 것 같아 좋군요. 짐칸이라 좀 불편하시
겠지만 이해해 주시구려."

"주 대인의 은혜에 감사할 따름입니다."

"은혜라니 가당치도 않습니다. 오히려 이쪽이 은혜를 받은
셈이지요."

결국 주진석은 운성의 자해공갈을 전혀 눈치채지 못하고 그
들과 동행할 수밖에 없었다.

"사기꾼."

짐칸에 타고 가던 설화가 운성을 한심한 듯 바라보았다. 조
금 전 남자 목소리와 달리 옥구슬이 구르듯 맑고 청아한 음색
이었다.

운성이 이해할 수 없다는 표정으로 물었다.

"뭐가?"

"일부러 마차에 뛰어든 거지?"

“응.”

운성은 부인하지 않았다.

도대체 이런 도를 넘은 뻔뻔함은 어디에서 나오는 걸까?

설화가 운성을 노려보았다.

“좋은 사람들이야.”

“알아. 그러니까 이렇게 얻어 타고 가는 거지.”

“넌 그런 사람들을 속였어.”

“원래 좋은 사람들이 잘 속더라.”

“지금 어떤 사람이 잘 속나 이야기하고 있는 게 아니잖아.”

“그래? 그럼 무슨 얘기 중인데?”

“네 양심에 관해서.”

“내 양심이 어때서?”

“어쩌면 그렇게 뻔뻔할 수가 있니?”

운성이 어깨를 으쓱였다.

“이 사람들은 나한테 고마워하고 있잖아. 은혜받았다고 생각하고 있어. 중요한 건 결과 아냐? 우린 기분 좋게 돈도 벌고 마차도 얻어 탔어. 그리고 이 사람들은 기분 좋게 돈도 베풀고 은혜도 받았다고 생각하고 있어. 이러면 다 좋은 거지. 안 그래?”

“이들은 너한테 돈을 줄 이유가 없지.”

“딱딱하게 왜 이래? 돈이란 자고로 돌고 돌아야 경제가 사는 거야. 어쨌든 결과적으로 이 사람들도 우리도 서로에게 고마운 마음으로 가게 된 것 아냐. 그럼 됐지.”

"넌 분명히 사파일 거야."

"어째서?"

"그렇게 결과만 따지는 걸 보면 분명 사파야."

"하!"

운성이 콧방귀를 뀌고는 말을 이었다.

"그렇게 따지면 정파야말로 결과주의자지."

"무슨 소리야?"

"정파는 대의명분을 내세우면서도 보이지 않는 곳에서는 온갖 추악한 짓을 다 하잖아? 겉으로는 성인군자처럼 행동하면서 속으로는 온갖 암계를 세우는 게 정파 아닌가?"

"말 다 했어?"

"아니. 다 하자면 끝도 없어. 정파의 치졸함이란 그만큼 견고하고 복잡한 구조니까."

"웃기지 마! 마도천하의 시대가 된 지금, 아직도 그들에게 대항하며 역천(逆天)을 꿈꾸고 있는 건 정도문파뿐이야. 사파는 그저 숨죽이고 구경만 하고 있을 뿐이라고!"

설화가 흥분해서 소리쳤다.

그렇다, 그렇기 때문에 비검문도 하루아침에 이 지경이 된 것이다. 마도의 하늘을 허락할 수 없기에.

운성이 깍지 낀 손을 뒤통수에 댔다.

"하지만 가장 먼저 마교에 매수된 문파도 정파잖아? 대부분의 사파는 그저 외길을 걸었을 뿐이야. 건드리지 않으면 물지도 않겠다. 그게 대부분의 사파의 방식이지. 물론 마교와 손잡은 곳도 있겠지만."

"그래서 사파가 정파보다 낫다는 말씀?"

"아니. 어느 쪽이 더 낫다는 건 없어. 정공을 익힌 무인 중에도 마음이 바르지 못한 인간은 악인이 될 수밖에 없는 것이고, 사공을 익힌 무인이라도 마음이 바르면 호인이 될 수 있다는 거야. 정파가 무조건 사파보다 우월하며 바른 사람이라고 착각하는 네가 안쓰러워서 한 말이지. 어느 집단이든 규모가 커지면 비리와 음모가 생기게 마련이야."

"……!"

설화는 아무 말도 하지 못했다.

도대체 이 남자의 정체는 뭐란 말인가?

가끔은 한심할 정도로 바보같이 느껴지다가도 지금은 전혀 다른 사람 같다. 한마디 한마디 내뱉을 때의 진중한 표정만 봐도 그렇다. 조금 전까지 자해공갈이나 하던 녀석으로 보이지가 않는다.

'강무 아저씨는 도대체 이런 남자를 어디서…….'

결국 설화는 눈길을 돌려 버리고 말았다.

운성이 기지개를 길게 켰다.

"하암~ 편하니까 잠이 오네. 장사에 가면 오랜만에 백풍(白風) 아저씨나 만나볼까?"

"장사에 아는 사람이 있어?"

"그럼. 자고로 대장부란 인맥이 넓어야지. 요즘은 피알시대(披斡時代)라구."

“피알… 시대라니?”

“인맥을 여러 지역에 나누어[披] 관리한다는[斡] 뜻이지. 한 마디로 인맥이 중요하다는 말씀.”

“누가 들으면 중원 전역에 아는 사람들로 바글바글한 줄 알겠네.”

“맞아.”

‘저놈의 허풍은…….’

설화가 고개를 절레절레 저었다.

확실히 이 남자는 이상하다. 피알시대니 뭐니 이상한 소리만 하질 않나.

분명 할아버지와 강무 아저씨도 이 남자에게 속은 것이리라. 남에게 속을 분들은 아니지만 워낙 상황이 급박하다 보니 속고 말았으리라.

생각 같아서는 그냥 쫓아내 버리고 싶었지만 설화는 꾹 눌러 참았다.

혹시라도 마교가 추격해 오거나 매수된 자들이 접근해 오면 미끼로 사용할 수 있을지도 모르니까. 이런 녀석, 미끼로도 이용 가치가 있다면 좋으련만.

“운성.”

설화가 쓸쓸한 표정으로 그를 불렀다.

“왜?”

“너, 강해?”

“강하지.”

또 시작됐다. 저 허풍.

"얼마나 강한데?"

"글쎄, 꽤 강할 거야. 기준이 뭔데?"

"상대적 기준이지. 누구보다 강하다, 또는 약하다."

"그래? 그럼 네가 아는 강한 사람은 누군데?"

"아마 당금 무림에서 제일 강한 자를 꼽자면, 분하지만 마교의 교주가 아닐까? 그리고… 마교의 혈마대주(血魔隊主)라면 강호 십위 안에는 들지 않을까? 물론 내 추측일 뿐이지만."

"흐음, 그렇군."

운성이 묵묵히 고개를 끄덕였다.

설화가 픽 웃었다.

'어째 좀 겁이 나나 보지? 하긴 마인들과 갑자기 비교하려면 겁도 나겠지. 걱정 마. 네가 그들과 비교될 정도로 강할 거라곤 눈곱만큼도 기대하지 않으니까.'

하지만 뒤이은 운성의 말은 그녀의 예상을 완전히 뒤엎었다.

"마교 교주라면 잘 모르겠지만, 혈마대주라는 사람보단 강하지 않을까?"

"뭐? 누, 누가?"

"내가."

하! 또 저 허풍!

설화는 대꾸하기를 포기했다.

이 녀석은 곧 죽어도 사기를 치거나 허풍을 치거나 둘 중 하나는 해낼 놈이다.

그때, 딱 그녀가 생각하는 그런 인간만이 할 수 있는 말이 운성의 입에서 흘러나왔다.

"돈 줘."

"왜?"

"은자 한 냥."

"은자가 네 여자친구 이름이라도 되냐? 도대체 왜 뜬금없이 또 은자 타령이야?"

"마차 얻어 탄 값. 내 덕에 마차 얻어 탄 값 안 내도 됐잖아. 세상에 공짜는 없어. 장사까지 두 냥이었는데 회화까지 간다고 하니 한 냥만 받을게. 싸게 쳐준 거야."

기가 찬다, 기가 차.

도대체 이 인간의 머릿속에는 은자밖에 안 들어 있는 걸까?

"너 설마… 내가 마차 타겠다고 할 때부터 이럴 목적이었어? 그래서 돈 얼마나 낼 건지 물어본 거였어?"

"물론! 나는 멀리 내다보는 남자니… 컥!"

설화는 말을 다 듣기도 전에 운성의 면상에 은자 한 냥을 집어 던졌다.

귀주 지역으로 들어선 운성 일행은 적수객잔(赤水客棧)에서 머물기로 결정했다.

물론 운성의 경비는 설화가 모두 지불하기로 되어 있었다. 하지만 운성은 방을 배정받지 않았다.

"이쪽은 방 하나만 주세요."

점소이가 운성과 설화를 힐끗 보고는 피식 웃으며 고개를 끄덕였다. 어쩐지 설화가 너무나 곱상했기에 오해할 만한 생각도 든 것이다.

"알겠습니다. 따라오세요."

설화가 운성에게 나직이 소리쳤다.

"방을 하나만 달라니? 난 죽어도 너랑 같은 방에서 자지 않을 거야!"

"응? 너, 나랑 같이 잘 생각이었어?"

운성의 말에 설화가 어리둥절한 표정이 됐다.

"무슨 말이야? 그게 아니면 왜 방을 하나만 달라고 한 건데?"

"히야~ 너, 생각보다 밝히는구나? 생긴 건 청순한데. 흐흐. 미안하지만 기대를 저버려서 어쩌나? 너랑 같은 방을 쓸 생각은 없었는데 말이야."

"뭐, 뭐? 하지만 방이 하나밖에 없으면……."

"난 밖에서 잘 거야."

"어디서?"

"그건 내가 알아서 결정하지."

설화가 발갛게 달아오른 얼굴로 안절부절못했다.

운성이 놀리듯 말했다.

"미안해. 같이 자주지 못해서. 헤헤."

"시끄러!"

“이크! 삐쳤어? 하지만 난 아직 우리가 합방을 해도 될 만큼
특별한 관계라고는 생각해 보지…….”

퍽!

“우웁!”

설화의 작은 주먹이 운성의 복부를 힘껏 내찔렀다. 주먹은
작고 곱다지만 진기가 잔뜩 실려 있었기에 범인이라면 피를
토했을 정도의 충격이었다.

설화가 나직이 속삭였다.

“더 이상 떠들면 말 대신 다른 걸 토하게 될 거야.”

“으그극! 무슨 여자 애가… 아야야!”

운성이 배를 쓰다듬으며 엄살을 부렸다. 그러다가 손을 불
쑥 내밀었다.

“돈 줘.”

“또 왜?”

“숙박비. 내 몫은 돈으로 줘야지.”

도대체 저놈의 엄청난 거지 근성은 어디서 나오는 걸까? 길
바닥에서 잘 만큼 돈이 좋은 걸까?

설화가 품에서 은자 한 냥을 꺼내 던졌다.

“자, 이걸로 앞으로 숙박비는 네가 알아서 해.”

“헤헤, 고마워.”

운성이 히죽 웃었다.

잠이야 아무 데서나 잘 수 있다지만 사람이 먹지 않고는 살

수가 없다. 운성 역시 사람이었기에 경비 중에서 유일하게 돈으로 따로 받지 않는 부분이 바로 식비였다.

운성과 설화는 객잔의 창가에 자리를 잡았고, 주진석과 소영은 그 옆 탁자에 자리를 잡았다. 만약을 대비해서 설화는 봇짐도 가지고 내려왔다. 검이 들어 있기 때문이다.

저녁이 되니 적수객잔은 손님들로 와글거렸다. 역시나 주로 오가는 이야기는 무림에 대한 소문이었다. 어디의 어느 문파가 결국 마교에게 굴복했다느니, 어느 문파는 아직도 항쟁 중이라느니, 어느 문파는 엊그제 멸문당했다느니 하는 이야기들이었다.

설화는 남의 이야기 같지 않아서 마음이 무겁게 내려앉았다.

홍문에서 적수라면 그리 먼 곳이라고는 할 수 없는데, 귀주 지역으로 넘어왔다는 사실 때문인지 할아버지가 엄청 멀리 계신 것만 같았다.

'아직 살아 계실까?'

창밖을 보며 멍하니 생각하던 설화가 고개를 절레절레 흔들었다.

믿음이 이렇게 부족해서야.

할아버지는 강한 분이시다. 당연히 살아 계실 것이다. 그래야만 한다.

하지만 어쩔 수 없는 절망감은 쉽게 떨쳐 내기 힘들었다.

상대는 잔악하기 이를 데 없는 마교.

역대 가장 강맹한 마교 단체다. 구파일방조차도 봉문하게 만든 마교다.

그런 놈들이 마지막까지 싸우기를 원하는 비검문을 곱게 살려줄 리 없었다.

"무슨 생각 해? 음식 나왔어. 먹어."

운성이 고깃덩어리를 손에 들고 뜯었다.

자신은 근심으로 가득한데 저렇게 태연히 고기나 뜯고 있는 걸 보자니 괜히 얄미웠다.

"하아, 이럴 때 그 전설의 문파가 나타나 준다면……."

설화의 혼잣말에 운성이 눈을 동그랗게 떴다.

"전설의 문파라니?"

"너 같은 사파는 모를 거야."

"뭔데? 말해봐."

"과거에 강호가 사악한 무리로부터 위험해지거나 혼란스러울 때마다 나타났던 문파가 있어."

"오오, 그런 문파가 있었어?"

"그래. 모든 정파 무인들에게 있어서 우상과도 같은 문파지. 실제로 존재했는지는 모르겠지만 그런 전설이 있어."

"문파 이름이 뭔데?"

"무적문(無籍門)."

"푸웁!"

운성이 물을 마시다가 울컥 뿜어냈다.

설화가 미간을 곱게 찡그렸다.

“뭐야, 더럽게?”

“미안. 너무 웃겨서.”

“뭐가 웃기니?”

“이름이 웃기잖아. 무적문. 존재하지 않는 문파라는 말이잖아.”

‘존재하지 않는’ 이라는 말에 설화가 서글픈 표정으로 한숨을 내쉬었다.

“그렇지?”

“그래. 전설을 말하면서 그 문파가 사실은 존재하지 않는다고 인정해 버리는 꼴이잖아.”

“후후, 맞아. 어쩌면 그런 건 정도 무인들의 단순한 희망 사항일지도 몰라.”

운성은 처연한 설화의 눈동자를 가만히 바라보았다. 그가 한참 있다가 불쑥 입을 열었다.

“혹시 모르지, 정말 있었을지도.”

“그럴까?”

설화가 반색하며 물었다. 물론 그냥 하는 이야기일지라도, 그것이 단지 전설일 뿐일지라도 어떤 희망 사항을 누군가와 공유한다는 것은 그 자체만으로도 큰 힘이 되는 것이다.

운성이 고개를 끄덕였다.

“응, 있었을지도 몰라. 물론 그 이름이 무적문은 아니겠지만. 아마 그건 사람들이 갖다 붙인 이름일 거야.”

“응. 그럴지도 몰라.”

“그리고… 그 문파는 분명 사파일 거야.”

“에? 그건 왜?”

설화가 눈을 찡그렸다.

이놈은 꼭 잘 나가다가 이런단니까.

“정파라면 세상에 숨어 있을 이유가 없을 것 아냐?”

“그건… 그렇지만…….”

“그러니까 사파야.”

“웃기지 마. 정공을 익힌 사람 중에도 은거기인이 있는 법이고, 세상에 나서지 않는 문파도 있는 법이야.”

“확률적으로 적어. 은거기인의 대다수는 사공을 익힌 자들이야.”

“흥! 넌 세상을 확률로만 따지니?”

“꼭 그런 건 아니지만, 확률을 따져서 손해 보는 경우는 드물거든.”

설화가 한숨을 푹 내쉬었다.

‘하긴, 넌 절대 손해 안 보겠지.’

운성이 불쑥 물었다.

“안 먹을 거면 그거 내가 먹어도 돼?”

또 나왔다. 저 거지 근성.

“그래. 너 다 먹어라, 다 먹어.”

어차피 식욕이 없었다.

설화가 접시를 내밀자 운성은 더 물어보지도 않고 접시를 가져갔다.

“자고로 음식을 남기면 벌받지. 암.”

“넌 좋겠다.”

“왜?”

“생각이 없어서.”

“이거 왜 이래? 나도 생각이 많은 남자야.”

“은자 생각?”

순간 운성이 표정을 굳혔다.

“어떻게 알았어?”

“그딴 걸로 정색하지 마!”

“너 혹시 독심술(讀心術)도 쓸 줄 알아?”

“그따위 쓰지 않아도 네 거지근성은 너무 빤히 보이거든?”

“헤헤, 그런가?”

운성은 다시 뒤통수를 긁적이고는 음식을 먹었다.

이때, 기골이 장대한 사내 두 명이 설화가 있는 쪽으로 걸어왔다.

사실 처음 식사를 할 때부터 그 두 명을 신경 썼던 설화다. 이곳에 존재하는 무인들 중에서 가장 강해 보였기 때문이다.

하지만 이기기 힘들 정도로 강해 보이진 않는다.

다만 마교의 추적을 피해야 하는 그녀로서는 상대의 실력을 떠나 무인과의 마찰을 최대한 피하는 것이 좋았다.

‘좋지 않은데.’

설화가 바짝 긴장한 채 두 사람을 곁눈질로 살폈다. 분명 이쪽으로 걸어오고 있었다.

한데, 그들이 중간에 우뚝 멈춰 섰다.

알고 보니 옆자리에서 식사 중이던 주진석 부녀에게 다가간 것이다. 소영에게 관심이 있는 듯했다. 만약 설화가 여자의 모습으로 있었다면 그녀에게도 추파를 던졌겠지만 지금 그녀는 남장을 하고 있었다.

사내 중 한 명이 제법 정중히 말을 건넸다.

"소저, 어디에서 오신 길이오?"

"사, 사천에서 오는 길입니다."

소영이 잔뜩 겁먹은 표정으로 대꾸했다.

"소저의 미색이 참으로 뛰어나군요. 본인은 적수문(赤水門)의 회양검(回楊劍) 양기수(梁記秀)라고 하오. 이 친구는 내 사제 추양문(秋量文)이라오."

양기수의 옆에 서 있는 장한이 히죽 웃으며 말을 받았다.

"광현검(光現劍) 추양문이오."

그가 별호(別號)를 자랑하듯 말하고 나자, 양기수가 본격적으로 작업에 들어갔다.

"그럼 이제 소저의 이름을 여쭤도 되겠소?"

소영이 바들바들 떨며 말했다.

"주소영이라고 해요."

"아, 주 소저. 아름다운 이름이오. 혹 괜찮다면 우리와 함께 방에 가서 이야기나 나누지 않으시겠소? 사내 둘이 있자니 이거야 원, 영 재미도 없고 심심해서 말이오."

그야말로 대놓고 색욕을 드러내는 것이 아닌가.

소영이 사색이 된 채 거절했다.

"죄, 죄송합니다. 오늘은 너무 피곤해서요."

"그러지 말고 함께 갑시다. 간단히 다과를 들면서 이야기나 나눕시다, 소저."

소영이 금방이라도 울어버릴 것 같은 표정으로 주진석을 보았다. 주진석도 두 사람의 행동이 도가 지나치다고 여겨 정중히 양해를 구하고 나섰다.

"양 대협, 추 대협, 제 딸아이를 귀하게 여겨주셔서 감사합니다. 하나 이 아이가 원치 않으니 이렇게 양해를 구합니다."

"아, 주 소저의 아버님이셨군요."

양기수가 과장된 몸짓으로 반응했다.

빤히 알고 있으면서도 이제야 알았다는 듯 말하는 것이다.

"주 대인, 우리는 나쁜 사람이 아닙니다. 조금 오해가 있는 듯하니 풀고 싶군요."

"이미 오해는 풀렸습니다, 양 대협."

"하지만 주 소저는 아직도 우리를 오해하고 있는 것 같소."

양기수가 기분 나쁘다는 듯 소영을 바라보았다.

주진석은 일이 잘못 꼬였다는 것을 직감했다. 이들의 방식에 말려들고 만 것이다. 오해가 풀렸으니 소영이 함께 방으로 가도 되지 않느냐고 말하려는 것이다. 만약 거절하면 여전히 자신들을 오해하고 있다며 화를 내고 이를 정당화시키려는 속셈인 게다.

소영이 모기만 한 목소리로 대답했다.

“오, 오해하고 있지 않아요.”

“하하하! 그것 잘됐소. 그럼 우리와 함께 갑시다.”

“아… 그건…….”

“뭐요? 역시 우리를 나쁜 사람들로 오해하고 있는 것이 아니오?”

주진석의 예상대로 양기수가 눈살을 찌푸리며 되물었다.

이쯤 되자 다른 자리에 앉은 손님들도 곁눈질로 그들을 살폈다.

하지만 누구 하나 나서는 자가 없었다.

설화 역시 섣불리 나서지는 못하고 내심 이를 갈았다.

‘저 죽일 놈들! 저놈들, 마교도 아닌 것 같은데 왜 아무도 안 나서는 거지?

가만, 적수문이라고 했던가.

‘아, 그런 거였구나.’

설화는 이제야 깨달았다.

사람들이 나서지 않는 이유를.

적수문은 몇 해 전까지만 해도 당당한 명문 정파였다. 하지만 정마대전이 마교에게 급속히 기울기 시작하자 정도연맹으로부터 등을 돌린 문파 중 하나였다. 그들은 마교에 예속된 자들인 게다.

그러니 누구도 함부로 나서지 못하는 것이리라.

‘저 개 같은 놈들!’

설화는 이를 부드득 갈았다.

그럼에도 마주 앉은 운성은 관심도 없는 듯 먹는 일에만 열중하고 있었다.

'도대체 마음에 드는 인간이 하나도 없냐.'

이때, 갑자기 고함 소리가 터져 나왔다.

쾅!

"정말 우리를 어떻게 보고 이러는 거요?"

"양 대협, 고정하십시오."

주진석이 새파랗게 질린 표정으로 말했다.

"시끄럽소! 지금 주 소저는 우리를 놀리고 있는 게 아니오! 그토록 우리가 수상해 보인다면 차라리 솔직하게 말하시오! 괜히 피곤하다는 둥 말도 안 되는 핑계 대지 말고!"

"그런 것이 아니라, 갑자기 이런 제안을 받으니 딸아이도 놀라서 그러는 모양입니다. 워낙 흉흉한 세상이고 호색한 무리도 많으니……."

"호색한 자? 그 말은 지금 우리도 그런 부류에 넣는 것이오? 그렇다면 적수문의 이름을 걸고 내가 당신을 용서할 수가 없소!"

스릉!

양기수가 시퍼런 검날을 뽑아 들었다.

그야말로 앞뒤 맞지도 않는 논리를 꺼내 들고 억지 주장을 펼치는 것이었다.

하지만 객잔의 누구도 그 두 사람을 말리지 못했다. 모두 그저 숨을 죽이며 못 본 체만 했다. 지금은 정(正)이나 협(俠)이 통하지 않는 마(魔)의 시대이지 않나.

양기수의 목적이 소영을 압박하는 것이었다면 그것은 성공적이었다.

"그러지 마세요, 양 대협님. 제가 오해를 했나 봐요. 아버지는 단지 절 생각해서 하신 말씀이에요."

"흥! 속으로 날 파락호 같은 자라고 욕하고 있을지 어떻게 아오?"

"아니에요. 제가 양 대협님의 진심을 알았어요. 양 대협은 여느 사내들과 다르다는 것을요. 제가 함께 갈게요."

그제야 양기수가 씨익 웃었다.

그 웃음기에서 색욕이 여실히 느껴졌다.

"정히 주 소저가 그렇게까지 말한다면야 내가 검을 거두지."

"안 된다!"

주진석이 버럭 소리쳤다.

양기수와 추양문이 눈썹을 꿈틀거리곤 그를 돌아보았다.

주진석이 단호한 표정으로 소리쳤다.

"영아, 이들을 따라가서는 안 된다!"

"아버지, 이러지 마세요."

"너야말로 정신 차려라! 이들의 추악한 속셈이 빤히 보이지 않느냐!"

이번에는 추양문이 검을 뽑아 들었다.

"뭣이? 추악한? 네 이놈! 감히 그딴 망발을 지껄이다니! 간이 배 밖으로 나왔구나!"

"네놈들이야말로 그딴 망발을 지껄이다니! 마교의 개가 되었다고 해서 정의마저 잃었단 말이더냐! 하늘이 두렵지도 않은가!"

"뭐, 뭣? 개?"

양기수가 금방이라도 목을 벨 기세로 성큼 다가섰다.

상황이 악화되자 지켜만 보던 설화가 벌떡 일어났다. 아니, 일어나려 했다.

하지만 그 순간 운성이 그녀의 손목을 잡았다.

"놔."

"가지 마."

"놔. 보고만 있을 순 없어!"

"뒷감당은 어떻게 하려고?"

"그렇다고 두고만 볼 거야?"

"발보다 더 빠른 게 소문이야. 네가 놈들을 건드리면 마교의 추적자들은 금방 쫓아올 거야."

"모르는 사람들도 아니야!"

"네 할아버지는? 네 할아버지는 목숨을 걸고 널 내보내셨어. 그런 할아버지의 죽음마저 무의미하게 만들 건가?"

"닥쳐! 누가 죽었다는 거야!"

이때였다.

"악!"

주진석이 비명을 내지르며 쓰러졌다.

그의 팔에서 선혈이 흘러내렸다.

양기수가 참다못해 검을 휘두른 것이다. 그나마 팔을 베는 정도에서 그친 것은 보는 눈도 있거니와 소영도 있기 때문이었다.

"아버지!"

소영이 달려가 주진석을 안았다.

주진석은 다친 와중에도 소영을 자신의 등 뒤로 돌렸다.

"물, 물러나라, 영아."

"아버지……."

그러자 양기수가 다시 다가섰다.

"거참, 딸이 같이 가겠다는데 왜 아비가 나서서 방해야? 딸의 자유까지 갈취하는 게 좋은 아비라고 생각해? 앙?"

이제 그들은 완전히 본색을 드러내고 있었다.

설화가 입술을 쿡 씹었다.

저들은 한때 정파였다. 그렇기에 더욱 분하고 괘씸했다. 하필이면 운성이 보는 앞에서 저런 행동을 하니 더욱 화가 났다.

운성이 나직이 말했다.

"참아. 참는 게 너에게 이익이야."

"웃기지 마. 난 너와 달라. 그래서 난 정파야."

설화가 운성의 손을 뿌리쳤다.

"할아버지도 불의를 보고 숨길 바라진 않으실 거야."

그녀가 양기수를 향해 저벅저벅 걸어갔다.

이미 결심이 선 그녀의 눈동자에는 한 치의 흔들림도 없었다.

그렇다.

불의 앞에서 눈치만 보고 비겁하게 숨는 것은 정의(正義)가 아니다. 정파가 결과주의자라고? 웃기지 말라 그래. 결과보다는 그 과정과 수단을 중요시하기 때문에 정(正)이라는 거다.

그래서 지금도 나서는 거다.

비록 이번 일로 더 큰 위험이 다가올지라도, 안 좋은 결과가 일어날지라도, 과정이 잘못된 결과는 무의미하기 때문에, 무엇보다 수단과 과정이 올발라야 하기 때문에! 그걸 추구하기 때문에!

"그래서 정파라는 거야!"

설화가 버럭 소리쳤다.

객잔 내에 그녀의 목소리가 쩌렁쩌렁 울렸다.

사람들이 휘둥그레진 눈으로 설화를 바라보았다. 그녀로부터 무시무시한 분기(忿氣)가 휘몰아치듯 우러나왔다.

"뭐, 뭐야, 이건?"

양기수가 뒤를 돌아보고 주춤 물러났다.

설화가 내뿜는 살기는 웬만한 무인으로서도 받아내기 힘들 정도였다.

"악(惡)을 응징할 수 있는 힘! 그것이 정의다!"

쉬이잇—! 서걱!

뭔가가 깔끔하게 베이는 소리. 이어서,

툭.

묵직한 뭔가가 바닥에 떨어진 소리.

양기수는 소리를 먼저 들었다. 그가 멀뚱히 내려다보자 자신의 팔이 바닥을 구르고 있었다. 이어서 아찔한 고통이 뇌리를 들쑤셨다.

"으어! 끄아아악!"

그가 비명을 내지르며 몸을 뒤틀었다.

뒤늦게 추양문이 검을 앞세우고 몸을 홱 돌렸다.

"너, 이 새끼! 누구냐!"

"나? 정파 무인이다!"

설화가 다시 검을 휘둘렀다. 초식을 펼치고 말고 할 것도 없었다. 너무나 가까운 거리였기에 단 일로(一路)만 휘둘러도 됐다. 물론 신분을 발각당하지 않기 위해 일부러 초식을 펼치지 않은 이유도 있었다.

까앙!

청명한 금속성이 터져 나왔다.

"크웃!"

추양문이 어금니를 꽉 깨물었다. 상대의 힘이 보통이 아니었다. 정확히 말하면 내공에서 자신이 밀리고 있었다.

가각! 키기기긱!

맞댄 검날이 마찰하면서 듣기 싫은 소리를 내질렀다.

이윽고,

카창!

쉬이익!

“커헉!”

추양문의 검이 산산조각 나고 말았다.

검기에서 밀린 것이다. 검의 재질 차이도 있을 것이다.

추양문의 검을 깨뜨린 설화는 그대로 검을 내리그었다.

츄아아악!

추양문의 가슴에 대각선으로 선혈이 생기는가 싶더니 이내 피가 솟구쳤다. 그나마 상처가 깊지 않았기에 치명상은 면할 수 있었다.

“크으윽!”

추양문이 두 무릎을 꿇으며 주저앉았다.

스윽.

설화의 검이 추양문의 목을 겨눴다. 추양문이 덜덜 떨며 고개를 들었다.

지독한 살기.

차마 설화의 두 눈을 마주 보기도 힘들었다.

“살, 살려주시오.”

찰나, 설화의 눈에서 살기가 폭사했다.

살려달라니? 그런 말을 뻔뻔스럽게도 내뱉는다.

하지만 그녀는 곧 차분한 표정으로 돌아왔다. 그녀가 검을 거두며 나직이 말했다.

“사람의 목숨을 함부로 다루지 않는 것, 그 또한 정의다.”

그녀가 몸을 휙 돌리고 걸어갔다.

추양문은 그러고 나서도 한참이나 멍하니 앉아 있었다. 뒤

늦게 정신을 차린 그가 양기수를 얼른 일으켜 세웠다. 그리고
뒤도 돌아보지 않고 객잔을 빠져나갔다.

그제야 사람들이 웅성거리기 시작했다.

하지만 누구도 큰 소리로 떠들진 못했다.

마도천하의 시대에 정의를 운운하며 나선 자다. 함부로 그
에게 박수라도 보냈다간 언제 목이 날아갈지 모를 시대다. 그
렇다고 그자에게 감히 충고를 할 용기도 나지 않는다.

"사고 쳤군."

운성이 한숨을 푹 내쉬었다.

"어쩔 수 없었어."

"이 분위기, 어쩔 거야?"

"이 분위기가 어때서? 아까보단 낫잖아?"

설화가 태연히 대꾸했다.

"모두 널 주목하고 있어. 마교가 널 추격해 오면 이자들은
본 걸 떠벌릴 거야."

"그래도 내가 누구인 줄은 모르겠지. 변장을 하고 있는데다
가 검술도 사용하지 않았으니까."

"이들은 그렇다고 치자. 아까 그놈들은? 그놈들은 바로 마
교와 이어져 있어. 놈들이 마교에 오늘 일을 알리기라도 하면
넌 금방 꼬리를 잡혀."

"그전에 장사에 도착하도록 해야지."

"저 녀석들이 만약 오늘 밤에 복수하러 다시 오면?"

"혼이 빠지도록 당했으니 오늘은 얼씬도 못할걸?"

운성이 픽 웃었다.

"넌 좋겠다."

"왜?"

"생각이 없어서."

"뭐야? 죽을래?"

"어이쿠, 목숨을 가벼이 여기지 않는 것이 정의라며."

"그래도 넌 가볍게 다룰 수 있을 것 같아."

"사양하지."

이때 주진석이 조심스레 다가왔다.

"저어… 감사합니다, 설 대협. 큰 은혜를 또 지는군요."

"아, 아니에요. 그냥 저놈들 하는 행동이 너무 한심해서 나
선 겁니다."

"덕분에 저희 부녀가 이렇게 무사할 수 있었습니다. 정말 감
사드립니다."

"고맙습니다."

소영도 허리를 숙이며 인사했다.

설화가 어색하게 웃으며 일어났다.

"아, 이런 인사를 받으려고 한 게 아닌 걸요. 그럼 전 이만
피곤해서 쉬어야겠네요."

"아, 예."

설화는 아무래도 이런 자리가 어색했다. 그녀가 얼른 이층
으로 올라갔다. 주진석과 소영은 설화의 모습이 사라질 때까
지 허리를 숙여가며 감사했다.

그녀가 시야에서 벗어나자 주진석이 길게 한숨을 내쉬었다.

"우리 부녀는 두 분께 계속 빚만 지는군요."

"그 빚을 갚을 방법이 있습니다."

운성이 씩 웃었다.

주진석이 눈을 동그랗게 뜨고 물었다.

"그게 뭔가요? 두 분께 이 은혜를 갚을 수만 있다면 뭐든지 하겠습니다."

"헤헤. 뭐, 그렇게 대단한 건 아니구요."

"예, 말씀해 주십시오."

"역시 따님은 소중하지 않습니까? 그런데 우리가 따님을 구해드렸으니……."

주진석이 진지한 표정으로 다음 말을 기다렸다.

운성이 씩 웃으며 말을 이었다.

"은자 스무 냥 정도면 좀 비쌀까요?"

"예?"

"아, 그게 좀 많다면 은자 열 냥은 어떻습니까? 저희도 목숨을 걸고 지켜 드린 것인지라……."

"아… 예……."

주진석이 고개를 끄덕였다.

뭔가 좀 이상하긴 하지만 그래도 은자 열 냥에 딸을 구했으니 아깝다는 생각은 없다. 따지고 보면 그의 말대로 목숨을 걸고 딸을 구한 게 아니던가.

아마 모르긴 해도 이 남자는 돈이 급한 모양이리라.

주진석이 흔쾌히 대답했다.

"물론입니다. 딸을 구했는데 은자 열 냥이 대수겠습니까? 먼저 열 냥을 드리고 회화에 도착하면 제가 돈을 찾아 열 냥을 더 드리겠습니다."

"이제야 말이 통하시네!"

운성이 활짝 웃었다.

그가 주진석에게 귓속말로 전했다.

"그리고 이건 제 친구가 있을 때는 말하지 않는 겁니다. 사실 설씨가 이런 이야기를 하면 너무 낯 뜨거워 하거든요. 물론 속으론 좋아 죽으면서도 말입니다."

"하하, 알겠습니다."

주진석은 기분 좋게 고개를 끄덕였다.

그는 운성이 재미있는 사람이라고 생각했다.

하지만 그는 모르고 있었다.

운성이 그날 밤 얼마나 무서운 존재로 변했는지를.

第三章

운성출수(雲晟出手)

언덕 위에 달빛이 내려앉았다.

그 달빛을 밟으며 십여 명의 사람이 나타났다. 모두 흉흉한 살기를 내뿜고 있었는데, 그중 한 명은 유독 안색이 좋지 않았다. 그는 바로 몇 시진 전에 적수객잔에서 설화에게 당했던 추양문이었다.

"저곳이냐?"

"예, 사형."

추양문이 고개를 숙이며 답했다.

사형이라고 불린 남자는 적수문의 차기 문주감이라고 불리는 앙천검(仰天劍) 황석명(黃錫明)이었다.

그는 양기수와 추양문이 이름 모를 무사에게 당해서 돌아왔다는 소리를 들었을 때 길길이 날뛰었다.

"감히 적수에서 적수문을 멸시하는 자가 누구란 말인가! 내 당장 그놈을 찾아가 목을 베리라!"

결국 분기탱천한 황석명이 자신을 따르는 사제 열두 명을 데리고 여기까지 온 것이다.

그들이 내려다보는 곳에는 적수객잔이 희미하게 불을 밝히고 있었다.

"사형, 가기 전에 부탁이 있습니다."

"무엇이냐?"

"놈의 목숨을 제가 직접 거두게 해주십시오."

추양문이 이글거리는 눈빛으로 황석명을 바라보았다. 양기수와 자신이 그 많은 사람들 앞에서 수치를 당했으니 그렇게라도 분을 풀고 싶었다.

물론 놈과 정정당당한 승부를 벌일 생각은 없다. 황석명이 놈을 제압하면 마지막에 나서서 목숨만 끊을 생각이다. 그만큼 황석명의 실력을 믿고 있다는 뜻이기도 했다.

"그러마."

황석명이 듬직하게 대답했다.

추양문이 입꼬리를 추켜올렸다.

"감사합니다, 사형."

"가자!"

십여 명의 무인이 적수객잔을 향해 우르르 내려가기 시작했
다.

그런데 적수객잔을 거의 앞두었을 때다.

"내가 이럴 줄 알았지."

어디선가 불쑥 남자의 목소리가 들려왔다.

적수문의 무인들이 화들짝 놀라며 사방을 둘러보았다.

"누, 누구냐!"

"꼭 미친개를 두드려 패면 개떼가 몰려와요."

상당히 도발적인 말투.

하지만 무인들은 도대체 상대가 어디에 있는지 알아내기가
힘들었다. 그저 어둠 속에서 귀신의 속삭임처럼 들릴 뿐이다.

황석명이 애써 침착하게 한 걸음 나섰다.

"지금 말을 거신 분은 누구시오? 모습을 드러내어 소제의
인사를 받지 않으시겠소?"

그 순간 하늘에서 뭔가 뚝 떨어지는가 싶더니 무리 앞으로
한 사내가 나타났다.

바로 표운성이었다.

"그래, 어디 인사를 올려보아라."

상대의 거만한 태도에 황석명이 이를 부득 갈았다. 게다가
직접 보니 자신보다도 한참 어려 보이지 않나.

하나 갑자기 나타난 실력이나 기척을 숨기고 접근한 것들을
감안했을 때 만만하게 보아서는 안 될 자.

황석명이 포권지례(包拳之禮)를 취하며 말했다.

"소제, 적수문의 앙천검 황석명이라고 하오. 고명(高名)을 여쭈어도 괜찮겠소?"

"본좌는 표운성이다."

운성이 여전히 팔짱을 낀 채 대답했다.

황석명이 어금니를 꾹 깨물었다.

본좌? 이런 건방진 놈을 봤나.

그래도 아직은 함부로 나설 수 없다. 상대가 뭘 믿고 이렇게 설치는 것인지 모르겠지만, 혹 마교와 관련된 자라면 이쪽에서도 함부로 나설 수가 없다. 오히려 지금보다 더욱 고개를 숙여야 한다.

"표 형께서는 어인 일로 소제들의 앞길을 막으시오?"

"형이라니? 난 너희 같은 동생 둔 적 없어."

황석명은 점점 분이 끓어올랐지만 누르고 또 눌렀다.

그때였다.

황석명 옆에서 계속 머리를 굴리던 추양문이 문득 소리를 질렀다.

"아! 네, 네놈은!"

황석명이 추양문을 돌아보았다.

"아는 자이더냐?"

"분명히 아까 그놈과 한 자리에서 밥을 먹던 자입니다!"

"그래?"

황석명의 표정에 싸늘한 미소가 감돌았다.

그렇다면 그놈과 한패거리라는 뜻이 아닌가.

적어도 마교와 관련된 인물일 거라는 걱정은 하지 않아도 되는 것이다.

그래도 혹시 몰라 황석명이 확인 차 물었다.

"혹시 표 형께서는 천마신교(天魔神敎)에서 오신 분이오?"

"천마신교? 그딴 건 안 키우는데?"

무인들의 표정에 경악이 스쳤다.

지금 천마신교를 그딴 거라고 했나? 이거야 미치지 않고서야…….

하지만 황석명의 미소는 더욱 차가워졌다.

상대가 의외의 실력을 가지고 있긴 하지만 마교와 관련이 없는 이상 쳐도 된다는 뜻이 아닌가. 게다가 이쪽은 자신을 비롯해서 열네 명. 부상당한 추양문이 빠진다고 해도 열셋이다.

아무렴 새파란 애송이 하나를 두고 자신과 사제들이 밀릴까.

황석명이 턱을 치켜들었다.

"그럼 좀 비켜주겠나?"

달라진 말투다.

그의 태도에서 아까와는 전혀 다른 거만함이 우러나왔다.

표운성이 씩 웃었다.

"이제야 개가 으르렁거리는군. 암, 그래야 개답지."

"네놈이 죽고 싶어서 환장했구나."

"오오, 이제 물기 직전인가?"

스릉!

황석명이 검을 뽑아 들었다.

더 이상 말을 섞을 가치가 없는 놈이다. 그가 바닥을 박차며 소리쳤다.

"쳐랏!"

십여 명의 무인이 운성을 향해 빠르게 쇄도해 들어갔다. 그들의 검날이 운성의 목을 치려는 순간, 갑자기 검은 그림자가 그 사이에 끼어들었다.

쉬이이익!

까앙! 까가강!

"크윽!"

"악!"

섬광이 번뜩이는가 싶더니 십여 명의 무인이 일제히 튕겨 날아갔다. 바닥을 한참 굴러간 황석명이 이를 부득 갈고 몸을 일으켰다.

"크윽! 웬 놈들……!"

버럭 소리치던 그가 몸을 움찔 떨고 성큼 물러섰다.

운성 앞에는 어느새 흑색 방갓에 피풍의(避風衣)를 두른 사내들이 병풍처럼 둘러싸며 나타난 것이다. 그 위용이 태산처럼 거대해 보여 감히 입 밖으로 말을 흘려내기조차 힘들었다.

'이, 이놈들은 뭐지?'

방갓사내 중 한 명이 앞으로 나섰다.

"문주님을 해하려는 자, 살아 돌아가길 포기하라."

묵직한 저음에 차가운 눈빛.

맹수라도 그 눈빛을 보았다간 꼬리를 말고 도망치리라.

"도, 도대체 당신들……."

방갓사내로부터 쏟아져 나오는 무시무시한 살기에 황석명이 침을 꿀꺽 삼켰다.

자신도 모르게 턱이 달달 떨렸다.

그가 그럴진대, 다른 사람들은 말 다 한 것이다. 열두 사제는 다리를 후들후들 떨었고, 추양문은 아예 주저앉아서 일어날 생각조차 못하고 있었다.

그야말로 숨이 턱턱 막히는 엄청난 압박감.

그래도 황석명은 적수문의 차기 문주감이다. 위기 속에서도 일말의 자존심이 그에겐 남아 있었다.

그가 용기를 짜내 소리쳤다.

"당, 당신들 정체가 뭐야!"

방갓사내들 사이에서 운성이 걸어나왔다.

"우리? 개 잡는 사람들."

"헛소리 마라! 어디에서 온 놈들이냐?"

"글쎄, 그건 저승에나 가서 연구해 봐."

"이익!"

황석명이 검을 꽉 움켜잡았다.

하지만 그는 손가락 하나 꼼짝할 수가 없었다. 방갓사내들이 뿜어대는 무시무시한 기운에 억눌려 버린 것이다.

살면서 이토록 막강한 기운을 느껴본 적이 있던가. 단지 눈을 마주치는 것만으로도 솜털이 쭈뼛쭈뼛 섰던 적이 있던가.

아, 그러고 보니 예전에 적수문을 찾아왔던 마인을 만났을 땐 그랬다.

하지만 그때는 지금처럼 적의가 담겨 있진 않았다.

적수문의 무인들이 공포에 질려 있는 동안, 운성은 태연히 방갓사내와 말을 섞었다.

"극신, 왜 나타난 거야? 설마 내가 개 몇 마리한테 물릴까 봐?"

극신이라 불린 사내가 입꼬리를 올렸다.

"미친개에게 물리면 약도 없다지 않습니까?"

"안 물리면 돼."

"문주님을 호위하는 건 흑영대(黑影隊)의 최우선 임무입니다."

"지금은 괜찮으니까 물러나 있어."

"…그럼."

극신이 순식간에 십여 장을 물러나자, 다른 흑영대원들도 일제히 십여 장 밖으로 물러났다.

운성이 황석명에게 저벅저벅 걸어갔다.

"자, 개야, 이제 기 좀 펴고 달려들어 봐."

"너 이 새끼……!"

황석명이 분을 감추지 못해 부들부들 떨었다.

그래도 흑영대가 물러나서 살기를 거두자 조금 전보다는 기운을 차린 모습이다.

황석명이 운성을 빤히 노려보았다.

‘어디서 이런 놈이 나타난 거지? 밀교라도 생겼나? 정파의 비밀 조직인가? 아니다. 문주라고 하지 않았던가? 그럼 어디 문파라는 건가?

머리를 이리저리 굴려봤지만 딱히 떠오르는 것이 없다.

어쨌거나 이곳에서 살아갈 생각은 버리는 게 좋을 것이다. 그 정도의 감은 살아 있다.

생각지도 않게 일이 꼬였다.

하지만 죽더라도 저 재수없는 놈만은 죽이고 싶다. 그건 적수문의 차기 문주감인 황석명의 마지막 남은 자존심이다.

황석명이 검을 고쳐 잡았다.

“네놈만은 죽여주마! 놈을 쳐라!”

쒜에엑!

대답 대신 파공음이 바로 이어졌다.

십여 명의 무인이 일제히 운성을 향해 쇄도해 들어갔다.

순간 운성의 눈빛이 매섭게 빛났다. 지금까지 장난기 가득했던 운성과는 전혀 다른 사람 같았다. 그가 손바닥을 들어 앞으로 쭉 내뻗었다.

더없이 단순한 행동.

하나 그 파급효과는 컸다.

콰콰지직! 파앙!

바닥이 불룩불룩 솟았다. 마치 거대한 용이 땅속을 헤엄쳐 가듯 십여 명의 무인을 향해 쏘아져 나갔다. 이어서 비명이 터졌다.

“크악!”

“으아악!”

발 아래로 지룡(地龍)이 지나가면 누구나 할 것 없이 피를 토하며 쓰러졌다. 열세 명의 무인이 쓰러진 것은 거의 동시라고 해도 좋을 만큼 순식간이었다.

지룡장(地龍掌)의 위력이다.

이렇게 허무한 싸움이 있을까 싶다.

앙칼지게 소리치던 황석명도 눈을 허옇게 까뒤집고 절명했다.

‘뭐 이런 괴물이……’

유일하게 살아남은 추양문이 넋을 놓고 운성을 보았다.

지룡이 휩쓸고 지나간 바닥은 순식간에 초토화가 됐다. 마치 땅속에 미리 화약이라도 묻어둔 것만 같다.

‘세, 세상에 이런 무공이 존재하다니.’

아니, 분명 존재한다.

이보다 더 무서운 무공도 존재한다.

하지만 그로서는 아직 한참 어려 보이는 운성이 이 정도로 막강한 무공을 사용한다는 것에 놀란 것이다.

“불나방.”

불쑥 들린 목소리에 추양문이 고개를 들었다.

운성이 다가왔다.

“아무리 살려주려고 해도 죽을 줄 모르고 달려드는 불나방이지.”

“무, 무슨 소리……?”

“살 기회를 줘도 다시 죽을 자리를 찾아오잖아, 지금처럼.”

운성의 표정은 더없이 싸늘했다.

지옥에서 온 사자라면 저런 표정을 지을까?

추양문이 덜덜 떨며 말했다.

“살, 살려주십시오, 대협!”

“늦었다. 오늘 네 결정이 적수문을 멸문시킨 것이다.”

“……!”

지금 멸문이라고 했나?

분명 적수문의 멸문이라고!

도대체 이게 무슨 소리인가? 이 남자는 누구기에 적수문을 멸문시킨다는 말을 이리도 태연히 하는 건가?

적수문이 아무리 시골 촌구석에 자리한 작은 문파라지만 어디 멸문이라는 것이 말처럼 쉬운가? 게다가 지금의 적수문은 마교와 밀접한 관계가 있지 않나.

운성의 말이 너무 충격적이어서 추양문은 아무런 말도 꺼내지 못했다.

운성이 천천히 손을 들어 올렸다. 그의 손바닥이 추양문의 가슴을 겨눴다.

추양문은 살려달란 말도 꺼낼 수가 없었다.

“가라.”

펑!

“커억!”

추양문은 검은 피를 한 움큼 토하고 그대로 절명했다. 그의 가슴에 손바닥 자국이 움푹 파였다.

"극신."

운성의 부름에 극신이 옆에 내려섰다.

"홍문 별장은?"

"차진양 태상 문주가 죽었습니다."

"강무라는 자는?"

"그 역시 함께……."

운성은 담담히 고개를 끄덕였다.

예상하고 있었다는 반응이다.

"놈들은?"

"차 소저를 쫓고 있으나 아직은 감을 잡지 못한 것 같습니다."

"굳이 찾아내 죽이겠단 말이군."

"남은 은원(恩怨)은 확실히 없애야 할 테니까요."

운성이 고개를 끄덕였다.

"그럼 우리도 확실히 해야지. 적수문에 대해서 말해봐."

"적수 마을에서 북쪽으로 오 리 정도 떨어진 곳에 있는 문파입니다. 삼 년 전에 마교에 굴복하면서 세를 좀 불렸으나, 아직은 규모가 그리 크진 않습니다."

극신이 막힘없이 대답했다.

적수는 크지 않은 지역이다. 게다가 이곳에는 적수문을 제외한 어떠한 문파도 존재하지 않는다. 그런데도 이러한 시시

한 문파의 정보까지 훤히 꿰뚫고 있다는 것은 실로 놀라운 정보력이라고 할 수 있었다.

하나 운성은 극신의 이런 정보력이 당연하다는 듯 말을 이었다.

"얼마나 필요해?"

"흑영대 삼 개 조로 충분합니다."

"가서 지워."

"존명."

명이 떨어졌다.

운성의 단 한 마디로 적수문은 오늘 밤부터 이 세상에 존재하지 않는 문파가 될 것이다. 극신의 기척이 순식간에 사라졌다.

그런데,

"아참, 극신!"

"……."

"극신?"

"……."

"얘들아~"

하지만 여전히 이어지는 침묵.

운성이 한숨을 내쉬고 고개를 돌렸다.

"젠장! 성질 급한 놈들! 아아, 이것들 뒤처리는 언제 다 하지?"

운성이 바라보는 곳에는 열네 구의 시체가 널브러져 있었다.

그리고 쑥대밭이 된 길바닥.

적어도 흔적을 최대한 남기지 않아야 마교의 추적을 늦출 수 있을 것이다.

'흑영대 이놈들, 분명히 뒤처리하기 싫어서 전부 사라진 걸 거야! 돌아오면 두고 보자!'

"악! 짜증나!"

운성이 울상을 지으며 소리쳤다.

*   *   *

부우엉! 부우엉!

아득히 들려오는 부엉이 울음소리가 어둠을 찢었다.

적수문의 문주 단혁상(但奕上)이 문득 눈을 부릅떴다.

'기척!'

조금 전까지만 해도 아이처럼 곤하게 자던 사람이라고는 믿어지지 않을 정도로 날카로운 눈빛이었다.

그는 여전히 침상에 누운 채 꼼짝도 하지 않았다. 대신 천천히 숨을 고르며 눈알만 굴렸다.

'만만한 자가 아니다.'

상대의 무공 수위를 확실히 읽어내기가 어렵다.

하지만 한 가지는 확실하다.

지금 그 상대가 침실에 있다는 것!

난감하게 됐다.

이해할 수도 없다.

도대체 상대가 이토록 접근할 동안 어째서 기척을 전혀 느끼지 못했단 말인가. 적수문이 강호에 내로라하는 문파는 아닐지라도 삼류무사들만 끌어모은 곳도 아니었다. 만약 그 정도로 형편없는 곳이었다면 마교가 굳이 이런 시골 방파까지 찾아와서 굴복시키려고 했겠는가.

어쨌든 단혁상은 그런 적수문에서 이십 년째 장문인으로 지내왔다. 무림이 두려워할 만한 절정고수는 아닐지라도 일류고수 서넛 정도라면 어렵지 않게 제압할 만한 실력은 된다.

한데 이렇게 둔감했다니!

아니, 그건 틀린 말이다.

단혁상이 둔감했던 것이 아니다. 상대의 움직임이 지독히 은밀스러웠기 때문이리라.

도대체 누가?

누가 이 시골 방파를 이토록 은밀하게 방문했단 말인가?

'마교에서?

하지만 단혁상은 속으로 고개를 저었다.

마교에서 이런 야심한 시각에 찾아올 까닭이 없질 않나. 이미 적수문이 마교에 매수된 것은 세상에 다 알려진 사실. 마도 천하의 시대에 마교가 눈치를 보며 찾아올 일이 무어란 말인가.

그렇다면 답은 하나다.

'이곳에 있는 자는 적이다. 호의는 없을 것.'

언제 침실까지 들어왔을까?

오래됐다면 왜 자신을 여태 죽이지 않은 것일까?

만약 놈을 친다면 언제 쳐야 할까?

머릿속이 한참 복잡하게 돌아가고 있을 때, 불쑥 어둠 속에서 목소리가 들려왔다.

"일어나셨소?"

단혁상은 저도 모르게 움찔 떨고 말았다.

최대한 들키지 않도록 기도를 조절했건만, 상대는 그 미세한 차이까지도 감지해 낸 것이다.

팟!

순간 탁자 위에 불이 밝혀졌다.

등에 불을 밝힌 사람은 방갓을 등 뒤에 걸고 있는 한 사내였다.

단혁상은 체념하고 침상에 바로 앉았다.

"귀하는 뉘시오?"

사내는 여전히 등을 보이고 있었다.

"흑영대주요."

"흑영대주?"

단혁상이 눈살을 찌푸렸다.

흑영대주라…….

흑영대라는 조직이 어디에 속한 곳이었던가?

알 만한 곳을 떠올려 봤지만 도무지 소속을 짐작할 수가 없었다.

“실례이오나 어디서 오신 분이오?”

“구룡문(九龍門)이오.”

구룡문의 흑영대.

역시 처음 듣는다.

단혁상이 한참 기억을 더듬는데 사내가 몸을 돌렸다. 순간 단혁상은 저도 모르게 움찔 떨고 말았다.

사내는 창백하리만치 새하얀 피부의 중년인이었다. 이목구비가 뚜렷하고 콧수염이 고르게 돋아 전체적으로 볼 때 미중년의 인상이었다. 하나 피부만큼은 마치 저승사자의 그것처럼 창백했다.

때문에 단혁상은 정말로 자신 앞에 사자가 와 있는 것이 아닌가하는 착각마저 일 정도였다.

그가 바로 흑영대주 위극신(威極迅)이었다.

“다른… 문도들은 어찌 됐소?”

“죽었소.”

극신이 짤막하게 대답했다.

단혁상은 별로 놀라지 않았다. 이미 짐작하고 있는 바였다.

상대는 대주라 했다.

그렇다면 어지간해서는 그 혼자 이런 곳에 들어왔을 리는 없다. 그를 따르는 흑영대 무사들이 밖에 있으리라.

짐작을 했다지만 허무하다는 생각이 들긴 한다.

이럴 줄 알았다면 차라리 삼 년 전 그날 명예롭게 싸우다가 마인들에게 죽을 걸 그랬다는 생각도 든다.

"정파에서 오셨소?"

극신이 고개를 저었다.

"하면 마교?"

그럴 리가 없을 거라고 생각하면서도 혹시 몰라 물었다.

역시 극신은 고개를 저었다.

단혁상이 더욱 모르겠다는 표정으로 물었다.

"그럼 대체 어디요?"

"어디에 속하지도 않으면서 어디에나 속하는 곳이오. 하니 그건 그리 중요하지 않소. 단지 이 모든 것은 우리 문주님의 뜻이오."

도대체 구룡문이 어디란 말인가.

어디기에 마교에 편입된 적수문을 이리도 과감히 건드린단 말인가. 이들은 마교를 적으로 돌리고도 무사할 것이라고 생각하는 건가?

단혁상이 천천히 일어났다. 그가 침상 옆에 놓인 검을 집어 들었다.

"그럼 날 기다린 이유나 들어보지."

그가 말을 놓았다.

상대에게 살기를 겨누면서까지 말을 높일 필요는 없다고 판단했다. 이미 그는 죽음마저 각오하고 있었다.

잠이 든 자신이 깨어날 때까지 기다린 것은 이유가 있을 터. 단혁상은 서서히 기를 끌어올리며 극신의 말을 기다렸다.

"앞으로 적수문에 찾아올 자는?"

"사흘 후, 마교에서 사람이 올 것이다."

극신은 고개를 끄덕이고 일어났다.

이것으로 용무는 끝났다.

앞서 물어본 적수문의 무인과 같은 대답이었다.

그렇다면 사흘의 시간은 벌 수 있으리라.

"볼일이 끝났나 보군."

"미안하게 됐소."

단혁상의 입꼬리가 슬며시 올라갔다. 찰나,

슈아아앙!

그의 검이 대각선으로 올라가며 붉은 빛깔의 검기를 뿜어냈다. 적수검기(赤水劍氣)였다. 붉은 빛깔의 검기가 마치 세찬 물줄기처럼 극신을 향해 날아갔다.

파앙!

요란한 충격음과 함께 극신이 문짝을 부수며 밖으로 날아갔다.

"죽어라!"

단혁상이 곧바로 극신을 쫓아 몸을 날렸다. 허공으로 뛰어오른 그가 인정사정없이 검을 아래로 내리그었다.

콰자자작!

벽력과 같은 소리가 울리며 붉은 검기가 그대로 수직 하강했다. 단 한 번 검을 휘둘렀을 뿐인데도 검기는 쏟아져 내리는 물줄기처럼 같은 자리에 오랫동안 이어졌다. 그것이 장문무공인 낙수절검(落水絶劍)의 강점이었다.

하지만 극신은 자세 하나 흐트러지지 않고 상대의 검공을 막아냈다. 폭포수처럼 쏟아지는 검기가 그치자 극신이 훌쩍 물러나며 입꼬리를 올렸다.

"과연 장문인답소. 이들보단 한결 낫군."

그제야 단혁상이 주위를 둘러보았다. 적수문의 무인들이 곳곳에 싸늘한 시체로 널브러져 있었다.

순간 단혁상의 눈이 뒤집혔다.

짐작은 했다지만 문도들의 참상을 눈으로 확인하자 감정이 주체되지 않았다.

"노옴!"

그가 노호성을 터뜨리며 극신을 향해 짓쳐들었다.

하나 철저한 이성을 유지하면서도 이기기 힘든 상대다. 하물며 분노로 이성을 상실한 그가 극신을 이기기란 계란으로 바위를 치는 격이었다.

사실 이 부분을 계산한 극신이었다.

그래서 일부러 몸을 튕겨 침실 밖으로 단혁상을 끌어낸 것이다. 대저 배신을 잘 하는 자들은 지조가 굳지 못하고 감성에 잘 휘둘린다. 그런 자들은 오히려 흥분하기가 쉬운 법.

역시나 부하들의 죽음을 본 단혁상은 눈에서 불을 뿜었고, 금방 손발이 어지러워지기 시작했다.

극신은 휘몰아치는 단혁상의 검을 연신 흘려보내다가 어느 순간 눈을 부릅떴다.

‘지금!’

극신이 단혁상을 스치는 순간 섬광이 일어났다.

슈아악!

“커억!”

단혁상의 현란하던 움직임은 시간이 멈춘 것처럼 굳었다.
두 사람의 자리는 서로 바뀌어 있었다.

극신이 천천히 검집에 검을 집어넣었다.

철컥.

털썩.

단혁상이 무릎을 꿇었다.

“후후, 세상은 아직도 넓구나.”

“당신에겐 아무런 원한이 없소.”

극신이 무뚝뚝하게 말하고 걸음을 옮겼다.

단혁상이 힘겹게 말을 뱉어냈다.

“죽기 전에… 하나만 묻지.”

“…….”

“목적이 무엇인가?”

“죽음.”

극신의 대답은 짧았다.

그렇기에 단혁상은 죽어가면서도 알 수 없었다.

죽음이라니?

마교의 죽음을 말하는 것인가, 정파의 죽음을 말하는 것인
가?

수수께끼 같은 대답.

단혁상은 죽어가면서까지 그 '죽음'에 대해 고민하며 숨을 거두었다.

*　　　*　　　*

다음날, 운성과 설화는 다시 주진석의 마차에 올랐다.

어제저녁에 불미스러운 일이 있었던 만큼 주진석은 아침부터 부지런히 길을 서둘렀다.

"흐아암~"

짐칸에 앉은 운성이 기지개를 켜며 늘어지게 하품을 했다.

설화가 한심하다는 듯 바라보았다.

"그러게 왜 길바닥에서 자니?"

"시끄러. 누구 때문에 이렇게 됐는데."

운성이 중얼거리며 입을 삐죽 내밀었다.

온 삭신이 쑤셨다.

어젯밤, 추양문을 비롯한 적수문의 무인들을 상대하고 나서 그 뒤처리를 하느라 잠을 제대로 자지 못한 탓이었다.

'아, 생각만 해도 열받네. 흑영대 이놈들, 군기가 쏙 빠졌어!'

한편 그런 속사정을 알 리 없는 설화가 어이없다는 표정으로 쏘아붙였다.

"그럼 그게 나 때문이라는 거야?"

"당연한 걸 묻는군."

"기가 막혀! 애초에 밖에서 자겠다고 한 사람이 누군데?"

"거기까진 좋았지."

"그럼?"

"네가 어제 사고 쳤잖아."

"그래서?"

"그것 때문에 밤새 한숨도 못 잤다고."

그제야 설화는 당황한 표정으로 머뭇거렸다. 운성이 어제일 때문에 신경이 쓰여서 잠을 제대로 못 잤다고 하니 왠지 미안한 마음이 든 것이다.

"그, 그럼 혹시 어제 계속 밖에서 그놈들 쳐들어올까 봐 경계했던 거야?"

"당연하지. 그런 파락호 같은 놈들은 확실히 처리하지 않으면 앙심을 품고 다시 오게 마련이라고."

'의외로 책임감은 있네?

설화가 조금은 누그러진 목소리로 대답했다.

"그래도 조용히 넘어갔잖아. 무사히."

"뭐?"

"아무 일도 없었잖아. 네가 밤새 신경을 곤두세운 건 뭐… 미안하게 된 일이지만, 결국 내 말대로 조용히 넘어갔잖아."

이번에는 운성이 어이없는 표정을 지었다.

"너 설마 아직도 그놈들이 너한테 겁먹고 나타나지 않은 거라고 생각하는 거야?"

“그럼?”

“하! 정말 그렇게 생각해?”

“그럼?”

“그놈들 어제 떼거지로 쳐들어왔었어.”

“뭐?”

설화가 깜짝 놀라 반문했다.

“어제 네가 벤 추양문이라는 자식이 사형들이랍시고 우루루 사람들을 끌고 나타났단 말이지.”

“정, 정말이야?”

“내가 그딴 걸로 왜 거짓말하냐? 난 거짓말 안 해. 조금 치사해서 그렇지.”

“알긴 아는구나.”

“암, 난 나 자신을 잘 알아.”

어라? 이런 말 하려는 게 아닌데.

운성이 고개를 흔들고는 다시 말을 이었다.

“아무튼 내가 그놈들 처리하느라고 잠을 제대로 못 잤다고.”

‘밤사이에 그런 일이 있었다니.’

설화는 미안한 마음에 쉽게 말을 꺼내지 못했다.

물론 어제의 행동에 대해서 후회는 하지 않는다.

다만 그들이 복수하러 올 것이라는 생각을 하지 않고 자신이 편히 잠을 자는 동안, 운성이 그들을 막았다니 미안한 생각이 드는 것은 어쩔 수가 없었다.

한참 후에야 설화가 넌지시 물었다.

"그래서… 어떻게 됐어?"

"어떻게 되긴, 다 처리했지."

"그럼 적수문에서 가만히 있지 않을 텐데?"

"괜찮아."

"어째서?"

"멸문시켰으니까."

"멸문… 이라니?"

"말 그대로. 적수문은 이제 강호에 존재하지 않아."

"……."

설화가 한숨을 내쉬고는 고개를 돌렸다.

'저놈 말을 곧이곧대로 믿은 내가 바보지.'

멸문이라니.

가당키나 한 소린가?

아무리 시골 방파라곤 하지만 그래도 정파에서 인정받은 하나의 문파다. 그런 문파를 멸문시켰다고? 하룻밤 사이에?

저런 장난을 치면 재미있는 걸까?

도대체 정신연령이 몇 살일까?

설화가 무한한 불신을 가지는 동안, 운성은 태연히 다음 말을 이어갔다.

"마교에서 사흘 후에 적수문을 방문한다고 했으니 사흘은 여유가 있을 거야. 아마 그 후라도 흔적을 찾기가 쉽지 않을 테니 곧장 우리를 추격하긴 어려울 거야."

“네에, 네, 어련하시겠어요.”

“어째 빈정거리는 것 같은데?”

“몰라. 피곤해. 그만 얘기하자.”

설화가 등을 기대며 퉁명스레 대꾸했다.

운성이 발끈했다.

“네가 왜 피곤해? 그놈들 멸문은 내가 시켰는데.”

“알았다구, 알았어.”

“알면 다냐? 이건 은자 삼백 냥 정도는 더 받아야 한다고.”

결국 설화도 참다못해 버럭 소리쳤다.

“그만 좀 해! 도대체 언제까지 은자 타령이나 할 거야! 네 장난에 놀아줄 기분이 아냐! 그래, 백번 양보해서 멸문시켰다고 치자. 누가 멸문시키랬어? 네가 날 보호하려고 그랬다며? 그럼 그건 네 임무잖아? 이미 계산된 부분이라구!”

설화가 매섭게 몰아치자 운성이 벙 찐 표정으로 아무런 말도 하지 못했다. 뭐라고 따지고 싶어도 그녀의 말이 구구절절 옳은 말이니 대꾸도 할 수 없었다.

운성이 입을 비죽 내밀고 시선을 돌렸다.

“생각보다 똑똑하군.”

“뭐야?”

설화가 도끼눈으로 소리쳤다.

두 사람은 그러고도 한참 동안 서로 말도 나누지 않은 채 마차에 몸을 맡겼다.

얼마나 갔을까?

설화가 먼저 침묵을 깼다.

"그 도(刀)는 뭐야?"

그녀가 가리킨 것은 운성이 허리춤에 차고 있는 두 자가 좀 넘는 길이의 도였다.

"이제부턴 필요할지도 몰라서."

"어디서 난 건데?"

"극신한테 달라고 했어."

"극신?"

"있어. 내 부하."

설화가 입술을 꾹 깨물고 눈을 지그시 감았다.

"넌 지치지도 않니?"

"뭐가?"

"장난치는 것 말야."

"무슨 장난?"

"허풍 말이야, 허풍!"

"무슨 소리야? 내가 언제 허풍을 쳤다고 그래?"

운성이 시큰둥하게 대꾸하자 설화는 기가 막혔다.

"그러니까 네 말은 이곳 적수까지 귀신처럼 따라붙은 부하가 있고, 그 부하한테 어제 그 도를 받았단 말이지?"

"맞아."

"좋아, 그럼 그 부하를 불러봐."

"지금?"

"그래."

“안 돼.”

“왜?”

“사군자(死軍者)들은 낮엔 나오기 힘들어.”

“사군자? 죽은 군사라는 뜻인가?”

“대충 비슷해.”

“왜 낮엔 나올 수 없는데?”

“빛을 보면 별로 안 좋아.”

“흥! 정말 귀신이라도 되는 모양이네.”

“귀신은 아냐. 엄연히 사람이야.”

순간, 운성의 표정에 아주 잠깐 씁쓸한 기색이 스쳤다. 그 모습이 너무 서글퍼 보여 보는 사람도 가슴이 시큰할 정도였다.

하지만 워낙 찰나지간에 지나간 표정이었기에 설화는 자신이 잘못 보았나 하는 착각마저 들 정도였다.

‘뭐야, 방금 그 표정은?’

설화는 고개를 내저었다.

저것도 사기꾼 같은 녀석의 계산된 행동일지도 모를 일.

설화는 더 이상 따지기를 포기하고 빈정거리듯 물었다.

“그래, 알았어. 부하가 있단 말이지?”

“응.”

설화가 비웃듯 말했다.

“네가 대주쯤 되나 보지?”

“대주는 아니지만 문파라면 하나 가지고 있어.”

“문파라고? 그럼 네가 문주라도 된단 말이야?”

“응.”

얼씨구?

하긴, 혼자 문파를 세우고 문주라고 자칭할 수도 있는 노릇이겠지.

설화가 픽 웃고는 계속해서 물었다.

“그래, 문도는 몇 명이나 되는데?”

“글쎄. 정확히 세어보진 않았지만… 중원에 흩어져 있는 사람들 다 합하면 천 명 정도는 되지 않을까? 좀 모자라려나?”

설화가 입꼬리를 파르르 떨었다.

‘갈수록 가관이구나. 도대체 뭘 먹으면 저리도 뻔뻔할 수가 있을까? 분명 저 도도 어디 무기 상점에서 급하게 구입한 걸 거야.’

도대체 믿을 소리를 해야지.

들통 난 거짓말이라도 어느 정도 믿을 만해야 당한 사람이 화가 나는 법이다. 한데 이건 너무 허무맹랑하니 화도 나지 않는다.

결국 설화는 더 이상 그를 추궁하지 않기로 했다.

거짓말이라는 걸 밝혀서 무안하게 해줄 생각이었지만, 저토록 뻔뻔한 성격으로 보아선 필시 거짓말이 밝혀져도 눈 하나 감빡하지 않고 또 다른 소리를 하리라.

설화는 눈을 감았다.

충분히 잠을 잔 그녀였지만 운성과 대화를 하면 할수록 피로가 누적되는 기분이었다.

운성이 설화의 눈치를 살피다가 조심스레 입을 열었다.

"가만히 생각해 봤는데 말이야."

"뭘?"

"그… 내 임무 말이야. 널 수행하는 것."

"부담돼? 그럼 지금이라도 돌아가도 돼. 선금은 돌려받지 않을게."

"어허, 낭자께서 어찌 말을 이리도 서운하게 하실까?"

"할 말이 뭔데?"

"그냥 위험수당 정도는 받아야 하지 않을까 싶어서."

"위험수당이라니?"

"사실 어제처럼 문파 하나를 멸문시킨 건 상당히 위험한 일이잖아. 아무리 내 임무라지만 그땐 나도 잠을 자야 할 시간이었고, 네가 내 말 듣고 사고만 치지 않았어도 일어나지 않을 일이었으니. 그러니까 앞으로라도 이런 경우에는 초과 근무수당에 위험수당을 쳐준다면 내가 더욱 열심히……."

퍽!

설화가 던진 봇짐이 운성의 안면을 강타했다.

봇짐이 떨어지자 운성이 벌겋게 부어오른 얼굴로 버럭 소리쳤다.

"이게 무슨 짓이야!"

"시끄러! 그냥 가버려! 선금은 돌려받지 않을 테니까!"

"뭐야? 정말 간다?"

“그래. 잘 가.”

설화가 일말의 망설임도 없이 고개를 돌려 버렸다.

운성이 어정쩡하게 일어나며 다시 말했다.

“나 간다?”

“…….”

“간다?”

“아직도 안 갔니?”

“…….”

운성이 배시시 웃으며 설화에게 봇짐을 돌려주었다.

“헤헤, 농담이었어. 내가 널 두고 어떻게 가겠어? 그래도 계약은 계약인데.”

‘흥! 완수금은 받아내겠단 심보군!’

설화는 눈을 감은 채 그저 덜컹거리는 짐마차에 몸을 맡겼다.

그녀로서는 떼어내기 힘든 혹이 붙은 것, 그 이상도 이하도 아니었다.

第四章

악사파(惡士派)

운성 일행은 오늘 밤 노숙을 하기로 결정했다. 다음 마을까지 제법 거리가 있기에 어쩔 수 없는 선택이었다. 숲 속 적당한 곳에 자리를 깐 일행은 건포로 대충 배를 채우고는 잠을 청했다.

워낙 아침부터 서둘렀기에 금방 피로가 몰려왔다.

하지만 마음이 심란한 설화는 쉽게 잠을 잘 수 없었다. 시간이 지날수록 할아버지가 걱정됐다. 또 어제 자신이 건드린 두 명의 적수문 무인도 신경이 쓰였다.

'만약 그들이 마교에게 어제 일을 말한다면 어쩌지? 혹시 나란 걸 알 수도 있지 않을까? 역시 정파 운운한 건 너무 경솔했어.'

지나간 일들은 아무리 완벽하더라도 아쉬움이 남게 마련인가 보다.

운성의 말로는 멸문시켰다지만 그걸 믿을 사람은 아무도 없으리라.

'멸문? 도대체 어떻게 돼먹은 애가 그런 무서운 말을 아무렇지도 않게 하지? 할아버지랑 강무 아저씨는 무슨 생각으로 저런 남자를 선택하신 걸까?'

생각할수록 기가 차고 화가 났다.

서글픔과 그리움이 묘한 짜증과 분노로 점점 바뀌고 있었다. 이때,

바스락.

아주 미세한 소리.

나뭇잎이 무언가에 밟히는 소리다.

'인기척!'

동물의 발걸음 소리가 아니다. 그 정도는 구분할 줄 안다.

사람이다. 누군가 이곳으로 다가오고 있다.

그것도 매우 은밀하고 조심스럽게.

좋은 의도가 아닌 것만은 분명하다.

'누구지? 산적인가?'

가능성은 충분히 있다.

이곳은 마을과 마을 사이의 거리가 제법 되는 숲이다. 아마 많은 사람들이 이쯤에서 노숙을 할 것이다. 그렇다면 그 점을 노리는 산적도 있으리라.

설화는 몸을 일으키고 주위를 둘러보았다.

아직 눈에 보일 정도로 가깝진 않다. 어쩌면 숨어서 자신의 행동을 지켜보고 있는지도 모른다.

그녀는 최대한 자연스럽게 일어나서 운성 곁으로 다가갔다. 운성은 세상모르고 꿈나라를 헤매고 있었다.

"운성."

그녀가 나직이 불렀다.

하지만 여전히 운성은 코만 골 뿐 일어날 기미를 보이지 않았다.

"야, 표운성."

"음냐… 쿨……."

설화가 입술을 쿡 씹고는 운성의 귀에 대고 다시 속삭였다.

"앗, 은자다!"

"뭐? 어디어디?"

운성이 발딱 일어나서 사방을 두리번거렸다.

하지만 눈에 보이는 것은 휑한 숲의 전경과 꺼져 가는 모닥불밖에 없었다.

"뭐야? 은자가 어디 있어?"

"조용히 하고 내 말 잘 들어."

"흐아암~ 무슨 일인데?"

운성이 투덜거리며 물었다.

"근처에 누군가 있어."

"누가?"

“몰라. 아무래도 산적 같아.”

운성이 화들짝 놀라며 버럭 소리쳤다.

“뭐야! 산적이 있단 말이야? 그럼 이거 큰일… 읍!”

워낙 큰 소리였기에 설화도 깜짝 놀라며 얼른 운성의 입을 틀어막았다.

하지만 운성의 방정맞은 목소리는 모닥불 근처에서 자던 모든 사람을 깨우기에 충분했다.

곤히 자던 주진석과 소영도 겁에 질린 표정으로 일어났다.

“산, 산적이라니요?”

“아, 아버지…….”

소영이 아버지의 손을 꼭 잡으며 어깨를 가늘게 떨었다.

설화가 어금니를 쿡 씹었다.

애초에 운성을 깨운 게 잘못이다.

이쪽에서 먼저 알고 대비한다면 역습을 할 수 있으리라 기대했다. 그리고 혼자 하는 것보단 조력자가 있다면 더 좋을 것이라 생각했다. 그래서 운성을 깨웠는데…….

‘아아, 내가 미쳤지.’

아니나 다를까, 숲 속에서 사람들이 한 명씩 모습을 드러냈다. 모두 하나같이 험상궂은 표정에 기골이 장대한 거한들이다.

“크크크, 들켜 버렸군.”

“형님, 싱싱한 계집도 하나 있는뎁쇼?”

거한들의 등장에 주진석과 소영은 사색이 되고 말았다.

설화가 나서려는데, 마침 운성이 벌떡 일어나더니 주진석과 소영의 앞을 가로막고 섰다.

운성이 싸늘한 목소리로 물었다.

"웬 놈들이냐?"

"훗, 애송이가 제법 기개가 있구나."

커다란 도를 어깨에 짊어진 거한이 입꼬리를 추켜올렸다.

운성이 그를 빤히 바라보며 다시 물었다.

"웬 놈들이냐고 물었다."

그러자 옆에 서 있던 애꾸눈의 사내가 불쑥 나섰다.

"우리는 괴륭산(傀隆山)의 악사파(惡士派)다! 이분은 우리 두목이신 장기춘(藏基春)님이시다!"

"장기춘?"

"그렇다!"

순간 운성이 후다닥 물러났다.

"아니, 그렇다면 당신이 바로 재채기 한 번에 날아가는 새도 떨어뜨리고, 웃음소리에 호랑이도 놀라 도망가고, 이름 석 자에 우는 아이도 울음을 그친다는 그 장기춘이란 말이오?"

"뭐, 그, 그렇지."

장기춘이 어리둥절한 표정으로 고개를 끄덕였다.

그러자 운성이 더욱 경악한 표정으로 소리쳤다.

"그렇다면 귀하들께선 손짓 한 번에 나무 삼천 그루가 쓰러지고, 입김 한 번에 계곡물도 얼려 버리며, 오줌 한 번 누면 괴륭산에 폭포수가 흐른다는 바로 그… 그… 저… 이름이 뭐

였죠?"

"악사파… 인데……."

"아! 바로 그 악사파란 말이오?"

"그, 그렇다. 마지막 건 좀 이상하긴 하지만……."

"이럴 수가! 천상천하유아독존(天上天下唯我獨尊) 무림최고절대고수(武林最高絶對高手) 지상최대잔악도적(地上最大殘惡盜賊)이라는 별호를 가진 장기춘을 만나다니! 우린 다 죽었구나!"

운성의 호들갑에 악사파는 오히려 멍한 표정이 되고 말았다.

반면 주진석과 소영은 더욱 새파랗게 질렸다. 주진석이 운성을 향해 더듬거리며 물었다.

"저, 저들이 그토록 무서운 자들입니까?"

"물론이지요! 천상천하유아독존 무림최고절대고수 지상최대잔악도적을 이런 야.심.한. 시각에 만났으니 우리는 매우 위.험.한. 상황에 놓인 것입니다! 남들 다 자는 야.심.한. 시각 아닙니까? 수당 없이는 아무도 일하지 않는 요즘 같은 시대에 누가 잠도 자지 않고 우리를 도와주러 오겠습니까? 그러니 도움을 구할 수도 없고, 게다가 이렇게 위.험.한. 도적을 만났으니!"

그제야 설화는 운성이 왜 저리 호들갑을 떠는지 알 수 있었다. 야심한 시간이라는 것과 위험한 순간이라는 것을 거듭 강조하는 것을 보면, 분명 아까 말했던 초과 근무수당과 위험수당을 받고 싶어서 저러는 것이리라.

설화가 한숨을 길게 내쉬고는 일어났다.

"주 대인, 너무 걱정 마십시오. 제가 나서보겠습니다."

그녀가 저벅저벅 걸어가서 장기춘 앞에 섰다.

"목적이 뭔가?"

장기춘은 곱상한 사내가 나타나서 대뜸 말을 놓자 눈살을 구겼다.

"이건 또 뭐야? 너, 우리가 얼마나 대단한지 듣고도 반항을 하겠단 건가?"

"물러가라. 그러지 않으면 너희 모두 벨 것이다."

설화가 당당하게 맞섰다.

한편으로는 걱정도 됐다. 만약 놈들이 무공을 익힌 자들이라면 조금 버거울 수도 있었다.

물론 일대일의 상황이라면 지지 않을 자신이 있다.

하지만 이들이 모두 한꺼번에 덤빈다면?

단순한 도적들이라면 문제가 없겠지만.

이상하게 이들이 쉽게 보이지만은 않는다.

'그렇다고 저런 사기꾼 같은 운성에게 맡길 수는 없어.'

설화가 마음을 다잡고 검 손잡이로 손을 가져갔다.

장기춘이 픽 웃으며 애꾸에게 눈짓을 했다.

"네가 상대해 줘라."

"예, 형님."

애꾸가 입꼬리를 추켜올리며 나섰다. 그는 두 자루의 커다란 낫을 들고 있었다.

설화가 미간을 찡그렸다.

"곱게 물러나지 않겠단 뜻이군."

"클클. 애송아, 상대를 잘못 골랐다!"

순간 애꾸가 쏜 화살처럼 달려나갔다.

카창!

설화의 검과 애꾸의 낫이 교차하면서 불꽃이 일었다. 설화
는 뒤로 몸을 성큼 물리면서 눈을 부릅떴다.

'무공을 익혔어! 그것도 상당한 수준으로!'

애꾸는 더 이상 그녀에게 생각할 여유를 주지 않았다. 그가
빠르게 설화의 품으로 짓쳐들었다.

쒜에엑!

낫이 허공을 가르며 설화의 옆구리를 파고들었다.

"헛!"

설화가 얼른 몸을 뒤틀며 뒤로 도약했다.

파라라락!

아슬아슬하게 스친 낫이 설화의 팔뚝을 스쳤다.

"칫! 쥐새끼 같은 놈이군."

애꾸가 혀를 차며 낫을 타고 흘러내리는 피를 핥았다.

"어째 피에서 계집 맛이 나누. 클클."

설화는 검을 고쳐 잡고 심호흡을 했다.

왜 이들을 이길 것이라는 확신이 들지 않았는지 이제 알았
다. 이들은 단순한 도적떼가 아니다. 상당한 수준의 무공을 익

힌 자들이다.

하나 무공을 익혔다고 이상할 것은 없다.

마도천하의 시대가 되면서 한때 사파의 무인이었던 자들이 문파를 잃고 산적이 되는 경우도 꽤 많았기 때문이다.

이때, 운성이 심드렁한 표정으로 말했다.

"그게 실전 부족이라는 거야."

"뭐?"

설화가 여전히 애꾸를 주시하면서 반문했다.

운성이 귀를 파며 태연히 대꾸했다.

"실전에서는 정석이 안 먹힌다고. 비무를 한다면 네가 이길 수 있을지 모르지만, 지금처럼 목숨을 걸고 싸우는 대결에서는 네가 불리해. 수많은 변초(變招)와 허초(虛招)가 난무하는 게 실전이야. 싸우는 어느 순간이라도 상대의 빈틈이 보인다면 과감히 초식을 깨뜨려야 하지. 한데 넌 아직도 초식에만 얽매여 있어. 무공 수준에 비해 터무니없을 정도로 멍청한 싸움을 한다는 거야."

"뭐야! 너 지금 말 다 했어?"

이때 애꾸가 미간을 찡그리며 말했다.

"어이, 애송이. 싸우는 도중엔 한눈파는 게 아니지!"

말이 끝남과 동시에 애꾸가 땅을 박차고 튀어 올랐다. 달빛을 받아 빛나는 낫이 시퍼런 섬광을 뿜어내며 설화에게 날아들었다.

카창! 깡!

‘빠, 빨라!’

설화는 애꾸의 무차별적인 공격을 막아내기에만 급급했다.

확실히 애꾸의 움직임은 빨랐다. 범인이 보기에는 그의 낫이 어떻게 움직이는지 잘 보이지 않을 정도였다.

‘초식을 깨뜨리라고?’

운성으로부터 그런 충고를 듣는 것이 왠지 분했지만, 그녀도 인정할 수밖에 없었다.

지금까지 온실 속의 화초처럼 자랐다는 것을.

단 한 번도 누군가를 죽여본 적이 없으니까. 아니, 심한 상처 한번 내본 적이 없지 않나.

계속 물러나며 방어만 하던 설화가 어느 순간 눈빛을 반짝였다. 극히 짧은 순간, 상대의 겨드랑이가 비어 있다는 것을 확인했다.

행동은 생각과 거의 동시에 이루어졌다.

슈아아악!

물러서기만 하던 그녀가 잽싸게 검을 대각선으로 올려쳤다.

“크읏!”

애꾸가 움찔 놀라 뒤로 물러났다.

설화가 그대로 애꾸의 품을 파고들며 재차 이어서 검공을 펼쳤다. 시퍼런 검광(劍光)이 연이어 애꾸의 몸을 향해 날아들었다.

깡! 까강!

기세가 반전됐다.

이번에는 설화가 신들린 듯 공격했고, 애꾸가 물러나며 막는 것에만 급급했다.

'치익! 이놈, 갑자기 왜 이렇게……!'

애꾸는 갑작스럽게 변한 상대의 검술에 당황하며 어금니를 깨물었다.

하지만 그것은 검술이 바뀐 것도, 설화가 강해진 것도 아니다.

짐짓 다른 검식처럼 보이지만, 처음부터 그녀는 지금까지 줄곧 운비검식(雲飛劍式)만을 사용했다. 다만 지금까지는 틀에 박힌 동작에 불과했다면, 이제는 상황에 따라 자유롭게 변형된 검식이다. 그야말로 부는 바람에 따라 몸을 맡긴 구름 같은 움직임이다.

'이게 실전이라는 거구나!'

설화는 본능적으로 검을 놀렸다.

가슴이 두근거린다.

비무할 때의 두근거림과는 차원이 다르다.

목숨을 내건 싸움.

지금의 두근거림은 설렘이나 기대 같은 것이 아니라, 반드시 이겨야만 한다는 절박감에 더 가깝다. 한데도 그 절박감이 묘한 흥분으로 바뀐다.

한편 애꾸는 상황이 여의치 않자 설화를 있는 힘껏 밀어내고는 훌쩍 물러났다.

장기춘도 상황이 반전되자 이맛살을 구기며 나섰다.

“이거 몸이 근질거려서 참을 수가 없군.”

“죄송합니다, 형님.”

애꾸가 고개를 숙이며 사죄했다.

장기춘은 애꾸에게 대답도 하지 않고 저벅저벅 걸어갔다. 그가 도를 앞으로 내밀자 시퍼런 도광(刀光)이 금방이라도 살을 엘 듯이 빛났다.

설화는 검을 고쳐 쥐고는 장기춘을 마주 보았다.

‘이자들을 혼자 상대할 순 없겠어.’

그녀는 냉정하게 판단했다.

인정하긴 싫지만 운성의 안목은 꽤 정확했다. 그리고 이번 기회에 어쩌면 운성의 진짜 실력을 확인할 수 있을지도 모를 터.

“운성.”

“응?”

“수당 줄게.”

“엇! 정말?”

“그래. 초과 근무수당, 위험수당, 줄게.”

“좋았어!”

운성이 성큼성큼 나섰다.

장기춘이 운성을 힐끗 보았다.

“제 죽을 자리도 모르고 설치는구나.”

운성이 히죽 웃으며 맞받아쳤다.

“그러게 말이야.”

찰나, 장기춘이 일갈을 터뜨리며 날아올랐다.

"건방진 놈!"

그 순간,

쉬익! 퍽ㅡ!

장기춘이 보이지 않는 뭔가에 튕긴 듯 뒤로 훌쩍 날아갔다. 바닥에 쓰러진 장기춘이 주룩 밀려갔다.

너무나 순식간에 벌어진 일.

"이, 이게 뭐가 어떻게 된……."

애꾸가 더듬거리며 장기춘에게 다가갔다.

"두, 두목……!"

그가 털썩 주저앉았다.

장기춘은 이미 눈을 허옇게 까뒤집고 절명했다. 단 일 수도 뻗어보지 못하고 명을 달리했다. 이마에는 손가락만 한 굵기의 구멍이 뚫렸다.

뭐 이런 개 같은 경우가 다 있나.

애꾸가 달달 떨며 운성을 보았다.

운성은 처음 그 자세로 서 있었다. 언제 어떻게 움직였는지도 모르겠다.

놀란 것은 애꾸뿐만이 아니다.

'지풍(指風)!'

설화도 놀란 눈으로 운성을 보았다.

그야말로 순식간에 손가락 하나로 거구의 장기춘을 쓰러뜨렸다.

운성이 서늘한 목소리로 말했다.

"다음."

산적들이 움찔 떨며 뒷걸음질을 쳤다.

뒤늦게 애꾸가 발딱 일어나서 소리쳤다.

"뭐 해! 한꺼번에 덤벼!"

두목의 죽음이 이제야 분노로 바뀐 것일까?

산적들이 다시 병기를 고쳐 쥐고는 성큼 나섰다. 그때,

쒜에엑!

어디선가 화살이 날아와 애꾸의 뺨을 스치고 지나갔다.

피슛!

애꾸가 얼른 몸을 뒤틀며 훌쩍 물러났다.

그를 스쳐 지나간 화살이 나무 기둥에 꽂혀서 부르르 떨었다.

애꾸가 피를 닦아내며 고개를 들었다.

"웬 놈이냐!"

그의 목소리에 대답이라도 하듯 어디선가 홍의를 입은 무사들이 바닥에 내려섰다.

갑작스런 무사들의 등장에 악사파가 당황하며 뒤로 한 걸음 물러났다.

곧이어 무사들 사이로 한 중년 사내가 내려섰다.

설화가 반가움에 소리쳤다.

"엽 총관님!"

"아가씨, 무사하셨습니까?"

엽상섭이 부드러운 미소와 함께 안부를 물었다.

설화가 눈시울을 붉히며 엽상섭에게 달려왔다.

"네, 저는 무사해요. 그런데 할아버지는요?"

엽상섭의 표정에 그늘이 졌다.

설화가 우뚝 멈췄다.

엽상섭의 입에서 그녀가 가장 듣기 싫은 말이 흘러나왔다.

"돌아가셨습니다."

"아아……!"

설화가 그대로 쓰러지듯 주저앉았다. 주위에 있던 홍의무사
들이 얼른 그녀를 부축했다.

할아버지가 돌아가시다니…….

엽상섭이 착잡한 표정으로 설화를 내려다보았다.

"죄송합니다, 아가씨."

"아니에요. 총관님 잘못이 아닌 걸요."

"태상 문주님께서는 마지막까지 아가씨를 지켜달라고 저에
게 당부하셨습니다."

설화는 대답하지 않았다.

복잡한 심경이다.

맘 같아서는 왜 목숨을 다해 할아버지를 지키지 않고 혼자
만 살아왔냐고 따지고 싶다.

하지만 그럴 수는 없는 노릇이다.

모시던 주인을 버리고 그 손녀를 보살피기 위해 달려온 그
의 심정 또한 오죽할까.

엽상섭이 몸을 돌리고 악사파를 노려보았다. 그의 두 눈에서 섬뜩한 살기가 폭사됐다.

"네놈들이 감히 아가씨를 능멸하고도 살아남을 줄 알았더냐?"

그의 외침에 숲 속의 밤새들이 푸드득 날아올랐다.

동시에 그의 주위에 선 홍의무사들도 무자비한 살기를 드러내기 시작했다. 숨 막힐 듯한 살기가 악사파에게 쏟아지자 그들은 하얗게 질린 표정이 되고 말았다.

조금 전까지만 해도 마지막 용기를 짜냈던 애꾸도 그 기세에 눌렸는지 더듬거리며 말했다.

"잠, 잠깐, 이건… 계획한 거랑……."

"닥쳐라! 네놈들은 이제 살아 돌아가길 포기하라!"

엽상섭이 쏜살같이 몸을 날렸다.

이어서 홍의무사들도 붉은 바람처럼 악사파를 휩쓸어갔다. 그들은 엽상섭의 직할 부대인 신주대(神朱隊) 무사다. 인원은 스무 명에 불과하지만 무공만큼은 일류급이다.

"제기랄! 이게 무슨 짓이야!"

애꾸가 미친 듯이 낫을 휘두르며 저항했다.

하지만 그들로서는 명문 정파인 비검문의 신주대를 감당해내기 힘들었다. 신주대원들은 홍문에서 당한 수모를 여기서라도 갚겠다는 듯 매섭게 몰아쳐 갔다.

욕이 튀어나오고, 비명이 터지고, 피가 솟구쳤다.

싸움이 벌어진 지 일각도 채 지나지 않아 악사파는 흔적조차 남지 않았다.

시체 또한 참혹하다.

이것이 명문 정파가 저지른 일인가 하는 생각이 들 정도다.

순식간에 적을 섬멸한 엽상섭이 설화에게 다가왔다.

"아가씨, 이제 염려 놓으십시오."

"네, 총관님. 고마워요."

설화는 힘없이 대꾸했다.

눈앞의 적을 물리친 것보다 돌아가신 할아버지에 대한 그리움이 더 컸다.

아버지를 잃고 나서 이젠 할아버지까지 잃은 것이다. 장사에 숙부가 있다지만, 지금까지 몇 번 만난 적도 없는 친척이다.

세상에 홀로 남았다는 고독감이 무섭게 밀려온다.

그런 마음을 짐작한 것인지 엽상섭은 더 이상 아무 말도 하지 않고 물러났다.

그가 오들오들 떨고 있는 주진석과 소영에게 다가갔다.

"아가씨를 도와주셔서 감사합니다."

"아가씨라니? 그럼……?"

주진석이 놀란 표정으로 설화를 보았다.

어쩐지 사내치고는 너무 곱게 생겼다고 생각했다. 게다가 목소리도 조금 이상하지 않았던가.

주진석이 황망히 고개를 숙였다.

"아, 아닙니다. 저희가 오히려 매번 은혜를 입습니다."

"앞으로는 저희가 여러분을 은밀히 호위하면서 함께하겠습니다.”

엽상섭이 부드럽게 말하고는 몸을 돌렸다.

이때, 운성이 그에게 다가왔다.

“이보슈.”

“아, 자넨가?”

“왜 하필 지금 나타난 거요?”

“미안하네. 내가 좀 늦었지?”

“아니. 나타나려면 조금 더 있다가 나타나든지. 이제 막 수당을 더 받을 수 있었는데. 당신들이 내 일거리를 전부 가로채 가면 어떻게 합니까? 난 뭐 먹고살라고?”

엽상섭의 표정이 굳었다.

하지만 그것도 아주 잠시, 그가 피식 웃으며 말했다.

“미안하게 됐네. 하지만 이제부터 자네는 돌아가도 좋네.”

“뭐라고요?”

“여기부터는 우리가 아가씨를 호위할 테니 자네는 돌아가도 되네. 물론 선금은 돌려주지 않아도 되네. 지금까지 고생한 것으로 쳐주겠네.”

“그게 무슨 소립니까? 그럼 완수금은요?”

“완수금이라니?”

“이 일을 완수했을 때 이천 냥을 더 받기로 했잖습니까?”

“그건 당연히 줄 수 없네만. 그래도 자네로서는 더 이득이지 않나? 이 정도로 천 냥을 벌었으니 말이네.”

엽상섭이 의기양양한 표정으로 미소를 지었다.

그는 처음부터 운성이 마음에 들지 않았다. 초면에는 태상 문주의 체면을 생각해서 그에게 경어를 사용했지만 이제는 그럴 필요도 없다.

하나 운성은 그의 생각과 다른 대답을 내뱉었다.

"그건 받아들일 수가 없소."

"어째서지?"

"의뢰를 취소할 수 있는 건 의뢰자 본인에 한해서요."

"하지만 태상 문주님께서는 이미 돌아가셨으니……."

"그렇다면 내가 맡은 의뢰를 취소할 수 있는 사람은 이제 이 세상에 없는 거요."

엽상섭이 눈살을 구겼다.

"자네, 왜 이렇게 말이 안 통하는 건가?"

"말이 안 통하는 건 당신이지."

"뭐라?"

운성이 그에게 얼굴을 바짝 들이밀었다.

"잘 들어. 난 이미 의뢰를 맡았고, 이 의뢰를 완수한 다음 반드시 완수금 이천 냥을 받아야겠어. 그리고 의뢰자가 죽은 이상 의뢰를 취소할 수 있는 사람은 아무도 없어. 마지막으로, 나한테 왜 반말해?"

"뭐?"

"혹시 내가 계속 의뢰를 수행하면 계획에 무슨 차질이라도 생기는 거야?"

엽상섭의 얼굴이 붉게 물들었다.

"무슨 헛소리냐!"

"그런 게 아니라면 불편한 동행이겠지만 서로 기분 좋게 가자고."

"이놈……."

"그리고 네가 말 놓으면 나도 말 놓을 거야. 나이는 내가 더 어린데 누가 더 손해인지 생각해 봐."

운성이 몸을 돌리고 저벅저벅 걸어갔다.

엽상섭은 그런 운성의 등을 가만히 노려보았다.

숲의 산새들조차 숨을 죽인 새벽.

어둠 속에서 운성은 누군가와 나란히 서 있었다.

"극신, 어떻게 된 거야?"

"엽상섭이 마교의 포위를 뚫고 빠져나갔다고 합니다."

방갓을 눌러쓴 극신이 대답했다.

"확실해?"

"공식 정보는 그렇습니다만, 귀적단(鬼跡團)에서는 다르게 생각하고 있습니다."

"귀적단주는 뭐라고 해?"

"아마도 엽상섭이……."

"마교에 예속됐다?"

극신이 운성을 돌아보았다.

"짐작하셨군요."

"간단하잖아. 엽 총관이 빠져나왔다면 마교는 지금 그를 찾으려고 혈안이 되어 있을 거야. 그런데 조용해도 너무 조용해. 게다가 엽 총관이 마교의 이목을 속이고 여기까지 무사히 올 정도의 능력이 있다고 생각되진 않아.”

“역시 마교에 예속된 것일까요?”

“확실하진 않아. 다만 미심쩍은 부분이 너무 많아. 그 도적들도 그렇고.”

“악사파 말씀이십니까?”

“그래. 악사파 녀석들 죽을 때 표정을 분명히 봤어. 그건 마치 배신당한 자의 표정이랄까…….”

극신이 조금 놀란 목소리로 반문했다.

“그럼 엽상섭이 거기까지도 계획했단 말입니까?”

“글쎄. 어디까지나 심증일 뿐이야. 다만 엽 총관이 나타날 때 그 시기가 너무 절묘했다는 것도 마음에 걸린단 말이지.”

“그러고 보니 일리가 있군요.”

“일단 확신하긴 힘들어. 단지 내가 마음에 안 드는 총관일지도 모르지. 조금 더 지켜봐야겠어.”

“조심하십시오.”

“훗! 지금 내 걱정하는 거야?”

“시기가 시기이니만큼.”

극신이 부드럽게 웃었다.

운성이 피식 웃고는 깍지 낀 손을 뒤통수에 댔다.

“장난을 좀 쳐보면 어떨까?”

“무슨 말씀이십니까?”

“적수문에 흔적을 남기는 거지.”

“흔적이라면…….”

“비검문의 흔적을 남겨야겠지, 마치 엽상섭이 저지른 것처럼 보이도록.”

“그럼 마교가 곧바로 쫓아올 텐데요.”

“그래, 그걸 보자고. 그때 엽상섭이 어떻게 나오는지.”

“마교가 움직이기 시작하면 상당한 위험을 감수해야 합니다.”

운성이 고개를 끄덕였다.

그 정도는 알고 있다. 그렇게 되면 마교와 드러내 놓고 대립해야 할 일이 발생하리라.

하지만 어디까지나 의뢰를 맡은 일이다.

의뢰자가 죽었다고 하지만 의뢰 내용은 아직 유효하다.

만약 엽상섭이 자신의 임무에 위협이 될 인물이라면 분명히 알아보고 제거하는 것이 당연하다.

“한번 놀아보자고.”

운성의 말에 극신이 입꼬리를 올렸다.

“알겠습니다.”

“그럼, 번거롭더라도 수고 좀 해. 곧 해가 뜰 테니 가봐.”

“그럼, 몸조심하십시오.”

말을 마친 극신이 기척을 감췄다.

잠시 후, 먼동이 밝아오기 시작했다.

第五章

훈적 (痕迹)

다그닥! 다그닥!

운성과 설화를 태운 마차는 부지런히 동쪽으로 향했다. 어제 산적들을 물리쳤던 엽상섭과 신주대는 그들과 함께 있지 않았다. 아니, 정확히 말하자면 어디선가 몸을 숨긴 채 은밀히 따라오고 있을 것이다.

설화는 슬픔에 젖은 얼굴로 멀어져 가는 풍경들을 하릴없이 바라보았다. 지나친 바위가 멀어지고, 나무가 멀어지고, 산이 멀어지고.

멀어지고, 멀어지고, 멀어지고.

'그리고 이젠 할아버지마저…….'

눈물 한 줄기가 뺨을 타고 흘러내렸다.

울지 않겠다고 다짐했는데 마음먹은 것처럼 감정 조절이 안 된다. 세상에서 유일하게 믿을 수 있던 단 한 분이었는데, 이제 그 한 분마저 잃어버린 것이다.

그때 마차가 유난히 덜컹거렸다. 그 바람에 자고 있던 운성이 엉덩방아를 찧었다.

"아얏!"

운성이 엉덩이를 쓰다듬으며 투덜거렸다.

"거, 길 좀 평탄한 곳으로 가지."

잠이 깬 운성이 설화를 돌아보았다.

"너, 우냐?"

설화는 이마에 핏대가 섰지만 가만히 무시했다. 지난 시간 동안 운성과 함께하면서 느낀 것은 상종을 하지 말아야 한다는 것이다.

그런데 다음 행동이 설화를 돌아보게 만들었다.

"자."

운성이 불쑥 내민 것은 작은 손수건이었다.

설화가 빤히 보자 운성이 멀어져 가는 풍경으로 눈길을 돌린 채 말했다.

"남장하고 울면 눈에 띤다고."

설화는 멈칫멈칫 운성이 내민 손수건을 받았다.

운성이 등을 기댄 채 물었다.

"그런데 좀 이상하지 않아?"

"…뭐가?"

운성이 주위를 살피더니 설화에게 다가가 귓속말을 했다.

“엽 총관이라는 사람 말이야.”

“총관님이 어때서?”

“어떻게 혼자만 살아왔을까?”

“할아버지께서 부탁하셨다고 했잖아.”

“하지만 나타난 시기도 너무 절묘했잖아.”

“운이 좋았던 거겠지.”

“운? 과연 운일까?”

그제야 설화는 운성이 무슨 말을 하려는지 알 수 있었다.

그녀가 눈썹을 성큼 추켜올리며 쏘아붙였다.

“지금 무슨 말을 하고 싶은 거야?”

“아니, 내 말은 조심해서 나쁠 건…….”

“날 위해 목숨 걸고 달려오신 분이야!”

“알았어, 알았다고. 조용히 얘기하자.”

“너랑 할 얘기 없어!”

설화가 매몰차게 쏘아붙이고는 시선을 외면해 버렸다.

심신이 지친 상태. 소중한 사람을 모두 잃고 살아갈 희망마저 보이지 않는 지금, 그런 소리는 더 듣고 싶지 않다.

그때 마차 옆으로 엽상섭이 내려섰다.

“무슨 일입니까, 아가씨?”

“아, 아무것도 아니에요.”

설화가 얼른 얼버무리며 대답했다.

괜히 이런 사사로운 이야기를 그대로 전해서 그의 기분을 상하게 하고 싶지는 않았다.

"그렇군요. 혹시 무슨 일이 있으면 곧바로 불러주십시오."

"네, 총관님."

"그리고……."

엽상섭이 운성을 힐끗 보았다.

"이런 시기일수록 아무도 믿어서는 안 됩니다. 마교 놈들은 속을 알 수 없는 악마와 같습니다. 어떤 모습으로 다가와서 아가씨에게 접근할지 모릅니다. 그리고 저와 아가씨를 이간질할 수도 있지요."

그러자 운성이 불쑥 끼어들었다.

"호오, 그럼 그 마교 놈들이 총관의 모습으로 다가올 수도 있겠군요?"

"야! 표운성!"

설화가 버럭 소리쳤다.

하지만 엽상섭이 고개를 끄덕이며 수긍했다.

"그의 말이 맞습니다, 아가씨. 이 마차와 함께하는 사람 누구라도 마교의 수족일 수 있습니다. 주 대인과 주 소저도 예외는 아니지요. 물론 저도 예외는 아닙니다. 그리고……."

엽 총관이 의미심장한 눈길로 운성을 보았다.

"표 대협도 예외는 아니지요. 아무도 믿지 마십시오, 아가씨. 오직 아가씨만을 믿으십시오."

설화가 쓸쓸한 표정으로 고개를 끄덕였다.

"알겠어요, 총관님."

“그럼 무슨 일이 생기면 부르십시오.”

엽상섭이 몸을 날려 사라졌다.

운성이 툭 던지듯 내뱉었다.

“난 믿어도 돼.”

설화가 고개를 들어 운성을 보았다.

참 터무니없을 정도의 뻔뻔함이었지만, 어쩐지 설화는 지금 그의 말이 좋았다.

할아버지가 살아 계셨다면 분명히 같은 말을 하셨을 테니까. 오직 할아버지만은 믿으라고.

조금 전 아무도 믿지 말라는 총관의 말은 너무나 차가웠다. 지금껏 아버지와 할아버지의 사랑과 보호를 받으며 자랐던 그녀에게는 너무 크고 무거운 말이었다.

그런데 운성이 말한다.

자신은 믿어도 된다고.

그 말이 어떤 의도이든 지금 그녀에게는 큰 위안으로 다가왔다.

운성이 투덜거리며 말했다.

“당최 아무도 믿지 말라면서 무슨 일 생기면 불러달란 건 또 뭐야? 그건 믿으란 거야, 말란 거야? 역시 저 사람 말에는 논리가 없어. 앞뒤가 안 맞는다고.”

“풋!”

설화가 저도 모르게 웃음을 흘렸다.

그녀가 서글픈 미소를 지었다.

“총관님은 내게 주의를 주고 싶으셨던 걸 거야. 내가 얼마나 안락한 환경에서만 자랐는지 잘 아시니까.”

“그렇다면 말이 틀렸어. 당당한 자라면 나만은 믿어도 된다고 해야지. 저런 사람은 더욱 믿을 수가 없단 말이지. 나 같으면 ‘저도 믿지 마세요’ 라고 하는 사람은 절대 믿지 않겠어.”

설화가 가만히 시선을 돌렸다.

“그래도 내 앞에서 총관님을 나쁘게 말하는 것은 참아줘. 내가 아직 믿을 수 있는 사람이니까.”

“차설화.”

운성이 갑자기 이름을 부르자, 설화는 조금 긴장한 표정으로 그를 보았다.

“왜?”

“다른 사람은 몰라도 난 믿어도 돼.”

운성의 표정이 워낙 진지했기에 설화는 다른 말을 할 수 없었다.

그녀가 미소로 답했다.

“고마워.”

처음이다.

운성이 함께 있어서 다행이라고 생각한 것은.

만약 그녀 혼자였다면 지금쯤 절망의 늪에 빠져 허우적거리고 있었을 것이다. 거기에 총관님의 저런 이야기까지 들었다면 사무치도록 외롭고 고독했을 것이다.

그런데 그런 외로움을 운성이 보듬어주고 있다.

그러고 보니 지난번 악사파와 싸움이 있었을 때, 잠깐이지만 운성이 강할지도 모르겠단 생각도 했다. 어쩌면 지금까지 자신이 운성을 오해하고 있었는지도 모르겠다.

하지만,

그녀는 이어진 운성의 말을 듣고 그것이 섣부른 판단이라고 확신했다.

"돈 줘."

"또 왜?"

'이놈은 분위기 깨는 것만큼은 절정고수야!'

"그 손수건 값."

"뭐?"

"내가 손수건 줬잖아."

"치사해! 안 받아! 가져가!"

"그건 안 돼."

"왜!"

"한 번 사용한 건 반품이 안 돼."

"너 정말……!"

"신중 구매 했어야지. 헤헤."

결국 설화가 동전을 집어 던졌다.

"자! 가져가라! 가져가! 그거 모아서 궁궐 지어라!"

"헤헤, 고마워."

운성이 헤벌쭉 웃었다.

하긴, 이런 놈이 마교라니.

의심을 하라고 해도 의심할 수가 없을 것이다.

설화가 길게 한숨을 쉬었다.

*　　　*　　　*

나뭇잎이 바람결에 마당을 굴렀다.

휑한 마당을 가로지르는 나뭇잎은 얼마 가지 못해서 누군가의 발에 밟히고 말았다. 나뭇잎을 밟고 선 자는 눈가에 주름이 자글자글한 노인이었다.

하지만 그의 눈빛만큼은 맹호(猛虎)의 그것과 닮아 있어 범인이라면 감히 마주치기도 어려운 기운을 뿜고 있었다.

노인은 가늘게 뜬 눈으로 텅 비어 있는 마당을 한차례 훑어보았다. 그는 마치 집터를 알아보러 온 사람처럼 면밀히 건물을 살폈다. 어디에 흠집이 있는지, 어디에 빛이 잘 드는지, 어디가 부실한지.

그가 건물을 한차례 훑었을 때, 누군가 그의 뒤에 다가와 섰다. 구릿빛 피부에 탄탄한 체구를 가진 사내였다.

"어떻습니까, 파검(破劍) 장로님?"

파검 장로.

사내는 분명 노인을 보고 파검 장로라 했다.

만약 그 별호를 누군가 들었다면 당장 숨부터 죽이고 몸을 사렸으리라.

파검 천자령(千自選). 그는 마교 내에서 막강한 영향력을 가진 장로다. 실제로 장로들 사이에서 서열을 따지더라도 다섯 손가락에 꼽히는 자다.

검사들은 검으로 대상을 베어낸다.

하지만 파검은 검으로 대상을 부숴 버린다. 그의 검에 당한 자는 시체를 알아보기 힘들다. 온몸이 산산이 터져 나가거나 부서져 버리므로. 그의 독자무공인 수라파천검(修羅破天劍)의 힘이자 무서움이다.

그래서 그의 별호가 파검이다.

"확실히 흔적을 지웠군."

파검이 가볍게 숨을 내쉬며 말했다.

그가 텅 빈 마당을 가로질러 터벅터벅 걸어갔다. 그가 대청으로 들어가 태사의에 앉았다. 모든 가구의 배치는 이곳에 사람이 살던 때와 똑같았다. 다만 사람만 어디로 증발이라도 해 버린 듯 보이지 않았다.

그들이 있는 곳은 바로 적수문이었다.

파검이 사내를 올려다보았다.

"천멸단주(天滅團主), 자네 생각은 어떤가?"

"용골산(鎔骨酸)을 사용해서 흔적을 지운 것 같습니다만 치밀성이 조금 떨어지는군요."

천멸단주 적충(赤忠)이 대답했다.

천멸단은 마교의 뿌리가 되는 조직이라고 할 수 있었다. 동시에 마교 내에서 가장 큰 조직이었다.

천멸단은 주로 마교의 무사들을 훈련시키고 고수를 양성하는 곳이었다. 그중에서도 무예 실력이 돋보이는 자들은 실제 임무에 투입되기도 했다. 그들을 특별히 천멸조(天滅組)라고 불렀다.

현재 천멸단주 적충은 천멸조를 이끌고 적수문을 조사하러 온 것이었다.

적충의 대꾸에 파검이 물었다.

"치밀성이라……. 어떤……?"

"시체들은 흔적을 찾기 힘드나 곳곳에 검기의 흔적이 남아 있습니다. 추혼단(追魂團)을 부른다면 곧 누구의 소행인지 알 수 있을 것 같습니다."

추혼단은 각종 수사에 관련한 임무를 맡는 곳이다. 그들은 무공 실력보다는 머리가 좋은 자들이다. 사건의 현장에서 단서를 찾아내고, 원흉을 찾아낸다. 쫓는 자가 있을 때는 놀라운 추종술(追從術)을 발휘하기도 한다.

만약 이곳에 추혼단주가 있었다면 일견(一見)에 원흉을 밝혀냈으리라.

"추혼단까지 부를 것 없네."

"예?"

파검의 말에 적충이 고개를 들었다.

"이건 운비검식이야."

"운비검식이라면… 설마 비검문을 말씀하시는 겁니까?"

"운비검식을 다른 곳에서도 사용하던가?"

적충이 믿을 수 없다는 표정으로 말을 받았다.

“하지만 문파 하나가 멸문했습니다. 그 계집이 이 정도의 힘이 있을 거란 말씀입니까?”

“계집이 아닐 수도 있지 않은가?”

“하오면… 설마 엽상섭이?”

파검이 더욱 눈을 가늘게 떴다.

“모를 일이지. 한 번 배신을 한 자가 두 번 배신을 하지 말란 법이 없으니.”

“그자는 그럴 배짱이 못 됩니다.”

적충이 단호하게 말했다.

파검은 그의 말을 부인하지 않았다.

적충의 말이 맞다.

비검문의 총관 엽상섭.

그는 한 번 사문을 배신한 자다. 그자가 이제 와서 마교에 대항할 거라고 생각하긴 어렵다.

파검이 하늘을 보았다.

“비검문에서 의뢰한 자가 있는 모양이던데…….”

“표운성이라는 자랍니다. 하지만 별 볼일 없다고…….”

“엽상섭이 그러던가?”

“…….”

“자네는 엽상섭의 안목을 확실히 믿나?”

“그럼 장로님께선 이것이 표운성의 소행이라고 생각하십니까?”

“글쎄, 어떨지…….”

"하지만 지금 운비검식의 흔적이라고……."

운비검식을 사용하는 문파는 비검문밖에 없다.

즉, 표운성이라는 자가 원흉이라면 앞뒤가 맞지 않는다.

"후후. 재미있군, 재미있어."

파검이 웃음을 흘렸다.

그가 자리에서 일어났다.

"그럼 난 이대로 잠시 여행이나 떠나겠네."

"예?"

"어차피 구경이나 하러 왔던 게 아닌가."

"아, 예……."

본래 장로들은 본교의 일에 웬만해선 나서지 않는다.

파검 역시 마찬가지다.

그는 특히 여행을 좋아해서 교 내에 거주하는 경우도 드물었다. 그런 그가 적수문을 찾아왔을 때는 먼저 와 있던 적충도 깜짝 놀랐다.

파검이 일개 문파의 멸문에 관심을 가지다니. 아무리 지나던 길에 들렀다지만 그는 이런 자잘한 일에 시간을 허비할 만큼 호기심 많은 노인이 아니었다.

어쨌거나 그런 파검이니 이제 갈 길을 간다는 데야 이상할 건 없었다.

적충이 넌지시 조언을 구했다.

"어떻게 처리하면 좋을까요?"

"허허, 단주는 자네이지 않나."

"파검 장로님의 고견을 듣고 싶습니다."

"흐음. 천멸조에서 약삭빠른 놈들을 추려내 엽상섭을 쫓아가 보는 건 어떻겠나? 그럼 엽 총관이 반응을 할 게고, 의중을 알 수 있을 테지. 만약 그가 아니라면 적당히 어울리다가 빠지면 될 터이고."

"과연 그렇군요. 하지만 엽상섭이 아니라면 도대체 누구의 소행이란 말씀입니까?"

"우리가 모르는 다른 자들일 수 있겠지."

"그럼 운비검식은 도대체 어떻게 된……."

"허허, 나라고 어디 정확하기만 한가? 실수할 수도 있는 것 아니겠나?"

적충은 더 이상 대답하지 않았다.

실수라…….

그럴 리가 없다고 판단했다.

파검을 안다면 그가 실수하는 것을 상상할 수 없다.

그렇다면 정말 엽상섭의 짓일까? 아니라면 그 차설화라는 계집이? 엽상섭이 아니라면 그 계집이라는 말인데…….

어쨌거나 시간이 없다.

놈들이 호남으로 넘어가게 되면 천멸단은 이번 일에서 손을 떼야 할 것이다. 대신 호남 지부에서 뒤처리를 할 것이다. 그들이 호남으로 넘어가기 전에 천멸단은 엽상섭의 배신 여부를 확실히 판단할 필요가 있었다.

추혼단을 부르는 것은 그다음이다.

파검이 걸음을 뗐다.

적충이 뒤를 따랐다.

"이제 어디로 가십니까?"

"허허, 흘러가는 구름이 어디 정해진 곳이 있던가?"

파검은 마냥 사람 좋은 미소만 지으며 대문을 나갔다.

그가 떠난 후, 적충은 곧바로 천멸조장을 불렀다.

"호엽(呼燁)!"

"예, 단주님."

천멸조장 호엽이 하늘에서 떨어지듯 적충 옆으로 내려섰다.

"천멸조에서 발 빠른 애들 스무 명 정도 추려라. 우린 이 길로 엽상섭을 쫓는다."

"존명."

대답과 동시에 호엽이 어디론가 몸을 날렸다.

적충은 마른하늘을 올려다보았다.

'기분이 좋지 않아.'

시골 방파 하나가 멸문했을 뿐인데, 평소라면 거들떠보지도 않았을 사소한 사건일 텐데.

이번만큼은 이상하게 마음 한구석이 찝찝하다.

*　　　*　　　*

마차는 쉬지 않고 달렸다.

밤에 잠을 자는 시간을 제외하면 하루 종일 달렸다. 식사도 마차를 타고 가면서 했다.

이 모든 것이 설화의 요구였다.

물론, 그 대신 모든 경비를 설화가 지불하겠다고 약조했다. 꼭 그런 약조가 아니더라도 주진석은 설화의 요구를 들어주고 싶었다.

그녀가 서두르고 싶다면 천릿길도 한달음에 달려갈 기세였다.

하지만 운성은 그런 주진석의 행동을 곱게만 보지 않았다.

"감동을 잘하는 사람은 배신도 잘하는 법이야."

"남의 호의를 그런 식으로 매도하지 마."

설화가 냉랭하게 대꾸했지만 운성은 뜻을 굽히지 않았다.

"조심해서 나쁠 건 없단 말이지."

"언제는 아무도 믿지 말라는 총관님을 흉보더니?"

"난 믿어도 된다니까."

"우리 아버지가 그러셨어. 나만 믿으라는 남자는 절대 믿지 말라고."

"아니. 나도 믿지 마라는 남자가 더 무서운 법이야. 넌 그걸 모르는구나."

"어째서?"

"그런 남자들은 세상에 믿을 남자 아무도 없다고 말하면서 그런 사실을 가르쳐 준 자신만큼은 믿어도 된다고 역설하고 있는 거야. 하지만 그런 자들이야말로 비겁한 거지. 아무도 믿지 말라고 말했기 때문에 자신들의 배신을 은연중에 정당화시키거든. 즉, 양심을 속이기 쉬운 방법이야."

하여튼 말은 잘한다.

가만 보면 어떨 때는 학식 깊은 서생 같은 느낌마저 든다.

정말 이해하기 힘든 남자.

설화는 대꾸할 말이 없어서 그냥 입을 다물었다.

운성이 말을 이었다.

"자신을 믿으라는 말은 세상에서 제일 어려운 말 중 하나야. 잊지 마."

"아, 예~ 황송해서 몸 둘 바를 모르겠네요."

"그렇지? 그럼……."

"또 은자 타령 하면 때린다?"

"쳇, 좋은 가르침을 줬더니 공짜로 들으려고 하다니."

"그딴 게 가르침이면 네 재채기 소리만 들어도 돈 내야겠다!"

"오오, 그것도 좋은데?"

"어휴! 말을 말지!"

설화가 팔짱을 끼고는 고개를 휙 돌렸다.

바람이 서늘하게 불어왔다.

하늘은 먹구름이 끼어 잔뜩 낮아졌다. 금방이라도 비를 뿌릴 것만 같다.

쏴아아아!

한두 방울씩 떨어지던 비가 이제는 제법 굵어졌다. 조금만

더 가면 호남으로 들어서는데, 마지막 길목에서 비가 발목을
잡았다.

길이 진흙으로 바뀌니 자연 이동 속도는 느려질 수밖에 없
었다.

얼마나 갔을까?

마차가 언덕을 막 넘어설 때였다.

이히히힝!

갑자기 말이 앞발을 높이 치켜들며 제동을 걸었다. 바로 앞
에 사내아이가 길을 걷고 있었던 것이다.

말은 멈췄지만 마차가 빗길에 주룩 미끄러지면서 부지불식
간에 아이를 치고 말았다.

“악!”

사내아이가 비명을 지르며 굴렀다.

“워어! 워어!”

주진석이 얼른 말을 진정시키고 뛰어내렸다.

“아이야! 괜찮으냐?”

하지만 이미 아이는 의식을 잃은 상태였다.

마차가 길을 멈추니 엽상섭이 다가왔다. 그리고 운성과 설
화도 다가왔다.

“무슨 일입니까, 주 대인?”

“마차가 미끄러지면서 이 아이를 친 것 같습니다. 비가 너무
퍼붓는 바람에……”

주진석이 안절부절못하며 대답했다.

설화가 걱정 서린 표정으로 엽상섭에게 말했다.

"어쩌죠? 의식을 잃을 정도면……."

하나 엽상섭의 표정은 냉랭했다.

"이런 일로 허비할 시간이 없습니다, 아가씨. 아이는 비를 피할 만한 곳에 눕혀두고 길을 서두르시지요."

"하지만 크게 다친 거라면……."

"마차에 치인 정도로는 심한 부상이 아닐 겁니다."

엽상섭은 단호했다.

설화가 망설이는 눈길로 아이를 내려다보았다. 옷차림새나 몰골을 보면 어느 부잣집의 시동인 듯하다. 바닥에 들고 가던 보자기가 떨어진 걸 보면 아마도 심부름을 다녀오는 길인 듯했다.

어째야 하나?

아이를 버려두고 가자니 마음이 놓이지 않는다. 그렇다고 의원을 불러서 치료할 수는 없다. 그러다간 마교 놈들에게 발목이 잡힐지도 모를 일이다.

'어디로 갈지도 모를 아이를 무작정 태워갈 수도 없고…….'

그때 운성이 불쑥 나섰다.

"비켜봐."

그러자 엽상섭이 앞을 막았다.

"뭘 하려고 그러시오?"

"비켜요."

"길을 서둘러야 하오."

운성이 고개를 돌려 엽상섭을 바라보았다.

"애가 다쳤잖아."

"우리와 상관없는 일이오."

"내가 저 아이를 좀 봐줘야겠어. 그럼 이제 상관있소?"

"지금 무슨……."

탁!

운성이 엽상섭의 어깨를 치고 지나갔다.

엽상섭은 그런 운성을 무섭게 노려보았고, 설화를 비롯한 다른 사람들은 숨을 죽인 채 운성이 하는 양을 가만히 지켜보았다.

운성이 아이의 코끝에 손가락을 댔다. 그러고 나서 맥을 짚더니 말했다.

"비를 피할 만한 곳에 눕혀두고 가자고? 의식을 잃은 아이를? 그럼 이 아인 죽어. 저체온증으로 조용히 세상을 떠나는 거지."

엽상섭이 어금니를 쿡 깨물고는 운성을 노려보기만 했다.

한참 동안 맥을 짚던 운성이 돌연 아이를 눕히더니 몸 이곳저곳을 만지기 시작했다.

탓탓탓!

그의 손가락과 손바닥이 아이의 몸을 두드려 나갔다.

추궁과혈(推宮過穴)이다.

한데 운성의 손끝에서 웅혼한 기운이 느껴진다. 단지 경혈을 두드려 치료하는 것이 아니다.

'기!'

설화가 내심 놀란 눈으로 운성을 보았다.

내기를 실었다.

아이는 운성이 몸을 두드려 나갈 때마다 조금씩 편안한 표정으로 돌아오고 있었다. 손끝에 기를 싣기만 한 것이 아니라, 아이의 몸에 조금씩 흘려보내고 있는 것이다.

시간만 충분하다면 내기를 흘려보낼 필요까지는 없을 게다.

처음 본 아이를 위해서 이렇게까지 하다니.

이자가 지금까지 자신이 알고 있던 표운성이 맞나?

돈 한 푼에 쩔쩔매던 그 남자가 맞나?

게다가 손놀림 또한 예사롭지가 않다. 거침없이 혈을 두드려 간다.

운성이 부지런히 손을 놀리면서 말했다.

"다행히 외상은 크지 않아. 의원에 가서 금창약을 사서 바르면 금방 나을 거야. 상처도 남지 않겠어. 문제는 너무 놀랐단 거지. 정신적으로 충격이 커서 기혈이 군데군데 막히고 얽혔군. 이것만 풀어주면 의식은 차릴 거야."

어디서 저런 자신감이 나올까?

무인은 의원이 아니다.

엄연히 이런 부분에 대해서는 무인보다 의원이 더 자세히 안다. 무작정 기경팔맥을 두드려 간다고 추궁과혈이 제대로 되는 것 또한 아니다.

더구나 아이는 무공을 익히지도 않았다. 이토록 어린 아이를 무인 다루듯 하면 자칫 부작용이 일어날 수도 있는 법이다.

그래서 무인도 제 자식이 아프면 의원에 데려가는 거다.

한데 운성은 확신이 있다.

그의 눈빛을 보자면 지켜보는 자도 왠지 안심이 될 정도다.

반 각 정도가 지났을 때, 아이가 기침을 토해내며 눈을 떴다.

"콜록! 콜록!"

주진석이 반색하며 외쳤다.

"오오! 정신이 드느냐?"

아이는 눈을 뜨자마자 겁먹은 표정으로 주위를 두리번거렸다.

운성이 차분한 목소리로 물었다.

"이름이?"

"오, 오학이요."

"오학. 어딜 가는 길이었지?"

"마님 심부름 때문에… 아! 제 약초! 제 약초는 어디 있나요?"

"이걸 찾는 거니?"

운성이 보자기를 들어 보였다.

진흙에 잔뜩 젖어서 지저분했다.

오학이 울상을 지었다.

"아… 마님한테 혼날 텐데……"

운성이 빙그레 웃었다.

"다행히 기억에는 이상이 없는 것 같구나. 이렇게 하면 어떻
겠니?"

"……?"

오학이 멀뚱멀뚱 운성을 보았다.

"이 약초가 모두 얼마지?"

"은자 한 냥이에요."

"그럼 내가 너에게 은자 석 냥에 그 약초를 모두 사마. 한 냥
은 약초 값이고 남는 두 냥은 네 치료비와 약재 값이다. 어떠
니?"

"정, 정말요?"

아이가 놀라서 물었다.

아이뿐만이 아니다.

설화도 놀라서 운성을 바라보았다.

물론 보통 사람이라면 마음씨가 좋다고 생각하며 넘어갈 일
이다.

한데 운성이 누군가.

어떡해서든 악착같이 돈 한 푼 더 받아내려고 잔머리를 굴
리던 남자가 아니던가.

그런데 은자 석 냥을 성큼 주겠단다.

아이가 고개를 꾸벅 숙였다.

"대인, 정말 고맙습니다! 정말 고맙습니다!"

"아니다. 오히려 우리가 미안하지."

"그럼 전 이만 가봐도 될까요? 대감님이 기다리고 계셔서……."

"그래, 조심하고 반드시 의원을 찾아가서 몸을 살펴보도록 해라."

"예, 대인."

아이가 해맑게 웃으며 걸음을 돌렸다.

아이를 태워줄 수도 있었지만 운성은 일부러 권하지 않았다. 오히려 이쪽이 마교의 추적을 받는 입장이니 가까운 거리라면 아이 혼자 걸어가게 하는 게 낫겠다는 생각이었다.

설화가 운성에게 다가왔다.

"은자… 줄게."

"됐어."

"왜? 네가 그 아이에게 석 냥을 줬잖아. 내가 줄게, 그 돈."

운성이 차가운 눈길로 엽상섭을 보며 말을 이었다.

"내 개인적인 판단으로 나선 일이니까 그 부분은 청구하지 않아. 신경 쓰지 않아도 돼."

엽상섭이 운성의 눈길을 받아내며 입을 열었다.

"하나 다음에는 이런 독단적인 행동은 되도록 삼가……."

"나는."

운성이 말을 끊었다.

엽상섭이 노려보았다.

운성이 걸어가며 말했다.

"당신처럼 차가운 마음을 가진 남자가 누군가를 지킬 수 있다고 생각하진 않소. 설화를 보호하는 건 내 일이기도 하오.
내 일에 대해서 이러쿵저러쿵 하지 말았으면 좋겠소.”
　결국 엽상섭은 이번에도 말없이 노려보기만 할 뿐이었다.
　한편 설화는 그런 운성의 등을 가만히 바라보았다.
　‘너란 사람… 정말 모르겠어.’

　안 좋은 일은 꼬리를 물고 일어난다고 하던가?
　호남 지역을 얼마 남겨두지 않았을 때, 마차 바퀴가 진흙에
빠지고 말았다.
　“힘쓰기 싫은데.”
　운성은 울상을 지으며 마차에서 내리길 거부했다.
　하지만 일부러 은신하면서 호위를 하는 엽상섭과 신주대를
이런 일로 부를 수는 없었다.
　연신 투덜거리며 마차에서 내린 운성이 마차를 힘껏 밀었
다.
　“끄응! 차!”
　그런데 순간, 그가 진흙을 밟고 쭉 미끄러졌다.
　“우악!”
　찰나,
　쒜에엑! 타악!
　화살 하나가 빗줄기를 뚫고 날아와 마차에 박혔다.
　그걸 아는지 모르는지 운성이 몸을 털고 일어나며 투덜거렸
다.

"쳇! 무슨 길이 이 모양이람. 요즘 시대가 어느 시대인데 관
도를 지나는 마차가 진흙에 빠지는 거야? 이런 길목은 탄탄하
게 포장을 해놔야지!"

그러나 엽상섭과 신주대의 반응은 즉각적이었다.

어느새 마차 주위로 홍의무사들이 병풍처럼 둘러싸며 나타
났다. 설화 역시 화살이 날아온 것을 확인하고 검을 빼 들며
그들 사이에 섞여서 섰다.

운성이 뒤늦게 놀라 소리쳤다.

"옴마! 다들 왜 그래?"

엽상섭이 대답 대신 한 걸음 나서며 허공에 대고 소리쳤다.

"웬 놈들이냐!"

"후후! 귀주 지역을 안전하게 벗어날 수 있을 거라고 생각했
는가?"

숲 속에서 흑의를 두른 자들이 하나둘 모습을 드러냈다. 대
략 스무 명 정도 되는 자들이었는데, 마기를 숨김없이 드러내
고 있었다.

엽상섭의 표정이 꿈틀거렸다.

'천멸단주? 이자가 여길 왜?'

그는 머릿속이 혼란스러웠다.

그의 기억으로는 이러한 상황은 미리 약조되어 있지 않았
다.

무슨 문제가 생긴 건가?

엽상섭이 검을 뽑아 들며 날카롭게 소리쳤다.

“마교 놈들! 기어이 여기까지 쫓아왔구나! 내 네놈들의 머리를 베어 태상 문주님의 한을 풀어드리겠다!”

적충이 미간을 찡그렸다.

뭔가 이상하다.

분명 엽상섭은 흉흉하게 소리치고 있지만 전혀 살기가 느껴지지 않는다. 만약 그가 적수문을 멸문시키고 마교를 배신했다면 지금쯤 이렇게 소리치고 있을 일이 아니라 당장 치고 들어왔어야 한다.

그렇다면 조금 더 지켜볼 수밖에.

적충이 마주 소리쳤다.

“닥쳐라! 본 교가 무서워 도망치는 애송이 주제에 말이 많구나!”

적충이 수신호를 내렸다.

일순간 천멸조가 새카맣게 날아올랐다.

동시에 신주대도 검을 뽑아 들고 마주쳐 갔다.

곧 치열한 공방이 이어졌다.

엽상섭이 설화를 향해 말했다.

“아가씨, 여긴 저희에게 맡기시고 마차에 계십시오.”

“하지만……!”

“걱정 마십시오. 저들의 인원이 많지 않으니 신주대로 충분히 상대할 수 있습니다.”

과연 신주대는 그의 말을 증명이라도 해 보이듯 훌륭하게 싸우고 있었다. 오히려 먼저 공격한 마교가 조금씩 밀리는 상황이었다.

설화는 고개를 끄덕였다.

잘못 나섰다가는 신주대가 자신을 호위하기에 급급해 싸움에만 집중할 수 없을지도 모른다.

설화가 뒤로 물러나자 엽상섭이 노호성을 터뜨리며 몸을 날렸다.

"이놈들!"

과연 그의 실력은 신주대의 무인들에 비해 단연 돋보였다. 그가 가세하자 싸움은 점점 신주대 쪽으로 기울기 시작했다. 어찌 보면 허무할 정도로 마교가 약해 보였다.

'마교가 원래 저렇게 약한 곳이었나?'

단 한 번도 마교의 싸움을 해본 적이 없는 그녀로서는 당연히 드는 의문이다.

어쨌거나 마교를 이대로 물리칠 수 있다면 그보다 더 좋을 수는 없다.

한시름 놓을 수 있게 된 설화는 먼저 주진석과 소영에게 다가갔다.

"걱정 마세요. 총관님과 신주대가 우리를 지켜줄 거예요."

"아, 예."

주진석이 고개를 숙이며 답했지만, 아직 놀란 마음은 채 가시지 않은 듯했다.

산적에 이어 이번엔 마교까지!

마교라면 지금까지 시비를 걸어오던 자들과는 급이 다르지 않나.

“그런데… 혹시 표운성 보지 못했나요?”

설화가 주위를 두리번거렸다.

그러고 보니 아까부터 운성이 보이지 않았다.

“글쎄요. 저희도 너무 놀라서…….”

주진석이 더듬거리며 대꾸했다.

마교가 치고 들어온 상황에 남을 신경 쓸 여유가 어디 있겠나? 지금도 너무 놀란 나머지 혼이 나갈 마당인데.

설화가 습관처럼 한숨을 쉬었다.

‘이러면서 무조건 믿으라고? 혹시 어디로 숨은 거 아냐?’

그녀는 운성이 나타나면 단단히 따지겠다고 마음먹고는 입술을 깨물었다.

第六章

파검 (破劍)

타앗!

운성이 나뭇가지를 박차고 날아올랐다. 그는 마치 숲 속을 유영이라도 하듯 부드러우면서도 신속한 움직임으로 내달렸다. 꽃이며 풀, 나무들이 눈 깜짝할 사이에 그를 지나쳤다.

운성이 눈을 가늘게 떴다.

삼십여 장 앞에서 누군가 달려가고 있었다. 빽빽한 나무들에 가려서 잘 보이지 않지만 확실히 기가 느껴진다.

상대는 마교의 무인들이 마차를 급습했을 때부터 기를 드러냈다.

그 기운을 쫓아서 왔더니 이번에는 도망을 간다.

어디까지 가려고 저러나?

멀어지는 속도와 드러낸 기로 볼 때 쉽게 볼 상대는 아니다. 무공 수위가 꽤 높으리라.

타앗!

운성이 다시 나뭇가지를 박찼다. 그의 신형이 비를 뿌리며 허공을 날았다.

상대가 멈춘 곳은 마차로부터 이 리 정도 떨어진 곳의 작은 연못이었다.

운성이 연못가로 날렵하게 내려섰다.

상대는 연못 위에 뜬 커다란 연잎을 밟은 채 등을 돌리고 서 있었다. 풀잎 위에 서는 초상비(草上飛)만큼의 내력이 필요하지는 않겠지만, 이 역시 상당한 내공이 뒷받침되지 않으면 불가능한 자세다. 상대의 내공이 얼마나 심후한지 단적으로 보여주는 모습이다.

"다 온 거야?"

운성이 주위를 둘러보며 물었다.

마치 아는 사람에게 말을 거는 듯 태연한 태도다.

"후후후."

상대가 얕은 웃음을 흘리며 몸을 돌렸다.

주름이 자글자글한 노인.

그는 바로 파검이었다.

운성은 뜻밖에도 상대가 노인이라는 사실에 놀란 듯했다.

"영감이 대단하군."

“후후. 너 역시 기특하구나. 어린 나이에 본좌를 따라올 정도의 경공 실력이라니. 게다가 내가 보낸 기를 알아차리다니 말이야.”

“난 원래 대단해.”

파검이 고개를 끄덕였다.

“과연 덜떨어져 보일 정도로 자만만 가득한 애송이라더니, 우리 애들의 정보 수집력을 알 만하군.”

운성이 미간을 구겼다.

자신도 모르는 사이에 자신의 정보가 저 노인에게 들어간 것이다. 기분 좋을 리가 없다. 보통이라면 그게 가장 신경 쓰인다. 보통이라면 그렇다. 보통이라면……. 하지만,

“덜떨어져 보인다니! 내가 어딜 봐서! 다시 조사하라고 해!”

운성은 그게 가장 신경 쓰였다.

파검이 눈가의 주름을 더욱 깊게 새겼다.

“그렇지. 본좌도 그리 생각한다. 너는 자만할 만한 자격이 되는군.”

“암, 나는 자격이 있지.”

“후후, 재미있는 아이구나. 너는 본좌가 누군지 궁금하지 않은가?”

“마교 장로겠지, 뭐.”

“호오, 어떻게 알았느냐?”

“마기를 풀풀 풍기고 있잖아. 게다가 늙은 걸 보니 현역은 아니고 장로쯤 되겠지.”

“하하핫! 맹랑한지고.”

운성이 머리를 긁적이며 물었다.

“그래서? 날 왜 여기까지 데려온 건데?”

“조용히 얘기를 해보고 싶었다.”

운성이 주춤 물러섰다.

“혹시 영감, 이상한 취향 있는 거야? 그런 거면 난 사양할 래.”

하지만 파검은 운성의 장난을 받아들이지 않았다.

대신 지금까지와는 다른 진지한 눈초리로 물었다.

“사문이 어딘가?”

“요즘 사문 물어보는 사람이 많네. 그게 중요해?”

“중요하다네. 굉장히.”

“흐음, 내 문파라면…….”

“무적문. 아니, 정식명은 구룡문. 맞나?”

“…….”

운성이 입을 다물었다.

그의 표정에서 장난기가 사라졌다.

구룡문을 아는 자.

호의든 적의든 일단 경계를 하고 봐야 한다. 게다가 지금 이 노인은 호의보단 적의가 더 많다. 그 정도는 느낌으로 알 수 있다.

운성이 착 가라앉은 목소리로 물었다.

“영감이야말로 누구지?”

"후후, 이제 궁금해졌느냐?"

"……."

"본좌는 천마신교 파검이다."

"천마신교의 파검. 날 찾은 목적은?"

"구룡문의 문주, 자네가 궁금해서."

운성은 가만히 파검을 응시했다.

천마신교의 파검이 어떻게 구룡문의 존재를 알고 있는 건가? 알고 있다면 얼마나 알고 있을까? 적어도 설화처럼 전설의 문파쯤으로 막연히 알고 있는 게 아니다. 정확히 자신을 찍어 구룡문이라고 말했다.

'이 영감, 뭐야?'

영 기분이 찜찜했지만 다그치진 않았다.

그건 상대가 바라는 행동이다.

파검이 훌쩍 뛰어서 뭍으로 내려섰다.

그 순간, 운성의 주위로 검은 그림자들이 귀신같이 내려섰다.

흑영대였다.

파검이 호감 어린 눈으로 흑영대를 살폈다.

"호오, 이들이 흑영대인가?"

흑영대까지 알고 있다.

파검은 상상 이상으로 많은 것을 알고 있다. 흑영대까지 안다면 구룡문에 대해 상당히 구체적으로 조사했다는 뜻.

'빌어먹을 마교 놈들.'

확실히 정보력은 인정을 안 할 수 없다.

하나 그렇다고 달라질 것은 없다. 정파의 의뢰를 받은 이상 어차피 마교를 상대해야 할 것이고, 언젠가는 본문의 정보가 어느 정도는 흘러들어 가리라.

파검이 흑영대를 훑어보더니 극신에게 눈길을 두었다.

"그쪽이 흑영대주 위극신?"

방갓을 눌러쓴 극신이 날카로운 눈빛을 드러냈다.

방갓 아래로 빗물이 뚝뚝 떨어져 내렸다.

"나를 아는가?"

"알다마다."

"보아하니 날 알아선 안 될 자인 것 같은데."

"하나 어쩌겠나, 이미 알고 있는 것을."

이때 운성이 얼음장처럼 차가운 목소리로 말했다.

"그렇다면 죽일 수밖에."

"자네 혼자 할 수 있겠나? 내가 알기로 흑영대는 지금 나서는 것조차 버거울 텐데."

파검이 고개를 들고 하늘을 올려다보았다. 그가 다시 흑영대를 훑어보며 말을 이었다.

"비록 비가 오고 있지만, 어쨌든 대낮이니까 말일세."

운성의 표정이 더욱 굳었다.

운성이 허리 뒤춤에 매인 도를 뽑아 들었다. 시퍼런 도광이 예기를 뿜어냈다.

"죽여야만 하는 이유가 조금씩 늘고 있어, 영감."

"후후! 사정은 이쪽도 마찬가지야. 너희가 비검문을 돕는 이 상 본좌도 구경만 할 순 없는 노릇이지."

파검이 검을 슥 뽑아 들었다.

"후후, 이거, 구룡도(九龍刀)를 견식해 볼 수 있다니 행운이 로군."

"생에 마지막 행운이 될 거야."

"자신만만하구나."

"영감은 우리를 꽤 아는 것 같지만 하나를 잘못 알고 있어."

"그게 뭔가?"

"나."

파검이 가만히 미소만 지었다.

운성은 천천히 기를 끌어올렸다.

자신만만하게 말했지만 사실 쉽지 않은 싸움이 될 것이다. 파검이라는 자, 아무 생각 없이 배짱만 좋은 영감이 아니다. 풍 겨져 나오는 기도만 봐도 알 수 있다. 마교에서 산전수전을 다 겪었을 것이다. 진흙탕에서 잔뼈가 굵은 자다.

얕잡아보면 오히려 이쪽이 당할 수도 있다.

파검이 지나가는 투로 말했다.

"과연 지금 그 말을 들으니 좀 덜떨어져 보이기도 하는군."

운성은 대꾸하지 않았다. 대신 극신에게 나직이 일렀다.

"극신, 물러나 있어."

극신이 고개를 숙인 후 어디론가 몸을 날렸다.

어차피 지금 흑영대는 운성에게 큰 도움을 줄 수 없었다.

흑영대가 모습을 감추자 운성이 구룡도를 바로 쥐고 숨을
훅 들이마셨다.

"놀아볼까?"

"좋지."

순간,

쩡—!

콰자작!

운성이 서 있던 자리의 나무가 산산조각 났다. 밑동이 잘려
통째로 쓰러진 게 아니다. 마치 폭약을 맞은 것처럼 조각조각
부서졌다. 하나 폭약과 다른 점이 있다면 터져 나간 것이 아니
라 그대로 허물어졌다는 것이다.

만약 운성이 조금만 늦게 움직였다면 산산조각 나는 것은
나무가 아니었을 것이다.

괜히 파검이라 불리는 게 아니다.

깨뜨린다. 검로에 걸리는 것이 무엇이든 파검은 부수고 깨
뜨려 버린다.

파검이 운성을 보며 입꼬리를 올렸다.

"어떤가? 놀아볼 만하지?"

"상당히."

운성이 마주 웃었다.

웃을 기분이 아니지만 웃었다. 상대에게 긴장한 기색을 드
러내면 안 된다.

싸움이란 기세가 중요한 법이다.

다음 순간, 파검의 검이 또다시 번쩍 빛을 뿜었다.

화살보다 빠른 속도로 강기가 날아들었다.

부챗살 하나 차이로 운성을 스친 강기가 그대로 바위에 날아가 부딪쳤다.

쩌엉!

바위가 깨졌다.

파파파파!

이번에는 파편이 조각조각 흩어지며 사방으로 튀어 날아간다. 그냥 단순히 튀어나오는 자갈돌이라고 생각하면 오산이다. 파편 하나하나가 굉장히 위험하다. 호신강기를 제대로 끌어올리지 않은 상태에서 파편에 맞으면 사람 몸은 아무렇지도 않게 관통할 만한 위력이다. 나무 기둥마저도 구멍이 뚫릴 정도다.

뭐 이런 검을 쓰는 자가 다 있나.

운성은 날아드는 파편을 쳐내며 이를 악물었다.

따당! 따다다당!

마지막 파편을 쳐냈을 때, 운성이 곧바로 구룡도를 바닥에 내리찍었다.

따앙!

지진이라도 일어난 듯 땅이 울렸다. 그 순간,

콰콰콱!

바닥에 금이 가기 시작하더니 마치 거룡(巨龍)이 땅속을 헤집으며 나아가는 듯하다.

일전에 운성이 맨손으로 쓴 지룡장과 비슷한 무공인 패하도(覇下刀)다. 다른 점이 있다면 지룡장은 장법(掌法)이고 패하도는 도법(刀法)이라는 것이다. 물론 지룡장보다는 패하도가 그 위력 면에서 훨씬 우세하다.

눈 깜짝할 사이에 땅속을 파고든 거룡은 파검의 발밑까지 다다랐다. 하나 찰나지간, 파검이 검을 거꾸로 세우고 바닥을 찍었다.

꽈장—!

바닥을 뚫고 솟아올라야 할 거룡은 파검의 검에 온몸이 부서져 나가고 말았다.

투타타탓!

바닥의 흙과 자갈이 사방으로 튀어 날아갔다. 그것들은 다시 운성을 위협했고, 운성은 호신강기를 극한으로 끌어올린 채 파편을 쳐내야 했다.

그야말로 용호상박(龍虎相拍).

파검이 심호흡을 하곤 입을 열었다.

"과연 대단해. 대단해."

그는 진심으로 경탄하고 있었다.

조금 전의 공격은 정말 날카로웠다. 아니, 날카롭다기보다는 강렬한 공격이었다. 섬세한 예공(銳攻)이 아니라 묵직한 힘이 느껴지는 강공(强攻)이었다.

그 무엇도 깨뜨려 버리는 수라파천검의 초식으로 패하도를 막았다.

결과는 성공이다.

지표를 뚫고 솟구치려는 거룡을 깨뜨렸다.

하지만 손바닥이 저릿저릿 아리고, 팔의 근육이 미세하게 경련을 일으킨다. 한 번은 막아냈지만 두 번째는 위험하다. 그때는 막을 생각을 하지 말고 피해야 한다.

다행히 지금과 같은 패하도는 피하는 것이 어렵지 않다. 땅속을 투과하는 강기가 찰나적으로 도달하긴 하지만 허공을 가르며 날아오는 것보다야 시간이 걸린다. 힘은 있으나 속도와 예기는 그만큼 떨어진다.

파검이 서서히 손을 앞으로 내밀었다. 그리고 검을 쥔 오른손을 뒤로 뺐다. 다음 순간,

파항!

검을 앞으로 내뻗자 강기 한 줄기가 매섭게 뻗어나갔다. 운성은 생각할 것도 없이 곧장 구룡도로 내려쳤다. 피하기에는 시간이 부족했다.

쩌정—!

굉음이 울리며 강기가 흩어졌다.

한데 그걸로 끝이 아니다.

쏟아져 내리던 빗줄기가 강기에 휩쓸리며 운성에게 화살처럼 날아든 것이다.

하찮은 물줄기라도 십여 장 높이에서 떨어지는 폭포라면 그 위력이 어마어마하다. 하니 강기에 휩쓸린 빗방울은 하나하나가 화살과 같다고 보면 된다. 아니, 파검의 강기에 휩쓸렸으니

화살보다는 침이리라. 조각조각 흩어진 물방울들이 뾰족한 침이 되어 운성을 두드렸다.

타다다닥!

찰나, 파검이 몸을 날려 운성에게 검을 휘둘렀다.

깡! 깡깡!

파검은 눈부신 속도로 운성을 몰아쳤다. 운성은 정신없이 막았다. 다른 이가 본다면 두 사람의 손발이 어떻게 움직이는지도 모를 정도였다.

파검이 순간적으로 생긴 빈틈을 향해 그대로 발을 내찔렀다.

꽝!

운성이 충격을 못 이기고 뒤로 붕 날아갔다.

나무 한 그루를 부수며 운성이 처박혔다. 가슴 부위에서 하얀 김이 피어올랐다. 운성이 가슴을 쓰다듬으며 일어났다.

파검은 놀랐다.

"본좌의 풍파각(風破脚)을 맞고도 일어나다니, 볼수록 놀랍군."

운성이 뻐근한 가슴을 손바닥으로 이리저리 문질렀다.

그가 다시 구룡도를 바로 쥐고는 파검을 보았다.

"휴우, 그래도 꽤 아팠어."

"꽤 아파?"

파검이 눈살을 구겼다.

풍파각을 정면으로 맞고, 단지 아프단 엄살을 부리는 걸로 넘어가다니. 아무리 호신강기를 끌어올렸다지만, 지금쯤이면 가슴이 터질 듯한 통증이 느껴질 것이다. 입 밖으로 말을 내뱉기도 힘들 만큼.

게다가 자신의 검공을 계속해서 막아내는 것만으로도 내력 소모는 극심했을 것이다.

한데 아프다고? 겨우?

파검이 이죽거렸다.

"허풍이 심하구나."

"아니. 이제부터가 진짜야."

"뭐라?"

"이제 더 놀라게 될 거야."

'뭐, 이런……'

파검이 입술을 비틀었다.

만약 허풍이라면 실망이다. 세간의 전설로 전해지는 무적문주가 아니던가. 한데 이런 허풍으로 꼴같잖은 자존심만 앞세우는 위인이라면 굳이 이렇게 싸울 필요도 없었다.

한데 진심이라면…….

'그럴 리가 없지.'

파검은 이제 싸움을 끝내야겠다고 마음먹었다. 이 정도면 나이 어린 문주치고 제법 잘 싸운 셈이다. 오랜만에 두근거림도 맛보았다.

상대는 태연한 척하지만 조금 전의 풍파각으로 내상을 입었을 것이다. 함부로 진기를 끌어올릴 수는 없을 터.

파검이 진득한 마기를 검에 불어넣었다.

"끝내자꾸나."

운성이 대답없이 파검을 가만히 바라보았다.

두 사람은 오랫동안 서로를 응시하기만 했다. 찰나의 집중력이 흐트러지는 순간, 어느 한 사람이 움직일 것이다.

그리고 그 찰나의 순간이 왔다.

타앗!

운성이 허공으로 신형을 띄웠다. 눈 깜빡할 사이라는 말이 어울릴 정도로 그는 빠르고 높게 도약했다.

'아직도 저런 힘이!'

하지만 파검이 놀라기에는 아직 일렀다.

허공 높이 도약한 운성이 그대로 검을 내려쳤다.

쑤겅!

그러자 보이지 않는 예기가 파검을 향해 쏟아져 내렸다.

무형의 강기.

쒜! 쒜! 쒜! 쒜엑!

눈으로 식별할 수 없는 강기가 소낙비처럼 떨어져 내렸다. 구룡도식(九龍刀式)의 두 번째 초식인 응룡격(應龍激)이다.

만약 오늘 비가 내리지 않았다면 파검은 뭐가 어떻게 된 건지도 모른 채 목이 날아갔을지도 몰랐다. 그나마 쏟아져 내리는 비 때문에 강기의 움직임이 눈에 읽혔다.

따당! 따다다당!

하나 소낙비처럼 쏟아지는 강기를 눈으로 보고 피한다는 것은 불가능에 가까운 일이었다. 수라파천검을 사용해 강기를 부수고 피해도 보았지만 무작위로 쏟아져 내리는 강기를 전부 막아낼 순 없었다.

츄악! 서컹!

"크윽!"

몇 가닥의 강기가 그를 스쳤고, 순간 가슴 앞섶이 찢어지며 피가 솟구쳤다.

무리하게 강기를 쳐내느라 내상도 입었는지 입가에서는 피도 흘렀다.

바닥에 착지한 운성은 그에게 몸을 돌볼 여유도 주지 않았다.

그가 곧장 다음 초식을 펼쳤다.

번쩍!

구룡도가 일순 빛을 뿜더니 운성과 함께 모습을 감췄다.

파검이 눈을 찡그렸다.

'사라졌……?'

그는 더 이상 생각을 잇지 못했다.

"크아아악!"

그의 온몸에 뇌전(雷電)이 흘렀다.

전신이 부르르 떨린다.

혈맥이 가닥가닥 끊어지고 오장육부가 뒤틀린다.

응룡격에 이어진 뇌룡참(雷龍斬)이다.

그야말로 번개와 같은 움직임으로 상대를 베어내는 일격인데, 당한 자는 벼락을 맞은 것과 같은 충격을 받게 된다.

울컥!

검은 핏덩이가 입 밖으로 토해졌다.

파검이 천천히 고개를 돌렸다.

사라졌던 운성이 어느새 등 뒤에 서 있었다.

털썩.

파검이 무릎을 꿇었다.

이미 아랫배의 절반은 구룡도에 베어진 상태.

졌다.

지금 보니 처음부터 상대가 되지 않는 싸움이었다.

자만한 것은 운성이 아니라 자신이었다.

상대는 진지하게 싸웠다. 일말의 방심도 없이.

그의 말대로 그들의 존재에 대해선 잘 알고 있었지만, 표운성이라는 문주에 대해서는 정보가 너무 없었다.

분한 마음은 들지 않았다.

후회?

후회는 조금 든다. 보다 더 잘 알고 왔더라면 이보다 더욱 즐거운 싸움이 되었으리라.

파검은 피가 그륵그륵 끓는 목소리로 물었다.

"과연… 구룡도식. 몇 번째인가?"

"이초와 삼초."

운성이 차분히 대답했다.

파검의 눈동자가 잠시 흔들렸다.

겨우 세 번째.

세 번째 초식에서 이토록 치명상을 입다니.

그가 알기로 구룡도식은 총 아홉 가지 초식으로 이루어져 있다. 모두 용의 형상이나 특성을 따서 만들어진 초식이다. 아홉 가지 초식은 다시 전반, 중반, 후반 초식으로 세 가지씩 나뉜다.

한데 세 번째까지.

결국 전반 삼초에 완전히 당하고 만 것이다.

이 천마신교 파검이 말이다.

"크큭, 크크큭."

파검이 허무한 웃음을 흘렸다.

운성이 걸어왔다.

"구룡도식을 알고 있어?"

"보는 건… 처음……."

운성이 눈을 가늘게 떴다.

구룡도식을 알고 있다는 것만으로도 놀랍다.

도대체 이자는 어떻게 알고 있는 걸까? 혹시 마교에서 구룡문을 은밀히 조사하고 있었던가?

상관없다. 나이 지긋한 노인들 중에는 구룡문을 아는 자도 제법 있다. 다만 마교에서 구룡문을 알고 있으니 조금 의외였을 뿐이다.

"하나 묻지. 비검문의 엽 총관, 마교가 풀어놓은 개지?"

"클클클."

파검의 눈이 가늘게 휘었다.

"모르는 걸 스스로 알아내려 하지 않고 남에게 물어보기만 하는 건… 나쁜 버릇일세."

운성은 다그치지 않았다.

다그친다고 해서 말을 할 노인네 같았으면 진작 모든 것을 털어놓았을 것이다.

파검이 눈을 스르르 감았다.

"작금의 강호는… 심혈을 기울여 만든 무대라네."

파검이 알 수 없는 말을 남기고 쓰러졌다.

쿵!

육중한 소리가 울렸다.

그는 다시 눈을 뜨지 않았다.

저벅저벅!

운성이 무거운 발을 이끌고 마차가 있는 곳까지 돌아왔다. 구룡도식의 전반 삼 초식을 모두 쓴데다가, 싸움 내내 내력을 끌어올리고 있었더니 몸이 무거운 것은 어쩔 수가 없었다.

진흙투성이가 된 채 돌아온 운성은 아무 말 없이 짐칸에 몸을 실었다.

마차 주위에는 어느새 마인들도 보이지 않았다.

운성이 돌아오길 기다렸던 설화는 한심하다는 표정을 지었다.

'도대체 어디까지 도망갔다가 온 거야?'

설화가 툭 쏘듯 물었다.

"어디서 이렇게 구르다가 온 거니?"

"마교 놈들은?"

"도망갔어."

"도망?"

운성이 코웃음을 쳤다.

잠자던 똥개가 배꼽을 쥘 소리다.

마교가 도망을 갔다니.

그것도 먹잇감을 노리고 달려든 그들이 먼저 꼬리를 말고 도망을 쳤다?

하지만 설화는 당연한 결과라는 듯 말했다.

"엽 총관님과 신주대가 굉장히 잘 싸웠어. 결국 마교는 조금씩 밀리다가 몸을 빼냈고."

"그래서 어떻게 됐는데?"

"엽 총관님이랑 신주대가 뒤를 쫓았는데……."

"모두 놓쳤다?"

운성이 듣지 않아도 알 만하다는 듯 말을 가로챘다.

설화가 짐짓 기분 상한 듯 대꾸했다.

"필사적으로 도망가는 자들을 쫓아가서 싸움 걸기가 쉬운 줄 아니?"

"필사적이라……. 그냥 보내준 게 아니고?"

설화가 이맛살을 곱게 찡그렸다.

"무슨 소리야?"

“아냐. 관두지. 피곤하니까 좀 쉬자.”

이때, 낯익은 목소리가 불쑥 끼어들었다.

“아니. 좀 더 들어야겠소만.”

엽상섭이었다.

그가 언제부터 대화를 듣고 있었는지 마차 옆에서 모습을 스윽 드러냈다.

그는 운성을 무섭게 노려보았다.

“표 대협께서 하시는 말씀은 과히 듣기에 거북하구려.”

그러자 운성이 능청을 떨었다.

“응? 왜요? 뭐 찔리는 거라도 있어요?”

“대협! 말씀이 지나치시오! 어째서 아가씨께 나를 비롯한 신주대를 모함하려는 것이오?”

“모함 안 했는데요?”

“방금 그 말이 모함이 아니고 무엇이오? 우리가 그놈들을 그냥 보내줬다니? 그 말은 우리가 그놈들과 작당이라도 했다는 뜻이 아니오!”

“우와! 상당히 구체적으로 받아들이셨군요. 그 정도로 세밀하게 생각하진 않았는데.”

“표 대협!”

“아아, 그렇게 화내지 말고 상식적으로 생각해 보자구요.”

“뭘 말이오?”

“엽 총관님은 마교의 포위망을 뚫고 이곳까지 오셨지요. 그리고 마교에서는 엽 총관님을 추적했거나 우리를 추적해서 여기까지 왔구요. 그런데 정말 멍청하게도 마교에서는 엽 총관님과 신주대가 함께 있을 걸 알면서도 허접한 무사들만 데리고 와서 쳤다는 거죠. 그리고 우습게도 체면이고 뭐고 꼬랑지 말고 도망을 쳤다. 자, 이 상황이 보통 납득이 갑니까? 상대는 이웃 마을 파락호 무리가 아니라 마교입니다, 마교.”

“그래서 우리가 마교와 손을 잡기라도 했단 거요?”

“또 과하게 말씀하신다. 그냥 이해가 안 될 뿐이라는 겁니다.”

“마인들은 오만방자한 놈들이오. 우리의 전력을 과소평가했을 가능성이 높소.”

“그렇게 과소평가했는데 어떻게 단 한 놈을 잡지도, 죽이지도 못하고 고스란히 돌려보내셨습니까?”

운성이 노골적으로 빈정거렸다.

옆에서 듣고 있던 설화는 내심 조마조마한 심정이었다. 자신이 믿을 수 있는 유일한 사람이 엽상섭이다. 그런 그가 화를 내는 건 보고 싶지 않았다.

하지만 그녀로서도 어느 정도는 운성과 비슷한 의문을 가졌기에 얼른 나서서 말리진 못했다.

엽상섭이 아랑곳하지 않고 대답했다.

“흥! 아무리 전력이 낮다지만 그들은 악명 높은 마교의 천멸대란 말이오. 전력으로 도망친다면 우리로서도 놓칠 수 있는 것이 아니겠소?”

운성이 눈썹을 꿈틀거렸다.

“음? 그들이 천멸대라는 건 어찌 알았습니까?”

“그, 그건……!”

엽상섭이 잠깐 당황했다. 하나 그는 곧 태연하게 대답했다.

“우리 정보력이 그 정도도 안 되는 줄 알았소?”

운성이 의미심장하게 웃었다.

“과연 대단한 정보력이군요. 알겠습니다. 어쨌든 궁금했던 점이 꽤 풀린 것 같군요.”

“그럼 다행이구려. 대신 이번에는 내가 하나 물어보리다.”

“뭔가요?”

운성이 아이처럼 천진한 표정으로 바라보았다.

“우리가 사력을 다해서 적을 물리치는 동안 당신은 도대체 어디에서 뭘 하다 온 거요?”

설화도 운성을 돌아보았다.

이 질문 역시 그녀도 궁금하던 사항이다.

엽상섭이 의기양양한 표정으로 운성을 더욱 궁지로 몰아갔다.

“표 대협이야말로 우리가 싸우는 동안 코빼기도 보이지 않더이다. 혹시 표 대협이말로 마교와 손을 잡고 그들을 이곳으로 불러들인 것은 아니오?”

“에이, 무슨 그런 섭한 말씀을.”

“그럼 말해주시겠소, 어디서 무얼 했는지?”

“적을 무찔렀죠.”

운성이 태연하게 대답했다.

그 표정이 너무 자연스러워서 설화는 자칫 '아, 그렇구나' 하고 넘어갈 뻔했다.

엽상섭이 입꼬리를 올렸다.

"적이라⋯⋯. 우리가 싸우는 동안 표 대협은 보지도 못했는데?"

"아, 전 다른 적이랑 싸웠거든요."

"어디서 말이오?"

"여기서 이 리 정도 떨어진 곳에서요."

"누구와?"

"마교 장로."

엽상섭이 눈썹을 구겼다.

마교 장로라고?

이것이야말로 잠자던 똥개가 배꼽을 쥐어뜯을 소리가 아닌가.

마교 장로라니? 거짓말을 해도 정도껏 해야지 신빙성이 있는 법이다. 한데 이건 뭐⋯⋯.

너무 어이없는 거짓말을 하니 따지기도 낯 뜨겁다.

"표 대협께선 농담을 즐기시는 것 같구려."

"무슨 농담요? 제가 방금 농담했던가요?"

"그럼 정말로 마교의 장로와 싸우고 돌아오신 길이다?"

"그렇다니까요?"

엽상섭은 헛웃음을 뱉었고, 설화는 괜히 얼굴이 발갛게 달아올랐다. 설화의 입장에서는 이런 허풍을 듣는 것도 하루 이

틀 일이 아니었다. 한데 다른 사람이 보는 앞에서 또 듣자니 괜히 자신마저 듣기 민망해진 것이다.

운성이 이해를 못하겠다는 듯 물었다.

"왜들 그렇게 보시는지?"

"표 대협, 허풍이 지나치지 않소. 아무리 그래도 마교 장로를 들먹인 건……."

"장로를 그럼 장로라고 하지, 총관이라고 합니까?"

허! 기가 막힌다.

뻔뻔함도 이쯤 되면 병이라고 할 수 있겠다.

뭐 이런 자가 다 있나.

엽상섭은 잠시 할 말을 잃고 말았다.

물론 솔직하게 무서워서 도망갔다고 고백하기는 쉽지 않을 것이다. 부끄럽고 수치스러울 게다.

하나 그렇다고 이런 말도 안 되는 거짓말을 저렇게 사실을 이야기하듯 태연하게 지껄이다니, 골라도 골라도 어쩌면 저렇게도 터무니없는 변명을 골랐을까?

엽상섭이 빈정거리듯 물었다.

"후후, 마교의 장로라니 대단하군요. 누구였는지요?"

"파검이오."

파검!

엽상섭이 입을 척 벌렸다.

갈수록 어이없는 대답.

파검이라면 웬만한 문파 문주 이상의 실력이지 않나. 문주

가 다 뭔가. 지역 패주들이라도 그 앞에선 함부로 이름을 내밀
지 못할 것이다.

'애송이가 어디서 주워들은 건 있는 모양이지?

그가 여전히 비웃었다.

"파검은 어찌 됐습니까?"

"죽였소."

"갈(喝)! 헛소리도 그만하면 됐소. 더 이상은 유치해서 못 들
어주겠소!"

"파검을 죽인 게 그렇게 유치합니까?"

엽상섭은 볼을 파르르 떨다가 몸을 휙 돌려 버렸다.

사실 싸움 도중에 사라진 것을 따져서 마교와 연관을 지으
려고 그랬다. 그래서 설화가 운성을 더욱 불신하도록 만들 속
셈이었다.

한데 이건 뭐, 연관을 짓고 말고 하기에는 너무 말도 안 되
는 핑계를 대지 않나. 변명도 적당히 해야 모함을 하기도 쉽
다.

그런데, 뭐? 파검을 죽여?

대화를 하면 할수록 피곤해지는 인간이다.

어쩌면 자신의 의도를 미리 알아채고 주의를 다른 곳으로
끌어내기 위해 펼친 고난도의 화술(話術)일까?

어쨌거나 엽상섭은 그렇게까지 상대의 대화에 말려들고 싶
진 않았다.

엽상섭이 가버리고 나자 운성이 설화를 보았다.

“너도 파검이 유치해?”
“……”
“파검 몰라? 파검이 꼬마도 아닌데 왜 유치해?”
“…그만해라.”
“칫, 도대체 얼마나 더 늙은 것과 싸워야 안 유치한 거야?”
“그만하라고!”
결국 설화가 빽 소리를 질렀다.

第七章

배신(背信)

마차가 호남으로 들어서면서 주진석의 표정은 한결 밝아졌다.

다음에는 어떤 일이 있어도 귀주 땅으로는 들어가지 않으리라. 사천에 갈 일이 있더라도 중경(重慶)을 지나면 지났지, 귀주로는 들어서지 않으리라.

온갖 안 좋은 일은 귀주에서 일어나지 않았나.

삼류무사들에게 수모를 당하고, 산적에게 목숨을 잃을 뻔하고, 나중에는 마교까지!

생각만 해도 등골이 오싹해지는 여정이었다.

마차가 그의 고향인 회화로 들어서자 그도 온전히 마음을 놓을 수 있었다. 회화의 저잣거리를 지날 때는 아예 얼굴에 함박웃음을 머금고 있었다.

운성과 설화는 이제 주진석과 헤어져야 했다. 처음부터 회화까지만 태워주겠다고 약속한 터였다.

하지만 주진석이 두 사람을 붙잡았다.

"그럴 것이 아니라, 이것도 인연이고 한데 저희 집에서 하룻밤 묵고 가시지요. 한번 잘 대접해 드리고 싶습니다."

"하지만 지금까지도 대인께 너무 많은 폐를 끼쳐 드려서……."

"오오, 정말 그래도 되겠습니까?"

설화와 운성이 각기 다른 반응을 보였다.

운성이 얼른 설화를 나무랐다.

"대인의 성의를 무시하는 것도 예의가 아니지. 우리도 오랜만에 좋은 환경에서 하루 정도 푹 쉬자고."

평소 같았으면 운성의 태도에 뭐라고 타박을 했겠지만 이번만큼은 그녀도 아무 말 하지 않았다. 어차피 이제 목적지가 얼마 남지 않은데다가 오랜 여정으로 피곤했던 터다.

굳이 상대의 호의를 거절할 필요는 없었다.

"그럼 염치불구하고 하루 정도 더 신세를 지겠습니다."

"하하! 잘 생각하셨습니다. 이대로 가시면 섭섭할 뻔했습니다."

주진석의 마차는 그렇게 그의 집으로 향했다.

주진석의 집은 제법 호화로운 저택이었다. 가노가 열댓 명 정도 있었고, 손님이 머물 수 있는 별당이 따로 있으며, 작은 후원도 있었다. 입이 척 벌어질 정도의 거부는 아니지만, 돈 때문에 아쉬워하면서 살 만큼 변변찮은 집안도 아니었다.

깔끔하게 정돈된 별당으로 안내받은 운성은 입이 헤벌쭉 벌어졌다.

"이거 정말 공짭니까?"

"하하, 그렇습니다. 참, 제가 표 대협께 드릴 잔금이 남아 있지요?"

"역시 주 대인은 계산이 정확하신 분이군요!"

"곧 시녀를 통해 드리겠습니다. 잠시라도 푹 쉬십시오."

"주 대인의 배려에 감동했습니다. 그런 만큼 잔금은 정확히 받기로 한 만큼만 받겠습니다!"

"예? 아… 예."

주진석이 어색하게 웃고는 고개를 끄덕였다.

그가 나가자 운성이 침대에 몸을 던졌다. 오랜만에 느껴보는 폭신한 잠자리였다.

운성은 드러누운 채 그물처럼 늘어진 상유자(床帷子)를 매만졌다. 그는 파검과의 일전에서 들은 말을 상기하고 있었다.

"작금의 강호는 심혈을 기울여 만든 무대라네."

무슨 뜻이었을까?

그는 강호를 무대에 비유했다. 그렇다면 이유가 있을 게다.

무대라고 하면 제일 먼저 뭐가 떠오르나? 경극과 같은 연극이다. 그럼 등장인물은? 강호가 무대라면 이 강호를 무대로 선주연은 누구란 말인가? 마교? 아니면 비검문? 그도 아니면 구룡문?

"아이고, 머리야."

운성이 머리를 벅벅 긁으며 일어나 앉았다.

"극신."

"부르셨습니까?"

천장에서 그림자 하나가 뚝 떨어져 내렸다.

"파검이 한 말 어떻게 생각해? 무대가 어쩌고저쩌고 한 거 말이야."

"글쎄요. 의미를 알기에는 단서가 너무 부족해서……."

"역시 그렇지?"

"귀적단주에게 맡기시는 건 어떻습니까?"

운성이 고개를 내저었다.

"아직은 일러. 홍 단주라도 이 정도 단서로는 추측만 내놓을 뿐이겠지."

홍 단주란 귀적단주 홍화연(弘嬅蓮)을 가리킨 것이었다.

귀적단은 구룡문의 머리라고 할 수 있었다. 그들의 우선 임무는 정보 수집이었고, 그다음이 구룡문의 군사 역할이었다. 홍화연은 구룡문의 총군사이면서 귀적단을 책임지고 있었다.

하지만 아무리 그런 그녀라도 최소한의 정보나 단서가 있을 때 해답이 나오게 마련이다. 지금은 그 최소한의 조건이 갖추

어지지 않았다.

운성이 머리를 벅벅 긁었다.

이런 수수께끼 놀이는 좋아하지 않는다.

그는 간단명료하고 단순한 것이 좋다. 기면 기고 아니면 아닌 거다.

"에이, 모르겠다. 포기! 그 영감탱이를 다시 살려낼 수도 없고. 우선 귀적단주에게 지금까지 있었던 일을 전해줘."

"알겠습니다."

극신이 빙그레 웃으며 물러갔다.

*   *   *

"아가씨, 아무래도 표 대협은 신뢰가 가지 않습니다."

엽상섭이 걱정 서린 표정으로 말했다.

설화는 마시던 찻잔을 탁자에 내려놓았다. 그녀의 표정에 그늘이 졌다.

언젠간 엽 총관이 이런 이야기를 꺼낼 것이라고 짐작하고는 있었다.

확실히 표운성은 어딘지 어수룩하고 허풍과 자만 덩어리였다. 악한 사람 같지는 않지만, 느낌만으로 사람을 믿었다가는 쥐도 새도 모르게 뒤통수 맞는 곳이 강호다. 그러니 엽 총관의 걱정도 지나친 것은 아니다.

하지만 운성은 할아버지와 강무 아저씨가 선택한 남자다.

어째서 그런 자를 선택한 것인지 시간이 지날수록 더 알 수가 없지만, 자신이 가장 믿는 두 사람의 결정이었다.

그녀가 착잡한 표정으로 대꾸했다.

"할아버지와 강무 아저씨가 선택한 남자예요."

"두 분도 실수를 하실 수는 있습니다."

"하지만 지금까지 아무 일도 없이 잘 올 수 있었잖아요."

"만약 제가 아가씨를 뒤쫓아오지 않았다면 정말 위험했을지도 모릅니다."

설화는 입을 다물었다.

인정할 수밖에 없는 사실이다. 괴룡산에서 산적을 만났을 때도 그랬다. 운성은 수당 이야기만 해대면서 전혀 나서질 않았다. 오히려 자신이 직접 나서서 산적과 싸워야 했다. 그 바람에 가볍지만 상처를 입기도 했다.

마교가 습격했을 때는 어땠나?

운성은 아예 어디론가 숨어서 코빼기도 보이지 않았다. 그래 놓고 돌아와서는 엽 총관부터 다짜고짜 의심했다. 게다가 마교 장로를 죽였다는 둥 헛소리까지.

"하아……!"

생각만 해도 한숨이 절로 나온다.

감싸주려고 해봐도 오물은 크고 포장지는 너무 작다.

"아가씨, 그를 계속 곁에 두는 것은 의미가 없습니다. 아니, 오히려 위험을 자초하는 것일지도 모릅니다."

"엽 총관님의 생각은 어떠신가요?"

"그에게 들으니 임무 완수를 하기 전에는 의뢰 맡은 건에서 손을 떼지 않는다고 하더군요. 제가 생각할 땐 그 이유가 사명감보다는 돈에 욕심이 있기 때문이 아닌가 합니다."

설화도 고개를 끄덕였다.

확실히 운성은 은자의 '은' 자만 꺼내도 환장을 한다. 눈에 쌍심지를 켜고 달려드는 인간이다.

엽 총관이 계속 말했다.

"좀 아깝더라도 그에게 잔금 이천 냥을 내주고 그만 돌려보내는 것은 어떨까요? 돈은 제가 마련해 보겠습니다."

"이천 냥을 주고요?"

설화가 깜짝 놀라 물었다.

"그렇습니다. 그렇게 하면 그자도 말을 알아듣지 않겠습니까?"

"하지만 임무를 완수하지도 않은 자에게 이천 냥을 주자구요?"

"아니면 놈이 돈을 받고 돌아갈 때 뒤를 쳐서 제거하는 것도……."

"엽 총관님, 그건 아니에요."

설화가 단호하게 고개를 내저었다.

물론 운성이 적의 첩자일 수도 있다.

하지만 그런 방식은 정파답지 못하다.

애초에 운성이 적의 첩자인지 아닌지도 확실하지 않은 상황이 아닌가. 할아버지와 강무 아저씨가 믿었던 자다. 정말 두

분이 실수를 하신 걸까?

"조금 더 두고 보는 게 어떨까요?"

"아가씨, 사적인 감정은 좋지 않습니다. 그는 위험인물입니다. 믿어서는 안 됩니다."

엽상섭의 뜻은 분명했다.

결국 설화는 그의 말을 따르기로 결심했다. 무엇보다 그가 말한 내용 중 '사적인 감정'이라는 표현이 마음에 들지 않았기 때문이다.

'그런 자에게 사적인 감정?

그런 오해를 피하기 위해서라도 그녀는 엽상섭의 말을 듣고 싶었다.

"알겠어요. 총관님 뜻대로 하세요."

"잘 결정하셨습니다, 아가씨."

고개를 숙인 엽상섭이 냉소를 지었다.

"어서 오시오, 표 대협!"

운성이 문을 열고 들어서자 탁자에 앉아 있던 엽상섭이 활짝 웃으며 그를 맞이했다. 탁자에는 설화도 함께 앉아 있었는데 어쩐지 착잡한 표정이었다.

"무슨 일로 부르셨습니까?"

운성이 정중히 묻자 엽상섭은 곁에 있던 신주대주에게 눈짓을 보냈다. 그러자 그가 어디론가 가더니 묵직한 상자 하나를 들고 돌아왔다.

엽상섭이 그것을 받아 탁자에 내려놓았다.

"표 대협께 좋은 소식을 전해 드리고자 이렇게 불렀습니다."

"무슨 말씀이신지?"

엽상섭이 대답 대신 상자의 덮개를 열었다.

순간 운성이 입을 척 벌렸다.

거기에는 그가 세상에서 제일 좋아하는 것들이 가득 들어 있었다.

"정확히 은자 이천 냥이라오."

운성은 귀를 의심하고 눈을 의심했다.

입이 귀에 걸린 그가 엽상섭을 보았다.

"이, 이걸 왜 보여주시는 건지요?"

"물론 표 대협께 드리려고 보여 드린 겁니다."

"오옷! 이걸 준다고요? 가짜 돈은 아니겠지요?"

운성이 신이 나서 소리쳤다.

그가 은자 하나를 집어 들고 이로 깨물었다.

확실히 은자다.

은자의 향기가 이를 타고 전해진다. 온몸에 전율이 일어난다.

'아아, 은자는 어찌하여 향기마저 이토록 감미롭단 말인가?

몸을 부르르 떤 운성이 상자를 덥석 잡았다.

"감사합니다, 엽 총관 대협님!"

“잠깐.”

엽상섭이 상자의 덮개를 닫으며 손으로 탁 눌렀다. 운성이 힘을 주고 상자를 빼내오려고 했지만, 엽상섭이 기로 누른 탓인지 상자는 꼼짝도 하지 않았다.

“끄응! 왜……?”

운성이 여전히 상자에서 손을 떼지 않은 채로 물었다.

엽상섭이 씨익 웃었다.

“아직 제 이야기가 끝나지 않았습니다, 표 대협.”

“이야기는 일단 이것부터 받고 듣지요.”

“아뇨. 듣고 받으셔야 합니다.”

“그래도 받고 듣는 게…….”

“안 됩니다. 듣고 받으십시오.”

엽상섭의 표정은 단호했다.

결국 운성이 물러났다.

“그럼 말씀하시지요.”

“표 대협, 이 돈을 왜 드리는지 아시겠습니까?”

“물론 잘 알고 있습니다. 이천 냥이나 되는 거금을 그냥 주실 리가 없잖습니까?”

엽상섭의 표정이 흠칫 떨렸다.

잘 안다고?

그렇다면 의외로 일이 수월하게 진행될 수 있는 것 아닌가.

이 돈은 임무 완수금이다. 어렵게 차설화를 설득시켜 이 돈을 내주기로 했다. 이제 운성만 받아들이면 모든 것이 끝이었다.

　한데 운성이 그걸 알고 있단다. 그런데도 덥석 받겠단다.

　구차한 설명이나 설득이 필요 없어진 것 아닌가.

　엽상섭이 활짝 웃었다.

　"알고 계시다니 더 긴 말이 필요없겠군요."

　"그래서 제가 받고 듣는다고 하지 않았습니까?"

　"하하, 역시 말이 잘 통하시는 분입니다."

　"그럼 제가 일단 감사히 받겠습니다."

　운성이 다시 상자를 잡았다.

　엽상섭이 잠시 망설이다가 손을 뗐다.

　"좋습니다. 그럼 이걸로 우리 관계는 말끔하게 청산되는군요."

　운성이 은자 상자를 들고 물러나다가 물었다.

　"예? 무슨 청산요?"

　엽상섭의 표정이 슬쩍 굳었다.

　"표 대협, 왜 이러십니까? 이 돈을 왜 드리는지 잘 안다고 하시지 않았습니까?"

　"물론 잘 알고 있지요."

　"한데 어째서 모르는 척을 하십니까? 이제 임무 완수금도 받았으니 일에서 손을 떼셔야지요."

　"예? 이게 임무 완수금이라고요?"

　운성이 깜짝 놀라서 물었다.

　하지만 놀란 쪽은 엽상섭과 설화였다.

그럼 그것도 모르고 돈을 넙죽 받았단 말인가?

엽상섭이 물었다.

"그럼 왜 돈을 준다고 생각하신 겁니까?"

"그야 물론 사례금이지요."

"사례금이라니요?"

"제가 여러분을 구해주었으니 특별수당을 주신 게 아닙니까?"

"구하다니? 언제요?"

엽상섭과 설화는 점점 어리둥절해졌다.

"전에 마교가 습격했을 때 말입니다."

"그때 표 대협께서 우릴 구했다고요?"

"물론이지요."

"왜요?"

"잉? 왜라니요? 그게 제 임무니까 구했지요."

"아니, 아니. 다시 얘기해 봅시다. 제 말은 그때 표 대협께선 어디론가 도망가서 싸우지도 않으셨는데 왜 그게 우리를 구한 거냐 이 말입니다."

"이런! 그새 잊으셨습니까? 그때 전 도망간 게 아니라 마교의 장로를 물리쳤다니까요!"

아, 또 저 소리다.

결국은 저 헛소리로 돌아온 것인가?

도대체 이자의 화법은 정말로 기묘하고 대단하다. 무슨 이야기를 하더라도 저런 식으로 허풍과 거짓이 자연스레 섞여

나온다.

엽상섭이 정신을 바짝 차렸다. 상대의 화술에 말려들어선 안 된다.

"표 대협! 그 이야기는 그만하기로 하지 않았습니까? 어째서 아직도 그런 유치한……!"

"나 참, 도대체 왜 파검이 유치한 겁니까?"

"파검이 유치하다는 게 아니라 당신의 허풍이 유치하단 말이오! 그 말도 안 되는 허풍이!"

"와아~ 사람 미치겠네. 허풍 아니라니까요!"

운성은 이제 화를 내고 있었다.

엽상섭은 더욱 화가 났다.

지금 화낼 사람이 누군데!

"시끄럽소! 내 당신의 체면을 생각해서 그냥 넘어가 주려 했건만 도저히 안 되겠어! 그냥 이실직고, 그래, 무서워서 숨어 있었다고 말하시오!"

"싫어! 내가 왜! 난 분명히 파검을 죽였소!"

"저런 뻔뻔한! 그렇다면 네놈이 파검을 죽였다는 증거를 대라!"

"그런 게 갑자기 어디서 나와! 정 확인하고 싶으면 내가 말했던 연못에 가봐! 아직 그 영감탱이가 죽어 나자빠져 있을지도 모르니까!"

이제 두 사람 모두 이성을 잃고 있었다.

본래 강호인들 특성이 그렇다. 호불호가 분명하다. 한없이

온화하다가도 한번 화가 나면 불같이 화를 내고 눈에 뵈는 것
이 없어진다. 지금 두 사람은 눈에 뵈는 것은 없었다.

둘 다 식식거리며 상대를 노려보았다.

엽상섭이 다시 버럭 소리쳤다.

"너 같으면 그 말 같잖은 헛소리를 믿고 거기까지 파검의 시
신을 확인하러 가겠느냐!"

"그럼 너 같으면 그 증거를 대란다고 거기까지 가서 썩어가
는 시체를 안고 오겠냐!"

결국 지켜만 보던 설화가 나섰다.

"두 사람 모두 그만들 하세요."

그녀의 고운 목소리가 끼어들자 험악한 분위기가 다소 누그
러졌다. 엽상섭이 한참 동안 운성을 노려보다가 설화에게 고
개를 숙였다.

"죄송합니다, 아가씨. 저자의 말도 안 되는 허풍에 저도 모
르게 그만."

"허풍이라니! 그런 너야말로 허풍이라는 증거를 대라!"

다시 운성이 노발대발하며 소리쳤다.

설화가 이마를 짚으며 길게 숨을 내쉬고는 엽상섭에게 일렀
다.

"총관님, 그보다 지금 이 이야기를 마무리 짓는 게 좋겠어
요."

"예, 아가씨."

엽상섭이 심호흡을 하고는 운성을 다시 보았다.

“표 대협, 잠시 흥분했던 것 같소. 정식으로 사과하겠소.”

“암, 그래야지.”

엽상섭은 이마에 핏대가 섰지만 꾹 눌러 참았다.

“표 대협께서도 그만 분을 푸시고 일단 이야기를 마무리 지읍시다.”

“흥, 그러시든지.”

운성이 마지못해 반 경어를 썼다.

엽상섭이 빠르게 말을 이었다.

“어쨌거나 우리가 내린 결론은 이렇소. 표 대협께서는 우리에게 아무런 도움이 되지 않소. 지난번 마교가 습격했을 때도 그랬고, 산적이 나타났을 때는 아가씨가 상처까지 입으셨소. 하니 그만 이번 임무에서 손을 떼기 바라오. 물론 이번에 드린 돈은 임무 완수금을 미리 드린 것이오. 그만 돌아가 주시오.”

엽상섭은 파검에 대한 이야기를 일절 꺼내지 않았다. 또 그 얘기가 나오면 자신도 모르게 흥분해서 상대에게 휘말릴 것만 같았다.

운성이 착 가라앉은 표정으로 말했다.

“내가 전에도 한 말을 잊었나 보군.”

“무슨 소리요?”

“앞서 말씀드린 바 있을 텐데요. 난 한번 맡은 임무는 분명히 완수합니다. 그건 해결사라는 내 명성을 위해서라도 반드시 필요한 부분이오. 그리고 의뢰 취소나 나를 중도 하차시킬 수 있는 사람은 의뢰한 당사자에 한해서요. 당신은 내게 그럴 자격이 없소.”

엽상섭이 눈을 내리감았다.

분을 억누르고 있는 것이다.

이렇게 말이 안 통할 줄이야.

돈만 주면 얼씨구나 하고 떠날 줄 알았건만, 의외로 책임감이 있단 말인가.

놀란 것은 설화도 마찬가지였다.

돈만 준다면 똥물도 뒤집어쓸 인간이라고 생각했는데 제법 책임감이 있다. 그것이 설정이든 아니든 설화로서는 운성의 새로운 면을 본 것이었다.

운성이 설화를 돌아보았다.

“혹시 이거 네 생각도 포함된 거야?”

“그건…….”

“너도 내가 아무런 도움이 안 되니까 그만 돌려보내야겠다고 생각한 거야?”

운성의 목소리에서 섭섭함이 묻어난다.

가식이나 연기가 아니다.

정말로 실망한 기색이 느껴진다.

설화는 왠지 미안했다.

사실 그녀로서는 이렇게까지 할 생각은 없었다.

조금 도움이 안 되면 어떠랴.

그래도 운성이 있어서 이번 여정이 두렵거나 외롭진 않았다. 그것만으로도 꽤 큰 버팀목이 되어준 것이다. 어쩌면 운성의 말도 안 되는 허풍 때문에 더욱 마음이 편했을지도 몰랐다.

설화는 아무 말도 하지 못했다.

운성이 다시 엽상섭을 돌아보았다.

"어쨌든 나는 장사까지 함께 갈 것이오. 그게 내 임무고, 내가 맡은 일이오. 다시 한 번 말하지만 의뢰를 취소할 수 있는 자는 당사자 이외엔 아무도 없소. 명심하시오."

엽상섭이 주먹을 꽉 쥐고 부들부들 떨었다.

도대체 이놈은 왜 이렇게 안 떨어지나. 머리에 난 혹이다. 만지면 아프고 가만 두자니 신경 쓰인다.

말을 마친 운성이 몸을 돌렸다.

"잠깐!"

엽상섭이 소리쳤다.

"또 뭐요?"

"그건 두고 가셔야지요."

엽상섭이 운성의 손에 들린 상자를 가리켰다.

운성이 배시시 웃었다.

"헤헤, 그냥 넘어갈 줄 알았는데."

"이천 냥이 뉘 집 개새끼 이름인 줄 아시오!"

"하지만 돌려줄 순 없소."

"뭣이?"

"아까 총관께서 그러지 않았습니까? 내가 가져가도 좋다고."

"하지만 그건 임무 완수금으로……."

“그거야 총관님 혼자 생각이었구요. 전 사례금으로 받았습니다.”

“어쨌든 그만 돌려주시오!”

“그런 법이 어디 있습니까? 줬다가 뺏다니요? 처음부터 말씀을 명확히 하셨어야지요, 주기 전에.”

“그래서 내가 듣고 받으라고 하지 않았소!”

“하지만 결국은 받고 들은 셈이 됐잖아요.”

“거야 당신이 돈 받는 이유를 알고 있다고 사기를 치니까……!”

“사기라니요? 전 그냥 착각을 하고 있었을 뿐입니다. 고의로 사기를 칠 생각은 없었다고요.”

“그렇다고 말 한마디 잘못했다고 이천 냥을 날름 가져갈 생각이란 말이오?”

“말 한마디에 천 냥 빚도 갚는다 하지 않습니까?”

“지금 말장난하시오? 당장 돌려주시오!”

“그렇게는 못하겠네요. 이미 이 돈은 제 수중에 들어왔습니다. 어떤 멍청한 자가 자기 손에 들어온 이천 냥을 다시 달란다고 거저 주겠습니까? 아마 목숨을 걸고 도망갈 자가 더 많을 겁니다.”

“그럼 어쩌자는 거요? 지금 이천 냥을 거저 받아가겠다는 거요?”

“그럼 이렇게 합시다. 천 냥은 돌려 드리고 천 냥은 제가 가지지요.”

"뭣? 뭣이?"

"정 아깝다면 제가 말씀드린 대로 사례금이라고 생각하십시오. 전 정말 파검을 죽였으니까요."

"안 될 소리! 돌려주시오!"

"그건 저도 안 될 소립니다."

이야기는 이제 이상한 방향으로 흐르기 시작했다.

엽상섭은 손이 근질거렸다.

성질 같아선 당장에라도 칼을 뽑고 싶었다.

하나 이런 하찮은 인간에게 이천 냥을 다시 빼오기 위해서 칼부림을 할 수도 없는 노릇이 아닌가. 그것도 명문 정파의 무인이 남의 집에서.

엽상섭이 이를 꾹 깨물었다.

"좋, 좋소. 그럼 오십 냥은 드리리다. 나머진 돌려주시오."

"안 됩니다. 정히 그렇다면 오백 냥 주십시오. 많이 깎아드렸습니다. 상대는 파검이었다구요."

"백 냥!"

"삼백 냥."

"백오십!"

"이백. 더는 안 됩니다."

"끄응! 알겠소이다. 이백 냥 드리겠소."

운성이 히죽 웃었다.

"너무 아까워하지 마십시오. 그래 봤자 처음 주려던 금액의 일 할밖에 되지 않잖습니까?"

'네놈이 이런 식으로 나올 줄 알았다면 처음부터 줄 돈도 아니었지!'

엽상섭은 속마음을 드러내지 않은 채 차갑게 일렀다.

"그럼 이백 냥만 가지고 그만 가보시오!"

"헤헤, 고맙습니다."

운성은 휘파람까지 불며 상자에서 이백 냥을 챙겼다.

돈을 챙긴 그가 몸을 돌리다가 설화를 힐끗 보았다.

순간 설화가 흠칫 떨었다.

운성의 표정이 전에 없이 차가웠기 때문이다.

그가 나직이 일렀다.

"나에 대한 믿음이 그 정도라면 차라리 철저하게 믿지 않는 편이 좋아."

설화는 아무런 말도 하지 못했다.

황당한 마음과 미안한 마음이 복잡하게 뒤섞였다.

방에 돌아온 운성은 다시 침대에 드러누웠다.

"극신."

"예, 문주님."

극신이 내려서자 운성이 돈 꾸러미를 던졌다.

"이백 냥 벌었어."

극신이 꾸러미를 받고 피식 웃었다.

"자꾸 그런 식으로 행동하시니까 그들이 더욱 믿지 못하는 겁니다."

"그럼 어떤 식으로 행동해야 해? 내가 거짓말한 적 있어? 없잖아? 전부 사실대로 말해도 못 믿는 걸 어쩌란 말이야?"

"문주님의 실력을 그냥 보여 드리는 건 어떻습니까?"

"싫어. 엽 총관 그 자식이 마교의 끄나풀일지도 모르는데 일부러 그럴 필요가 있나? 오히려 어수룩하게 행동하는 게 놈의 실수를 끌어내기도 쉬울 거야. 염탐을 하면서 굳이 날 드러낼 필요는 없지. 어떻게든 확증이 있어야 해."

"하지만 이번에 이백 냥은 좀 심하셨습니다."

"쳇, 누구나 나 싫다는 사람은 싫은 법이야. 그게 인지상정(人之常情) 아니겠어? 뭐가 예뻐서 내가 그 사람 입장까지 생각해 줘야 해? 일부러 그 사람들에게 나 좀 제발 믿어달라는 식으로 행동하긴 싫어. 그리고 준 걸 받은 것뿐이야."

극신이 미소 지었다.

"문주님답습니다."

"후후! 어쨌거나 생각지도 못한 돈이 생겼으니까 좋지, 뭐."

그 순간, 극신이 천장으로 솟구쳤다.

잠시 뒤에 문밖에서 시동의 목소리가 들려왔다.

"표 대협님, 안에 계신지요?"

"그래, 들어와."

시동 하나가 잰걸음으로 다가와서 작게 접힌 서신 한 장을 내밀었다.

"별당의 아가씨께서 이 서신을 전하라 이르셨습니다."

"그래? 수고했다."

운성이 서신을 받아 들고 죽 읽어 내려갔다.

지붕 위에 누워서 별을 바라보는 자가 있었다.

차설화다.

잠시 뒤 그녀 곁으로 누군가 내려섰다.

그녀가 돌아보지도 않고 물었다.

"왔어?"

"다 큰 처녀가 외간남자 앞에 드러누워 있는 건 아주 위험한 거야."

표운성이다.

그녀가 피식 웃으며 대꾸했다.

"믿으라며?"

"믿지 않았잖아?"

"…미안해."

설화가 몸을 일으켜 앉았다.

운성이 그 곁에 다가와 앉았다.

"이 야심한 시각에 왜 부른 거야? 혹시 이백 냥 돌려달라고 부른 거면 절대 안 줄 거야."

"풋."

설화가 웃음을 터뜨렸다.

정말이지, 곧 죽어도 은차 타령이다.

그녀가 고개를 저었다.

"그런 거 아냐."

“그럼?”

“그냥 사과하고 싶었어.”

운성이 설화를 힐끗 돌아보았다.

“엽 총관이 이렇게 돌아다녀도 된대?”

“그냥 혼자 바람 쐬겠다고 말하고 나왔어. 저택 밖으로 나가진 않겠다고 하니까 굳이 따라오진 않더라고.”

“아깐 네 뜻이 아니었다는 거 알아.”

설화가 운성을 돌아보았다.

“어떻게?”

“네 표정을 봤으니까.”

“그것만으로?”

“넌 표정이 좀 솔직하거든.”

“그런가?”

“엽 총관이 말했겠지, 나를 돌려보내자고. 믿음이 안 가니까 그만 떼어내자고.”

“총관님도 날 걱정해서 내리신 결정이야.”

“물론 그렇겠지. 어련하겠어. 마교의 포위망도 용케 뚫고 나오신 분이니까 신중하시겠지.”

“너무 그렇게 비꼬지 마. 좋은 분이셔. 그분이 마교와 연계되어 있을 리가 없잖아.”

“어떻게 확신해?”

“어렸을 때부터 봐온 분이야.”

“이유가 못 돼.”

운성이 단호하게 말을 끊었다.

설화가 한숨을 내쉬었다.

이왕이면 엽 총관과 운성이 화해를 했으면 좋겠단 마음에 그를 부른 것이었다.

물론 사과하고 싶은 마음도 있었다.

한데 정말이지, 이 두 사람은 물과 기름이다. 도무지 어울리려고 하지 않는다.

서로 의심도 많다.

둘 중 한 명의 의심이 사실이라면?

엽 총관이나 표운성.

둘 중 한 사람이 정말로 마교의 수족이라면?

끔찍하다.

상상하기도 싫다.

더 이상 누군가 배신하고, 누군가에게 버림받는 일은 당하고 싶지 않다.

어쩌면 그러한 마음 때문에 더욱 두 사람이 화해하길 바라고 있는지도 모른다.

그때였다.

"가만."

운성이 미간을 찡그렸다.

설화가 고개를 갸웃거렸다.

"왜?"

"쉿!"

운성이 가만히 귀를 기울였다.

잠시 후 설화도 소리를 들었다.

건물 아래에서 두 사람이 은밀히 나누는 대화 소리였다.

운성과 설화는 거의 본능적으로 기척을 죽였다. 의도적으로 기척을 숨긴 것은 아니었다. 두 사람 모두 습관적으로 은신을 한 것이다.

운성과 설화는 들려오는 목소리가 누구의 것인지 곧 알 수 있었다.

지붕 아래에서 대화를 나누는 사람들은 바로 주진석과 그의 딸인 소영이었다.

상대를 확인한 설화가 운성에게 속삭였다.

"그만 가자. 엿듣는 건 좋지 않아."

"쉿, 조금 들어보자. 재미있잖아."

설화가 운성을 흘겨보았다.

"부녀지간에 무슨 재미있는 대화가 있을까 봐 그러니? 그만 가자."

"잘 생각해 봐. 부녀지간에 왜 이런 은밀한 곳에서 대화를 나누고 있겠어? 게다가 지금 두 사람 서로 싸우는 것 같은데?"

"그 사람들이 싸우든 말든 우리가 상관할 일이 아냐. 난 그만 갈래."

설화가 몸을 일으켰다.

그때였다.

그녀의 몸이 흠칫 떨릴 정도로 소영의 목소리가 날카롭게 들려왔다.

"정말 너무하세요!"

"어허, 영아! 그 사람들이 듣겠다!"

주진석이 소영에게 주의를 주었다.

운성이 설화를 돌아보았다.

"그 사람들이래. 우리 말고 누가 더 있겠어?"

"그래도 엿듣는 건……."

설화는 끝까지 걸음을 옮기려고 했지만 이어진 소영의 목소리가 그녀의 발길을 붙잡았다.

"아버지, 설화 아가씨와 표 대협은 우리를 도와줬잖아요."

"하지만 영아, 너도 보지 않았느냐? 그때 우리를 습격한 자들은 마교였어!"

"그래도 그분들이 아니었다면 우리가 무사히 여행을 할 수 없었을 거예요."

"그래도 이건 어쩔 수 없다."

"아버지, 전 정말 그분들을 위험하게 만들고 싶지 않아요."

이쯤 되자 설화도 엿듣지 않을 수가 없었다.

그녀가 입술을 쿡 깨물고는 다시 지붕 위에 앉았다.

운성이 씩 웃으며 그녀를 보았다.

"흥미진진하지?"

"시끄러."

두 사람이 지붕 위에서 속삭이는 줄도 모르고 주진석과 소영은 계속해서 옥신각신 대화를 나누고 있었다.

"영아, 이번만큼은 아비 말을 들어라."

"그냥 이대로 보내줘도 되잖아요."

"어허, 내 말을 못 알아듣겠느냐? 네가 아직 마교의 무서움을 몰라서 그런다. 만약 우리가 그들을 도와준 사실을 마교가 알기라도 하는 날엔 우리 가문이 멸문당할 것이야!"

"멸문……!"

"그래. 그러니 이 아비를 믿어라. 이게 우리가 살길이다. 우리가 한 발 앞서서 그자들을 밀고하면 우린 살 수 있을 것이다. 그뿐이겠느냐? 어쩌면 포상을 받을지도 모른다."

"설마 포상금 때문이에요?"

소영의 목소리에서 실망감이 스쳤다.

"누가 그것 때문이라고 했느냐? 그럴 수도 있단 말이다."

"하지만 그 두 사람은 절 구해주셨는데……."

"하나 표 대협은 우리에게 대가를 요구하지 않았더냐!"

"그래도 나쁜 분은 아니었어요."

"나쁜 사람이 어디 정해져 있더냐. 살다가 내게 해가 되는 사람이라면 나쁜 사람인 게지."

주진석이 뜻을 굽히지 않았다.

그의 목소리를 들으면서 설화는 입술을 꾹 씹었다.

이야기를 더 엿듣지 않아도 충분히 상황을 짐작할 수 있었다.

주진석은 지금 자신을 마교에 밀고하려는 것이다.

마교가 습격해 왔을 때, 그는 겁을 먹은 것이다. 마교에 대

항하는 문파를 도왔다는 것은 분명 멸문을 감수해야 할 일이
긴 했다.

그래서 그들의 심정이 어느 정도는 이해가 됐다.

하지만 눈앞에서 배신의 현장을 목격하니 기분이 좋을 리가
없었다.

운성이 고개를 돌렸다.

"내가 말했지? 감동을 잘하는 사람은 배신도 잘한다고."

설화는 어금니만 꾹 씹은 채 아무런 대꾸도 하지 않았다. 지
금은 말을 섞고 싶은 기분이 아니었다.

마교의 등장에 잔뜩 겁을 먹은 주진석과 주소영. 두 사람의
기분을 이해하면서도 서운한 마음이 들었다.

이럴 땐 어떻게 해야 하나.

이대로 놔두면 주진석은 분명히 마교로 갈 것이다. 아니, 마
교까지 갈 필요도 없다. 인근의 문파만 찾아가도 된다. 정파든
사파든 상관없을 것이다. 그들은 마교의 충실한 개가 되어줄
것이다.

주진석과 소영의 대화는 거의 끝나고 있었다.

소영은 끝까지 밀고를 반대했지만, 주진석의 결심을 꺾을
수는 없었다. 그는 모두의 안위를 위해서라도 밀고를 해야만
한다고 주장했다.

설화도 이제 더 이상 엿듣고만 있을 수는 없었다.

주진석이 움직이지 못하도록 나서야 했다.

그때였다.

“주 대인!”

또 하나의 목소리가 불쑥 들렸다.

목소리의 주인은 분명 엽상섭이었다.

[이거 재미있게 돌아가는데?]

운성이 전음으로 설화에게 말했다.

그는 살금살금 지붕 끝으로 가서 아래의 상황을 살폈다. 어느새 엽상섭이 신주대를 이끌고 주진석의 앞길을 막고 서 있었다.

엽상섭의 두 눈이 이글거리며 불타고 있었다.

반면 주진석과 소영은 새파랗게 질린 안색이었다.

“총, 총관님.”

주진석이 주춤 물러났다.

그가 본능적으로 소영 앞으로 가로막으며 물었다.

“이 늦은 밤에 주무시지 않고…….”

애써 태연하게 말을 하고 있었지만 긴장한 기색이 역력했다.

엽상섭이 검을 뽑아 들었다.

“흥! 당신이 한 이야기는 모두 들었소!”

“무, 무슨 말씀이신지……?”

“닥치시오! 분명 조금 전 우리를 밀고하려고 하지 않았소! 아무리 세상이 기울었다지만 어찌 당신마저 마교의 개 노릇을 할 수가 있소!”

엽상섭이 살벌하게 주진석을 다그쳤다.

반면 몰래 지켜보던 운성은 점점 흥미로운 표정을 지었다.

'호오, 개가 개보고 개라고 하네?'

주진석이 몸을 덜덜 떨었다.

"오, 오해십니다, 총관님."

"오해는 무슨 오해! 이제 와서 발뺌하기에는 늦었소이다!"

그러자 소영이 얼른 나섰다.

"아닙니다, 총관님. 아버지가 잠시 갈등하시긴 했지만 마교에 밀고하실 생각은 없었습니다. 믿어주십시오."

물론 거짓말이었다.

한데 엽상섭에게는 통하지 않았다.

"얄팍한 거짓말에 내가 속을 것 같으냐? 내 오늘 간사한 너희 둘을 죽이고 화근을 미리 없애야겠다!"

그 순간 운성과 설화는 흠칫 몸을 떨었다.

'진심이다!'

두 사람은 동시에 같은 생각을 했다.

엽상섭에게서 진득한 살기가 느껴진 것이다.

그저 겁만 주는 것이 아닌, 정말로 이 두 부녀를 죽일 생각인 게다.

이쯤 되자 운성은 헷갈리기 시작했다. 이미 마교의 개인 엽상섭이 두 부녀를 죽일 이유는 전혀 없지 않나.

'정말 마교의 개가 아닌 건가?'

그가 생각하는 동안에도 엽상섭은 성큼성큼 걸어서 두 부녀에게 다가갔다.

주진석이 물러나며 애걸하기 시작했다.

"살, 살려주십시오, 총관님! 살려만 주시면 절대 함구하도록 하겠습니다!"

"믿을 수 없다!"

"제발 살려주십시오!"

결국 상황을 엿보던 설화가 벌떡 일어났다.

'말려야 해!'

분명 주진석과 소영이 먼저 배신을 하긴 했지만, 그렇다고 두 사람을 죽일 수는 없었다. 그녀가 믿는 정의는 결코 그렇게 잔인하지 않았다.

설화가 한 걸음 내디디려고 할 때, 운성이 일어나서 앞을 막았다.

[어떻게 되는지 두고 보자.]

[뭐?]

[엽 총관이 마교와 손을 잡았다면 저들을 죽이진 않을 거야. 죽일 이유가 없으니까.]

[그걸 말이라고 해? 엽 총관님이 마교와 손잡았을 리가 없잖아!]

[그러니까 이 기회에 그걸 확실히 알아보자고.]

[사람 목숨을 걸고? 미쳤어?]

두 사람 사이에 전음이 빠르게 오갔다.

어느새 엽상섭은 이미 주진석 앞에 다가와 있었다.

"총, 총관님! 죄송합니다! 제발 살려주십시오! 절대 밀고하지 않겠습니다!"

하나 엽상섭은 싸늘한 표정으로 검을 치켜들었다.

이제는 정말 더 두고 볼 수 없었다.

설화가 운성을 떠밀었다.

"비켜!"

그런데 상황이 이상하게 꼬이고 말았다.

운성이 밀리지 않겠다고 버틴 것이 잘못해서 지붕 밖으로 밀려난 것이다. 그리고 운성이 떨어지는 곳에는 정확히 주진석이 서 있었다.

주진석은 바지에 오줌을 지리기 직전이었다. 달이라도 찌를 듯 높이 치켜든 검이 금방이라도 자신의 목을 쳐낼 것만 같았다. 엽상섭의 눈빛이 살기로 번뜩이는 순간, 주진석은 눈을 질끈 감았다. 이때,

쿠웅―!

"악!"

까앙―!

세 가지 소리가 거의 동시에 튀어나왔다.

그 자리에 있던 모든 사람들이 놀랐다.

웬 그림자 하나가 하늘에서 떨어지는가 싶더니 주진석을 그대로 깔아뭉갰다. 주진석을 방석처럼 깔고 앉은 운성은 구룡도로 엽상섭의 검을 막아내고 있었다.

엽상섭이 경악으로 두 눈을 부릅떴다.

"당, 당신이 어째서!"

"헤헤."

운성이 멋쩍게 웃으며 몸을 일으켰다.

엽상섭이 물러나며 날카롭게 소리쳤다.

"이게 무슨 짓이오?"

"미안, 미안. 어쩌다 보니 이쪽도 사정이 생겨서 말입니다. 그나저나 이 사람, 무지 아프겠는데."

운성이 바닥에 쓰러진 주진석을 보며 혀를 내둘렀다.

다행히 죽음은 면했지만 운성의 엉덩이와 충돌하면서 잠시 의식을 잃은 모양이었다.

운성이 바지를 툭툭 털었다.

"주 대인이 잘못한 것도 있지만, 그렇다고 정말 멸문시킬 수는 없잖습니까?"

"당신이 관여할 일이 아니오!"

"에이, 그래도 멸문시키면 마교와 다를 바가 뭐가 있겠소?"

"이건 설화 아가씨와 비검문의 안위가 달린 문제요! 그보다 어째서 당신이 갑자기 나타난 것이오!"

"아아, 그게 말이죠, 저기 위에 있다가."

운성이 지붕을 손가락으로 가리켰다.

지붕 위에 있던 설화가 멈칫거리다가 밖으로 뛰어내렸다.

"아, 아가씨?"

"죄송해요, 총관님. 일부러 숨어 있었던 건 아니에요. 처음부터 나서려고 했는데 어쩌다 보니……."

엽상섭이 놀란 표정을 지우지 못했다.

'어쩌다 보니라니? 아니, 그보다 어째서 내가 아가씨의 기척을 지금까지 느끼지 못했단 말인가! 아가씨의 은신술이 내가 감지하지 못할 만큼 뛰어났던가? 그게 아니면 혹시?'

엽상섭이 운성을 보았다.

운성은 울상을 지으며 엉덩이를 쓰다듬고 있었다.

'그럴 리가 없다. 저깟 애송이가 아가씨의 기척까지 숨겨주면서 은신하고 있었을 리가 없어. 그럴 실력이 안 될 거야.'

엽상섭은 내심 고개를 저었다.

하지만 한편으로는 놀라고 있었다.

운성이 의도적이든 반사적이든 자신의 검을 막아냈다는 것이다.

물론 혼신의 힘을 다해서 벤 것은 아니다.

그렇더라도 삼류무사 정도가 나섰더라면 그의 검을 막아내진 못했으리라.

'삼류는 아니라는 얘긴가?'

엽상섭이 이맛살을 구겼다.

일이 이상하게 꼬여 버렸다.

원래 주진석 부녀를 죽이고 설화에게 신뢰를 받을 생각이었다.

물론 지금도 그녀는 자신을 신뢰하고 있지만, 앞으로 운성조차도 함부로 나서서 말할 수 없도록 만들 속셈이었다. 잔인하지만 이번 일은 비검문의 무인이라는 것을 증명할 수 있는 좋은 기회였다.

한데 그녀가 처음부터 엿듣고 있었단다.

'가만, 어쩌면 이거 일이 좋게 꼬인 건지도.'

엽상섭은 침착했다.

잘 생각해 보면 말실수를 한 것도 없었다. 그렇다면 더욱 자신의 입장을 확실히 한 것이 아닌가.

사실 그런 그의 생각은 정확하게 들어맞았다.

그가 마교의 수족일 것이라고 확신하고 있던 운성조차도 지금은 서서히 자신이 없어지고 있었으니까.

운성이 엽상섭을 가만히 바라보았다.

'정말 헷갈리게 하네. 마교의 개가 분명할 것 같은데.'

심증은 가는데 물증이 없다.

물증이 없으니 확증도 없다.

엽상섭이 설화에게 말했다.

"아가씨, 화근은 확실히 없애는 것이 좋습니다."

"그럴 순 없어요. 그럼 저자의 말대로 우린 마교와 다를 게 없어지는 거예요."

"하지만 그들이 마교에 밀고하는 순간 모든 것이 끝입니다."

"저들도 이제 섣불리 밀고하진 못할 거예요. 그리고 이미 호남 땅에 들어섰으니 장사까지만 무사히 가면 되잖아요."

엽상섭은 여전히 불만 서린 표정이었다.

운성이 나섰다.

“그럼 이렇게 해. 신주대 한 명을 여기 남겨두고 이자들을 감시하게 하면 되잖아.”

“그래요. 그렇게 하면 되겠네요.”

설화가 모처럼 운성의 의견에 찬성표를 던졌다.

상황이 이렇게 흐르자 엽상섭도 마지못한 듯 고개를 끄덕였다.

“알겠습니다. 아가씨의 뜻에 따르겠습니다.”

“그럼 우선 총관님은 신주대와 함께 모두 물러가 주세요. 여긴 제가 알아서 하겠어요.”

두려움에 떨고 있는 소영을 위한 배려였다.

엽상섭이 고개를 숙여 보이고는 몸을 돌렸다. 신주대까지 모두 사라지자 소영은 그제야 마음을 조금 놓을 수 있었다.

“살, 살려주셔서 감사해요.”

그녀가 눈물을 글썽이며 고개를 숙였다.

설화가 측은한 마음으로 그녀 곁에 앉았다.

“미안해요.”

“아니에요. 저희가 먼저 잘못했는걸요.”

“누구나 그랬을 거예요. 이해해요.”

“죄송해요.”

결국 소영이 엉엉 울며 사죄했다.

복잡한 심정이었다.

아버지가 죽다 살아났다는 안도감, 이들에 대한 미안함, 무력 앞에서 떨 수밖에 없었던 나약함, 용서에 대한 고마움, 거기

에 비참한 심정까지 온갖 감정이 거미줄처럼 얽히며 가슴을
옥죄었다.

설화는 가만히 소영을 안아주었다.

운성은 그런 두 여자를 가만히 바라보기만 했다.

한참을 울고 난 소영이 운성에게도 인사를 건넸다.

"감사해요, 아버지를 구해주서서."

"하하, 감사는 뭘. 어쩌다 보니 거기로 떨어져서. 그나저나
아버지 안 다치셨나 몰라."

"그래도 표 대협님이 아니었다면 더 큰일을 당하셨을지도
몰라요. 정말 감사해요."

"하핫! 뭐, 정 그렇게 감사하다면……."

운성이 소영에게 속삭였다.

"은자 두 냥은 어때? 아버지 목숨 값치곤 정말 싼……."

퍽!

설화의 주먹이 운성의 뒤통수에 맹렬히 내다 꽂혔다.

"작작 좀 받아 처먹어라!"

설화가 놀란 표정을 짓는 소영에게 사과했다.

"미안해. 놀랐니?"

"아, 아뇨. 그보다… 언니처럼 아름다운 분이 그렇게 험한
말씀을 하시니까 좀……."

운성이 불쑥 끼어들었다.

"너! 사람 가죽만 보고 판단하면 안 된다! 아무리 얼굴 예뻐
보여도 어차피 살 껍데기 벗겨놓으면 똑같은 해골바가

지……."
"닥쳐!"
운성이 날아오는 돌멩이를 피하느라 폴짝 뛰었다.
그가 울상을 지으며 중얼거렸다.
"씨이, 나만 가지고 만날 그래."
주가장에서의 하룻밤이 그렇게 깊어갔다.

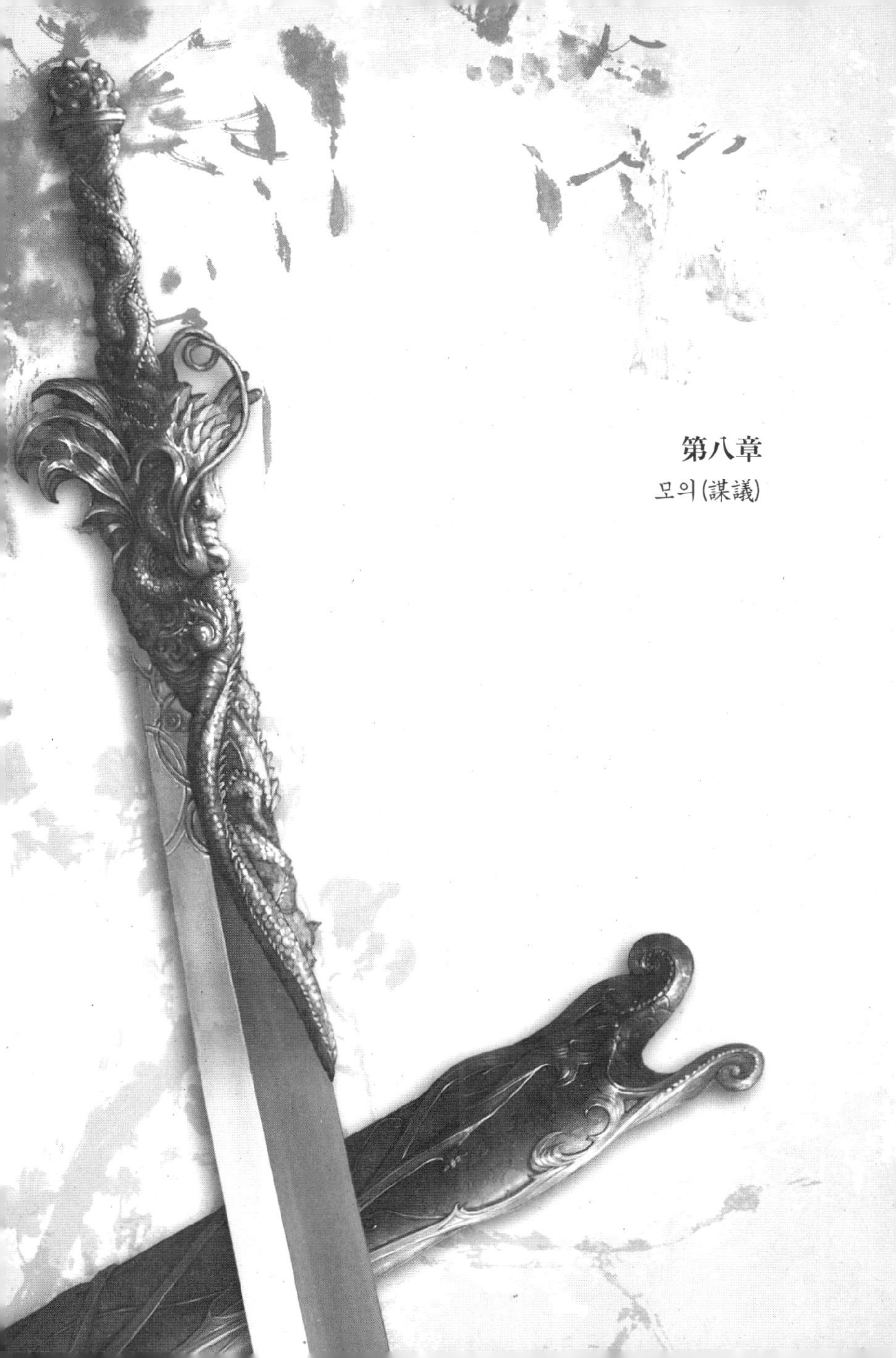

第八章

모의(謀議)

새하얀 접첩선(摺疊煽)이 벽을 쓰다듬었다. 모퉁이까지 벽을 쓰다듬어간 접첩선이 일순 좌악 펼쳐졌다.

"후후."

접첩선으로 부채질을 하며 낮게 웃음을 흘리는 남자는 섬섬옥수의 미공자였다.

그의 뒤에 서 있던 천멸단주 적충이 정중히 물었다.

"어떻습니까, 우군사(右軍師)?"

적충은 자신보다 한참은 더 어려 보이는 미공자를 깍듯이 대했다.

우군사.

천마신교의 천멸단주 적충이 '우군사'라고 부르는 사람은 세상에 딱 한 명밖에 존재하지 않는다.

천마신교의 추혼단주 격이준(格理俊).

지금 부드럽게 부채질을 하는 미공자가 바로 그다.

천마신교에는 두 명의 군사가 있다. 추혼단을 이끄는 격이준이 바로 그중 한 명인 우군사고, 마령대주(魔領隊主) 서일목(舒一木)이 좌군사(左軍師)다. 우군사가 주로 정보 수집, 분석의 일을 맡는다면, 좌군사는 그 분석된 정보를 토대로 작전, 계략을 세우는 일을 맡는다.

격이준이 접첩선을 착 접었다.

"확실히 운비검식입니다."

"역시!"

적충은 놀란 표정을 감추지 못했다.

격이준이 적충을 돌아보았다.

"엽상섭을 쫓아간 일은 어찌 되었지요?"

"엽상섭은 본 교를 배신하지 않았습니다. 그건 확신할 수 있습니다. 그는 우리가 왜 추격했는지조차 모르고 있었습니다."

"정말 불가사의한 일이군요."

격이준은 내뱉는 말과 달리 상당히 흥미로운 표정을 지었다.

분명 이곳 적수문에 남은 흔적은 운비검식이다.

일견에 알 수 있을 정도다.

한데 비검문의 엽상섭은 관여되지 않았단다. 그렇다면 남은 사람은 단 하나.

차설화다.

하나 그는 차설화에 대해서 잘 알고 있다. 젊은 여인으로선 꽤 고강한 무공 실력을 가지고 있다. 하지만 일개 문파를 섬멸할 수 있을 정도는 절대 아니다.

그런데 일개 문파가 무림의 역사에서 지워졌다. 그리고 그들이 존재했던 터전에는 비검문의 독문 무공인 운비검식의 흔적만이 낭자하다.

어떻게 된 일일까?

이거야말로 꽤 재미있는 일이 아닌가.

이런 수수께끼는 격이준이 가장 좋아하는 부류였다. 해답을 찾고 못 찾고는 상관없이 그는 이런 수수께끼를 즐겼다.

거기에 이번 수수께끼가 즐거운 이유는 또 있다.

"흔적을 일부러 남겼군요."

"예?"

적충이 놀라 되물었다.

지금 흔적을 일부러 남겼다고 했나?

그렇다면 왜?

적충이 이해할 수 없다는 표정으로 말했다.

"하지만 군사, 그들은 용골산을 썼습니다."

격이준이 걸음을 옮기며 고개를 끄덕였다.

적충의 말대로 이번 사건의 원흉은 용골산을 써가며 모든 시체를 흔적조차 없애 버렸다. 용골산은 화골산(化骨酸)보다 독하다. 일부러 용골산까지 써가며 시체의 흔적을 완전히 말

소해 버린 놈들이다.

그런 자들이 우습게도 운비검식의 흔적을 여기저기 남겨놓았다.

앞뒤가 맞지 않는다.

즉, 보여주겠단 것이다.

격이준이 안마당으로 걸음을 옮기며 대꾸했다.

"용골산을 쓴 후 운비검식의 흔적을 일부러 남긴 듯합니다."

"왜 그런 짓을 했단 말입니까?"

"우리가 어찌 나올지 확인하고 싶었겠지요."

"그럼 처음부터 용골산을 쓰지 말고 시체를 내버려 둬도 되지 않겠습니까?"

격이준이 빙긋 웃으며 돌아섰다.

"바로 그게 핵심입니다, 천멸단주."

"핵심… 이라니……?"

"그들은 분명 처음엔 완전한 증거 인멸을 시도했습니다. 용골산을 사용한 흔적이 바로 그 증거입니다."

"한데?"

"도중에 계획이 수정된 것이지요. 완벽한 증거 인멸보다는 실수처럼 보일 작은 단서를 남겨두자는 쪽으로. 그리고 본 교가 어떻게 나올지 두고 보자는 심리가 작용했겠지요."

"본 교의 반응을 두고 봐서 뭘 어쩌겠단 말입니까?"

"본 교의 행동에 따라서 그가 어떠한 미심쩍은 정보를 확인하고자 했을지도 모르지요."

"미심쩍은 정보라니 도대체 무슨 말인지……."

순간 적충이 두 눈을 번쩍 떴다.

"설마!"

"우린 표운성이란 자를 너무 과소평가한 것인지도 모릅니다."

"그럴 리가!"

"만약 그가 비검문의 엽 총관을 의심하기 시작했다면 이 일은 모두 가능합니다. 그는 본 교가 엽상섭과 접선하는 현장을 목격하고 싶었는지도 모르지요."

"하지만 그가 적수문을 멸문시킬 수 있을 정도로 강하다는 건 도무지 납득할 수 없습니다."

적충이 단호한 표정으로 말했다.

젊디젊은 무인이다. 아무리 적수문이 하찮은 문파라도 단신으로 문파 하나를 섬멸한다는 것은 말도 안 되는 일이다. 게다가 그자는 자신이 습격했을 때 어디론가 도망쳐서 숨어버리지 않았던가.

적충이 고개를 절레절레 저었다.

그런데 순간 어떤 생각이 뇌리를 스쳤다.

"가만, 그러고 보니 파검 장로께서도 그자를 신경 쓰시더군요."

"파검 장로님이요?"

이번엔 격이준이 의외라는 듯 눈을 동그랗게 떴다.

적충이 고개를 끄덕였다.

"파검 장로께서 여행길에 이곳에 잠시 들르셨습니다. 그리고 우군사님처럼 표운성이라는 자에 대해 관심을 가지시더군요. 사실 운비검식의 흔적도 파검 장로께서 제게 귀띔해 주신 겁니다."

"파검 장로께서 여길 오셨다니……."

생각지도 못한 사실이었다.

"파검 장로께선 어디로 가셨습니까?"

"그 길로 여행을 떠나셨습니다. 어디로 가신다는 말씀은 하지 않았습니다."

격이준의 표정에 아쉬움이 묻어났다.

그렇다면 빨라도 달포는 지나야 뵐 수 있으리라. 늦으면 몇 달씩 걸릴 수도 있다. 워낙 기약 없는 노인이니…….

격이준이 접첩선을 다시 펼쳤다.

"그럼 호남 지부에는 엽상섭이 유효하다고 전하셨는지요?"

"예."

"그렇군요. 남은 일은 표운성이란 자에 대해서 좀 더 조사하는 것밖에 없겠군요."

격이준이 여린 미소를 지으며 중얼거렸다.

그는 가만히 눈을 감고 살랑거리며 불어오는 바람을 느꼈다.

*　　　*　　　*

주가장을 떠난 운성과 설화는 장사를 코앞에 두고 있었다. 그들의 행보는 거침이 없었다. 이미 호남에 들어선 이상, 길을 고르고 말고 할 것도 없었다.

지금까지는 길을 골라서 왔다.

마교의 각 분타에서 최대한 거리가 먼 곳으로 둘러왔다. 그러다 보니 장사까지 가는 가장 빠른 길을 두고도 조금 멀리 돌아온 셈이었다.

하지만 회화에 도착했다면 이제 최단 거리로 이동해야 한다. 목적지가 가까워진 만큼 가장 짧은 시간 내에 이동하는 것이 제일 안전한 방법이다.

그러다 보니 산세가 험악한 곳도 지나치게 됐다.

당연하다는 듯 산적들이 나타났다.

하지만 그럴 때마다 그들은 호탕 한번 시원하게 내지르지도 못하고 목숨을 잃었다. 누구라도 나서서 길을 막는다 싶으면 엽상섭과 신주대가 귀신처럼 나타나서 해치웠다.

장사가 가까워질수록 운성은 더욱 혼란스러웠다.

주가장에서 일어났던 일 이후로 그는 엽상섭의 정체에 대해서 골머리를 썩었다.

'도대체 적인지 아군인지 구분이 안 된단 말이야.'

분명히 마교의 포위망을 뚫고 설화를 쫓아온 것만 본다면 수상한 점이 한둘이 아니었다. 게다가 마교 천멸대의 습격이 있었을 때 역시 놈들은 허무할 정도로 쉽게 돌아섰다. 이 사실

만을 놓고 보면 엽상섭은 믿을 자가 못 된다.

한데 주가장에서 일어났던 사건을 보면 또 다르다. 엽상섭이 비검문을 배신하지 않은 것 같다. 게다가 목적지가 점점 가까워지는 지금도 엽상섭은 그야말로 살신성인(殺身成仁)의 자세로 설화를 호위하고 있다. 방해물이 나타나면 일말의 망설임도 없이 살초(殺招)를 펼쳤다.

만약 정말로 그가 마교의 개라면 이래서는 안 된다. 목적지에 도착할 수 없도록 방해를 해도 모자랄 판이다. 한데 적극적으로 호위하고 나선다.

'정말 내가 잘못 본 것일까?'

그렇다면 자신은 정말 엽상섭에게 큰 실수를 한 것이다. 괜한 의심으로 비검문의 결속을 흔들어놓은 셈이 된다.

'그래도 방심해선 안 돼. 설화가 장사에 들어설 때까지. 만약 엽상섭이 배신자라면 그전에 분명히 뭔가 수를 쓸 게다.'

운성은 긴장을 놓지 않았다.

"무슨 생각을 골몰히 해?"

설화가 운성을 보며 물었다.

그녀는 장사가 가까워질수록 표정이 밝아지고 있었다.

운성이 고개를 저었다.

"아니, 별로."

"축하해. 이제 조금 있으면 도착하니까 잔금을 받을 수 있을 거야."

설화가 생글거리며 웃었다.

운성이 물었다.

"숙부는 뭐 하는 분이야?"

"창비문(昌飛門) 문주셔."

"창비문?"

"원래 비검문의 지부였는데, 숙부님이 몇 가지 무공을 변형시키고 더해서 창비문을 세우셨어. 할아버지도 그걸 허락하셨고."

"용케도 아직까지 버티고 있나 보네."

"창비문은 장사에서 가장 규모가 크니까. 상대적으로 장사는 마교의 영향을 덜 받는 곳이기도 하고."

"어쨌든 다행이군. 도착하면 확실히 계산해 줘야 해?"

"걱정 마."

설화가 입술을 귀엽게 내밀었다.

역시 운성은 마지막까지 돈 타령이다.

그래도 지금까지 함께 여행하면서 미운 정이 든 것일까? 이런 운성의 모습도 곧 있으면 볼 수 없을 거란 생각을 하자 조금 아쉬웠다.

그녀는 길 끝을 바라보았다.

이 언덕을 넘으면 이제 장사가 내려다보일 것이다. 지긋지긋했던 여정도 끝이다.

문득 한 사람의 얼굴이 스쳐 지나갔다.

"그러고 보니 원평(元平) 오라버니는 잘 계실까?"

"원평이 누구야?"

운성이 호기심을 드러냈다.

설화가 가볍게 미소를 머금었다.

"지금은 창비문의 후기지수(後起之秀)래."

그녀도 최근 원평을 본 적은 없다.

어렸을 때 아버지를 따라서 숙부님 댁에 가면 만나 보곤 했다. 그녀보다 세 살 위였는데, 마땅히 놀 친구가 없던 그녀로서는 원평이 창비문에서 가장 편한 놀이 상대였다. 피를 나눈 남매도, 친척도 아니었지만 그는 그녀를 귀여워하고 예뻐했다.

"그러고 보니 벌써 팔 년 전이구나."

마지막으로 숙부님과 원평을 본 것은 팔 년 전이었다. 그땐 숙부님이 원평을 데리고 비검문을 방문했을 때였다. 아마 그때부터 창비문은 원평의 재능을 눈여겨본 듯했다.

하지만 원평은 실없다는 소리를 자주 들을 정도로 엉뚱한 사람이었다. 그렇기에 오히려 설화는 그가 편했던 것인지도 몰랐다.

설화가 풋 웃었다.

"실성했냐?"

운성이 툭 던진 말에 설화가 눈을 곱게 흘기고는 대답했다.

"옛날 생각이 나서."

"그 원평이라는 사람?"

"응. 참 엉뚱하지만 재미있는 오라버니였거든."

"왜?"

"한 번은 이런 적이 있었어."

아직 한참 어렸던 설화는 원평에게 어떻게 하면 강해질 수
있냐고 물은 적이 있었다.

그때 그는 이렇게 대답했다.

"글쎄, 이 오라버니는 태어날 때부터 무공 천재였지. 그래서 강
해지는 방법은 잘 몰라. 저절로 막 강해졌거든. 하지만 걱정하지
마. 오라버니가 설화만큼은 꼭 지켜줄 테니까."

그때 설화는 정말 원평이 무공 천재라고 생각했다. 그래서
원평을 부러움 가득한 눈길로 바라보곤 했다.

설화가 웃음을 머금고 말했다.

"가만 보면 나도 참 순진했어."

"순진한 게 아니라 바보 같은데?"

운성이 놀렸지만 설화는 신경 쓰지 않았다.

그래도 웃으며 이야기할 수 있는 추억이 있다는 게 다행이
지 않나. 근래에 너무 안 좋은 일만 겪어서 이렇게 웃을 날은
없을 거라고 생각했는데.

두 사람은 다시 부지런히 걸음을 옮겼다.

언덕 위에 오른 설화가 반색하며 소리쳤다.

"숙부님!"

"오오, 설화야! 먼 길 오느라 고생이 많았구나!"

청포(靑袍)를 입은 중년 사내가 청의(靑衣) 무인들 틈에서 걸

어나왔다. 그는 바로 창비문주이자 설화의 숙부인 차대혁(車
大奕)이었다.

그가 설화의 손을 꼭 마주 잡았다.

"그간 마음고생이 심했겠구나."

설화는 감격에 겨워 말을 잇지 못했다.

어렵게 숙부를 만나자 그간 고생했던 기억이 다시 밀려왔
다. 그리고 아버지와 할아버지를 잃은 서러움도 밀려들었다.

하지만 그녀는 눈가만 축촉이 적실 뿐 울진 않았다.

눈물도 습관이 될 수 있었다.

앞으로 독하게 마음먹지 않으면 자신이 먼저 쓰러질 수 있
었다.

순간 홍의무사들이 두 사람 주위로 내려섰다.

엽상섭과 신주대였다.

"나와 계셨군요, 문주님."

엽상섭의 인사에 차대혁이 그의 어깨를 두드렸다.

"엽 총관, 정말 고생이 많으셨네."

"마땅히 할 일을 했을 뿐입니다."

"고맙네. 정말 고마워."

차대혁이 거듭 감사를 표한 뒤에 설화를 보았다.

"어디 다친 데는 없느냐?"

"네, 괜찮아요. 창비문은 별일없나요?"

설화의 질문에 차대혁의 표정이 잠시 어두워졌다.

"날이 갈수록 마교의 압박이 심해지는구나. 아직은 근근이

버티고 있는 중이다만 앞으로 어찌 될지……."

"아……."

설화는 뭐라고 말을 잇지 못했다.

아무리 마교의 세력이 약한 곳이라지만 마도천하의 시대가 아니던가. 지금까지 마교에 대항해서 버틴 것만으로도 대단한 일이었다. 한데 이제 자신까지 이곳으로 피신해 왔으니, 어쩌면 마교의 압박이 더욱 거세질지도 모를 일이었다.

게다가 창비문이 규모가 크다곤 하지만 어디까지나 장사 내에서의 이야기다. 실제로 장사에는 변변한 문파가 없는 것이 사실이니까.

설화의 근심을 눈치챘는지 차대혁이 얼른 표정을 바꾸었다.

"하지만 너무 염려 말거라. 창비문이 그리 호락호락한 곳이더냐. 너는 염려 말고 이 숙부만 믿고 푹 쉬도록 하거라."

"감사해요, 숙부님."

설화가 미소를 지었다.

어려운 사정 속에서도 자신을 이토록 배려하고 신경 써주는 숙부의 마음이 마냥 감사했다.

차대혁이 운성을 보며 물었다.

"한데 저분은……."

"참, 표운성이라고 해요. 할아버지의 의뢰를 받고 여기까지 오는 동안 절 호위해 주었어요."

차대혁은 의외라는 표정이었다. 그도 그럴 것이, 상대는 어려도 너무 어리지 않나.

어째서 아버지가 이런 자를 설화의 호위무사로 선택하셨을
까?

하지만 그는 내심을 숨기며 운성에게 다가갔다.

"설화를 안전하게 지켜주서서 고맙소, 대협."

"별말씀을요. 무료로 한 것도 아닌데요."

"아… 예."

차대혁이 고개를 갸웃거리다가 대충 대답하곤 넘어갔다. 어
쨌든 밖에서 시간을 끌 일은 아니었다.

해가 저물고 있었다.

"그럼 어서 가자꾸나. 곧 해가 지겠다."

"예, 숙부님."

차대혁이 설화와 나란히 길을 걸었다.

운성과 엽상섭은 그 뒤를 따랐다. 운성이 엽상섭을 힐끗 보
았다.

'이대로 정말 창비문까지 가는 건가? 정말 엽상섭이 마교의
개가 아니란 말이야?'

마교의 개라면 분명 창비문에 도착하기 전에 사달이 벌어질
터.

운성은 마지막까지 엽상섭에 대한 경계심을 거두지 않았다.

우려했던 일은 일어나지 않았다.

일행은 무사히 창비문의 장원으로 들어설 수 있었다. 엽상
섭은 그때까지 일절 수상한 행동을 하지 않았다.

‘내가 잘못 본 모양이군.’

운성이 얕게 한숨을 내쉬었다.

자신이 잘못 본 것이다.

엽상섭에게 조금 미안한 생각도 든다.

하지만 운성은 처음부터 엽상섭이 마음에 들지 않았다. 굳이 사과를 하고 싶지는 않았다.

‘그나저나 이제 잔금을 받을 수 있겠어.’

운성의 입꼬리가 귀에 걸렸다.

가만있어도 절로 웃음이 나왔다.

임무를 완수했고, 드디어 거금 이천 냥을 손에 넣을 수 있다. 얼마 만에 만져 보는 거금인가!

생각만 해도 기분이 좋았다.

‘은자야, 조금만 기다려라. 오라버니가 간다. 흐흐.’

운성은 그야말로 구름 위를 걷는 기분으로 차대혁의 뒤를 따랐다.

차대혁은 일행을 본당으로 안내했다.

그가 막 본당 안마당으로 들어설 때였다.

쒜에엑!

어디선가 파공음이 들리더니 낯선 그림자 하나가 설화를 향해 빠르게 질주해 왔다.

“누구……!”

엽상섭이 날카롭게 소리쳤지만 이미 그가 움직이기에는 늦어버린 상황이었다. 그림자는 가히 빛의 속도라 할 만큼 빨랐다.

이때 운성이 설화를 옆으로 밀치고 손바닥을 빠르게 내질렀다.

파앙—!

그의 손바닥에서 빛이 번쩍 터지는가 싶더니 쇄도해 들어오던 그림자가 낙엽처럼 튕겨 날아갔다.

찰나지간에 벌어진 일이었다.

엽상섭과 설화는 깜짝 놀라서 입을 다물지 못했다. 그들은 두 가지 사실에 놀랐다.

우선 예상치 못한 습격에 놀랐고, 다음으로 운성의 빠른 대처에 놀랐다. 엽상섭도 설화도 운성이 이처럼 빠를 것이라곤 상상도 못했다.

'운, 운성… 원래 이렇게 민첩했나?

아주 잠시 설화는 운성의 등이 매우 넓어 보였다.

이때 차대혁이 한숨을 길게 내쉬고는 쓰러진 자를 향해 말했다.

"원평, 또 장난질이냐? 도대체 올해 네 나이가 몇이더냐?"

"원… 평?"

엽상섭과 설화가 어리둥절한 표정으로 쓰러진 자를 보았다.

운성 역시 눈살을 구기고는 상대를 주시했다.

뽀얀 먼지가 가라앉자 튕겨 날아간 남자가 몸을 천천히 일으켰다.

'일어나다니.'

운성은 내심 놀랐다.

상대는 자신의 장력을 정통으로 맞았다. 그러고도 곧장 몸을 일으킬 수 있는 사람이라면 보통의 무공 수위가 아니라는 말이다.

"휴우, 장난 좀 쳤다가 골로 갈 뻔했네."

원평이라 불린 사내가 몸을 툭툭 털며 투덜거렸다. 자세히 보니 키가 훤칠하고 눈매가 서글서글한 미남형이었다.

그를 본 설화의 표정에 반가움이 스쳤다.

"원평 오라버니!"

"설화야, 잘 지냈느냐?"

"오라버니도 참. 정말 더 엉뚱해지셨군요?"

"하하! 네가 하도 우울해 보여서 장난 좀 쳤지."

"덕분에 웃었어요."

설화가 생글 미소를 지었다.

엽상섭도 포권지례를 취하며 인사했다.

"과연 운영비검(雲泳飛劍)이라는 명호(名號)가 과장은 아니었군요. 깜짝 놀랐습니다, 원 대협. 다시 만나서 반갑습니다."

"하하! 반갑습니다, 엽 총관님."

일행 사이에 금방 웃음꽃이 피었다.

하지만 단 한 명, 운성만은 원평을 잡아먹을 듯 노려보았다. 그가 버럭 소리쳤다.

"운영비검은 개뿔! 갑자기 나타나서 사람을 놀라게 해놓고, 뭐? 장난? 지금 장난이라는 말이 나오냐!"

그가 이토록 화를 내는 것도 무리는 아니었다.

이제 완수금을 눈앞에 두고 있는 마당에 날카로운 기습이 들어왔으니 신경이 날카로워질 수밖에 없었던 것이다.

한데 신경이 사나운 것은 원평도 마찬가지였다.

원래 계획이라면 멋지게 설화를 낚아채서 깜짝 놀라게 해줘야 했다. 자신의 무공 실력도 뽐낼 수 있는 기회였고, 우울한 설화에게 웃음을 줄 수도 있는 기회였다.

한데, 어디서 듣도 보도 못한 놈이 나타나서 방해를 한 것이 아닌가. 게다가 꼴사납게 놈의 장력을 정통으로 얻어맞고 바닥을 데굴데굴 굴렀으니 오랜만에 만난 설화 앞에서 수모를 톡톡히 당한 것이다.

결국 원평도 질세라 마주 소리쳤다.

"그쪽이야말로 웃자고 한 행동에 죽자고 덤벼든 것 아니오!"

"하! 그래서? 사실 나도 장난으로 친 건데 그렇게 데굴데굴 나가떨어질 줄은 몰랐지. 미안해."

"뭐, 뭐라? 그게 장난이었다고?"

"응, 장난."

"지금 장난하시오!"

"그래. 장난이라니까?"

원평이 붉으락푸르락해진 얼굴로 운성을 쏘아보다가 설화에게 말했다.

"설화야, 도대체 어디서 이런 돼먹지도 않은 사람을 데리고 온 것이냐?”

“아, 그게…….”

설화가 말하려고 하는데, 운성이 발끈해서 소리쳤다.

“돼먹지도 않다니! 네놈이야말로 어딜 봐서 돼먹은 인간이냐!”

“놈! 아까부터 뚫린 주둥이라고 함부로 지껄이는구나!”

“내 주둥이로 내 맘대로 지껄이는데 네가 뭔 상관이냐! 듣기 싫음 귀를 막아라!”

“네놈이 내게 일장(一掌)을 먹였다고 기고만장했구나! 잘 들어라. 내가 진심으로 널 상대하면 넌 내게 일초지적(一招之敵)도 되지 않는다!”

“웃기지 마라! 너야말로 날 상대하기에는 십 년은 이르다!”

“흥! 그럼 넌 이십 년은 이르다!”

“그럼 넌 백 년이다!”

“넌 천 년!”

“넌 만 년!”

“넌 천만 년!”

“넌 일억!”

이제 주위에 있던 사람들은 멍하니 둘을 바라보았다.

‘쟤들 지금 뭐 하는 거야?’

처음에는 둘의 기세가 너무 거세서 끼어들 틈이 없었고, 지금은 어이가 없어서 말릴 생각도 못했다.

원평이 기어이 검을 뽑아 들며 소리쳤다.

"일, 일억? 일억이라니! 어떻게 그런 심한 말을! 내 오늘 네 말이 사실인지 확인해 보마!"

"얼마든지!"

운성도 구룡도를 뽑아 들었다.

결국 설화가 참지 못하고 버럭 소리쳤다.

"둘 다 그만!"

그녀의 목소리가 불쑥 끼어들자, 두 사람이 더 움직이지 못하고 서로를 노려본 채 으르렁거리기만 했다.

차대혁도 얼른 정신을 차리고 원평을 나무랐다.

"원평, 너는 어찌하여 본 문의 손님에게 이리도 무례하게 구느냐!"

"무례는 이놈이 먼저 저질렀습니다, 사부님!"

"어허! 네놈이 먼저 맞을 짓을 하지 않았느냐!"

"맞을 짓이라뇨, 그저 장난을 좀 쳤을 뿐입니다!"

"시끄럽다! 당장 표 대협께 사과하거라!"

차대혁이 눈을 부라리며 소리치자 원평도 더 이상은 반박할 수가 없었다. 그가 운성을 돌아보았다.

운성이 턱을 치켜들고 원평을 보았다.

원평이 입을 달싹거렸다.

"죄, 죄송… 크윽. 도저히 못하겠습니다!"

원평이 울상을 지으며 차대혁을 보았다.

차대혁이 혀를 끌끌 찼다.

"굽힐 줄 아는 것 또한 대인의 자세이거늘. 표 대협, 제자의 무례를 용서해 주십시오. 아직 철이 없어 그렇습니다.”

“알겠습니다. 확실히 철이 없긴 하군요. 철든 제가 이해하겠습니다.”

“아… 예……”

차대혁이 어색한 표정으로 고개를 숙여 보였다.

상황을 대충 정리한 차대혁은 다시 앞장서서 걸었다. 설화는 원평에게 눈짓으로 인사를 보낸 후 일행을 따라 본당으로 갔다.

다들 본당으로 들어가고 나자 원평도 몸을 돌렸다.

그런데 순간, 그가 비틀거리더니 한쪽 무릎을 굽혔다. 그가 헛구역질을 참는 듯 입을 틀어막았다.

'장난이라고? 이런 게 장난일 리가 없잖아!'

원평이 다시 분을 삭이며 힘겹게 몸을 일으켰다.

그는 지금 오장육부가 뒤틀리는 고통을 간신히 참아내고 있었다.

“여기 이천 냥입니다.”

차대혁이 상자를 내밀었다.

상자 안에는 은화가 가득 담겨 있었다.

운성의 입이 한껏 벌어졌다.

“역시 문주님께선 계산이 빠르고 정확하시군요.”

“하하, 마땅히 지불할 금액을 드리는 것이지요.”

“그럼 감사히 받겠습니다.”

운성이 상자를 받아 들었다.

"오늘은 늦었으니 하루 묵고 가시지요."

"아, 그래도 괜찮을까요?"

"물론입니다. 늦은 밤에 손님을 내쫓을 만큼 저희 창비문이 야박하진 않습니다."

"역시 문주님이십니다. 그런데 한 가지 질문을 드려도 될는지……."

"무엇입니까?"

"혹시 이곳에 머무는 동안 안전도 보장이 되는지요? 제가 임무가 끝나고 긴장이 풀리면 깊이 잠드는 체질이라……."

"하하하, 이를 말입니까? 당연히 안전을 보장해 드리지요. 이곳은 창비문입니다. 창비문 내에서 누가 표 대협을 위협할 수 있겠습니까? 곳곳에 우리 창비무인들이 새벽에도 번을 서고 있으니 안심하셔도 됩니다."

운성이 활짝 웃었다.

"과연 그렇군요. 그렇다면 안심입니다. 문주님께서 안전을 보장해 주신다니 더없이 마음이 놓입니다."

"하하, 그럼 객당(客堂)으로 안내해 드리지요."

차대혁이 말을 마치자 시녀 한 명이 들어왔다.

"표 대협님, 절 따라오시지요."

운성은 싱글벙글한 표정으로 그녀의 뒤를 따랐다.

방은 넓었다.

주가장에서 지내던 방보다 두 배는 넓었다. 거기에 요깃거
리로 푸짐한 음식까지 탁자에 준비되어 있었다.

시녀가 공손히 말했다.

"필요한 것이 있으면 언제든지 부르십시오."

그녀가 물러가고 나서 운성은 곧바로 음식 가득한 탁자에
앉았다. 은자를 받았고, 먹을 것이 준비되어 있고, 편한 잠자리
가 있었다.

천국이 따로 없었다.

운성은 맛있게 음식을 먹기 시작했다.

*   *   *

차대혁이 찻잔을 내려놓았다.

찻잔에서 뜨거운 김이 모락모락 피어올랐다.

"홍문에서의 일은 참 안타깝게 됐어."

그가 나지막이 말을 흘렸다.

마주 앉아 있던 엽상섭이 착잡한 표정으로 고개를 숙였다.

"면목없습니다."

차대혁이 엽상섭을 물끄러미 바라보았다.

그의 눈빛에는 복잡한 감정이 스며 있었다. 그가 다시 찻잔
을 들며 물었다.

"아버지께 기회를 드려보았나?"

"가시기 전에 한 번."

“역시 완고하시던가?”

엽상섭은 대답하지 않았다.

굳이 답하지 않아도 알 만한 질문이었다.

“뭣이? 엽상섭 네놈이 마교와 손을 잡았더란 말이냐! 천하에 버러지만도 못한 놈! 내 마지막 저승길 동무로 널 삼아야겠다!”

태상 문주 차진양의 마지막 말이었다. 그는 엽상섭의 회유에 끄떡도 하지 않았다. 오히려 노발대발하며 동귀어진(同歸於盡)을 시도했으나 혈마대주에게 일격을 당해 실패하고 말았다.

“아버지 고집은 알 만하지. 강무는 어찌 되었나?”

“그 역시 마지막까지 버티다가 갔습니다.”

차대혁이 얕게 한숨을 내쉬었다.

“답답한 사람들이야.”

“일평생을 외길만 걸어오신 분들이니까요.”

“하나 시대의 흐름이라는 것이 있는 법이거늘. 아버지도 강무도 너무 시대 흐름을 파악하지 못했어.”

“안타까운 일이지요.”

“때론 굽힐 줄도 알아야지. 지금은 잠시 굽힐 때야. 그러지 않으면 부러지고 말아. 설화 그 아이조차도 안됐지 않은가.”

“하나 그 덕분에 문주님께서 회생의 길을 찾으시지 않았습니까?”

타악!

차대혁이 찻잔을 거칠게 내려놓았다. 엽상섭은 그제야 자신의 말실수를 깨닫고 머리를 조아렸다.

차대혁이 싸늘한 눈초리로 엽상섭을 쳐다보았다.

"문주라는 자리는 참 괴로운 자리지."

"……."

"잘 듣게. 나 하나 살고자 했다면 그 아이를 마교에 넘기지 않았을 걸세. 하나 나는 그 아이의 숙부이면서도 창비문의 문주라네. 내 결정에 수많은 목숨이 걸려 있는 것이야. 나는 보다 많은 목숨을, 창비문을 선택한 것이네."

"옳으신 결정입니다."

차대혁이 가만히 고개를 내저었다.

"옳은 결정이라고 할 순 없지. 피치 못할, 어쩔 수 없는 결정이지."

그가 가만히 눈을 감았다.

그렇다.

이것은 어쩔 수 없는 결정이다.

자신이라고 하나밖에 없는 질녀를 마교에 팔아넘기고 싶겠나? 아무리 세상이 미쳐 돌아가 제 자식을 원수에게 돈 받고 팔아넘기는 세상이라지만 자신은 아니었다. 지켜줄 수만 있다면 지켜주고 싶었다.

하지만 창비문을 등에 지고 있으면 얘기가 달라진다. 그들을 살리기 위해서는 설화를 넘겨야 한다. 그것만이 마교로부터 멸겁(滅劫)을 피할 수 있는 길이다. 그러지 않으면 언젠간 창비문은 마교에게 당하고 말 것이다. 창비문이 장사에서는 크다곤 하나 결국 중소 문파에 지나지 않는다. 마교가 작정하고 입김만 불어도 창비문 정도는 흔적도 없이 사라질 게다.

다행히 마교는 기회를 주었고, 그 기회가 바로 차설화를 넘기는 것이었다.

만약 이 자리의 대화를 설화가 들었더라면 자신의 귀를 의심했으리라.

믿고 믿었던 두 사람.

마지막으로 그녀가 의지하고 있는 이 두 사람이 가장 원수와 가까이 있는 사람들이었다.

엽상섭이 차를 한 모금 마시고는 물었다.

"원평은 알고 있습니까?"

차대혁의 표정에 그늘이 졌다.

"그게 가장 큰 문제라네."

"아직 모른단 말씀입니까?"

엽상섭이 눈을 동그랗게 떴다.

원평의 무공 수위는 무시할 만한 수준이 아니다. 마교가 창비문을 굳이 굴복시키고자 하는 데에는 운영비검 원평이 있기 때문이기도 했다. 그의 성장세는 놀라울 정도다. 하룻밤 자고 일어나면 다른 사람이 되어 있다는 말이 딱 어울린다.

한데 원평이 아직까지 문주의 변심(變心)을 모르고 있다면 이야기는 어려워진다.

“그 녀석의 협의(俠義)는 자네도 잘 알지 않나?”

“하나 이대로 둔다면 나중 일이 어려워질 것입니다.”

“알고 있네. 그놈은 내가 어떻게든 설득시켜 봄세.”

“가장 중요한 문제가 될 것입니다. 최악의 경우에는 그를 버려야 할지도 모릅니다.”

기우가 아니다. 만약 원평이 문주와 뜻을 함께하지 않는다면 마교는 분명 그를 제거하려고 할 것이다. 그때도 그들은 차대혁을 이용할 것이다.

그러한 사실은 차대혁 또한 잘 알고 있었다.

“정히 그래야만 한다면 별수없지.”

차대혁이 담담한 표정으로 말했다.

굽지 않는 대나무는 부러진다.

이것이 그의 철학이다.

그는 이미 스스로 굽어지기 위한 만반의 준비가 되어 있었다.

“표운성은 어쩌실 생각인지요?”

엽상섭이 넌지시 물었다.

큰 위협이 될 거라고 생각하진 않지만 만약을 생각해서라도 제거해 두는 것이 옳으리라.

그리고 이천 냥을 받은 자다. 이천 냥이라면 누구에게나 큰 돈이다. 그런 돈을 줘가면서까지 그를 살릴 이유는 없었다.

차대혁이 비릿한 웃음을 머금었다.

“밤사이에 처리할 걸세.”

"의외로 영악한 자입니다. 제가 괴룡산에서 악사파를 이용했다는 것까지도 어느 정도 눈치를 챈 자입니다."

운성은 자신의 배신을 가장 빠르게 눈치챈 자였다. 어수룩하면서도 이따금씩 정곡을 찌른다. 주의해서 나쁠 것은 없다.

차대혁이 자신있는 미소를 지었다.

"한몽초(限夢草)를 썼네."

"한몽초!"

"시녀의 말을 들으니 이미 배가 부르도록 먹었다더군."

엽상섭이 회심의 미소를 지었다.

과연 한몽초라면 놈도 어쩔 수 없을 것이다. 이미 놈이 한몽초를 복용한 이상 계획은 절반은 성공한 것이나 다름없었다.

한몽초의 무서움은 약효가 즉각적으로 나타나지 않는다는 것이다. 무취무미(無臭無味)인데다가 복용했을 경우 일정 시간 잠복한다. 그러다가 시간이 되면 약효가 발휘되는데, 복용한 당사자는 한몽초에 당한 사실도 모른 채 잠에 빠져든다.

엽상섭이 홀가분한 표정으로 말했다.

"확실한 방법을 택하셨군요."

"일을 하려면 제대로 해야 하지 않겠나."

"후후, 문주님답습니다."

"비월대주(飛月隊主)는 듣고 있는가?"

문득 차대혁이 허공에 대고 물었다.

어둠 속에서 묵직한 목소리만 들려왔다.

"예, 문주님."

“때가 되면 확실히 처리하도록 하게.”

“염려 마십시오.”

엽상섭은 내심 미소 지었다.

비월대주가 직접 나선다면 완전히 안심이 되었다. 비월대는 창비대에서 가장 내세울 만한 타격대였다. 사실 그들의 전력이 창비문의 힘 팔 할 정도를 차지한다고 해도 과언이 아니었다.

실수란 없으리라.

엽상섭이 가벼운 마음으로 찻잔을 들었다.

찻물이 달았다.

第九章

드러나는 진실

별당의 후원에 두 사람이 서 있었다.

"그동안… 고마웠어."

설화가 어렵사리 말을 꺼냈다.

밉네 싫네 하면서 왔지만 그래도 오랜 여정을 함께한 운성이다. 때론 그의 천연덕스러운 허풍 때문에 화가 나기도 했지만, 많이 웃을 수도 있었다.

깨달은 것도 많다. 운성은 아는 것도 많았다. 신념도 있었다. 가끔 언행일치가 묘하게 되지 않았지만 그라는 본질은 크게 변하지 않았다. 특히 돈에 대한 신념만큼은 더더욱.

분명 운성이 아니었다면 혼자선 힘든 여정이었을 것이다. 돌이켜 보면 마교의 추적 따위가 두려웠던 것은 아니다. 세상에 홀로 남았다는 외로움과 고독이 가장 두려웠다. 운성은 그것으로부터 자신을 지켜주었다. 어쩌면 그가 자신과 비슷한 또래의 남자였기에 더욱 버팀목이 된 것인지도 몰랐다.

'그래서 할아버지가 표운성을 선택하신 건지도.'

어쨌거나 운성 덕분에 무사히 올 수 있었다.

그런 그가 내일이면 떠난다.

섭섭하다.

정 중에서도 가장 떼기 힘든 정이 미운 정이라고 하지 않던가.

운성이 눈살을 찌푸렸다.

"그 말하려고 부른 거야? 이 밤중에?"

역시 운성은 마지막까지 미운 정을 고수했다.

'아, 잠시나마 느꼈던 고마움이 막 사라지려고 해.'

설화는 이마를 짚고 가볍게 한숨을 내쉬었다.

"미안하네, 겨우 그 말 하려고 불러내서."

"당연히 미안해야지. 졸려 죽겠는데."

설화가 가볍게 웃었다.

참 보면 볼수록 신기한 남자다.

지금까지 이런 반응을 보인 남자는 본 적이 없다. 세상 모든 남자들이 자신을 보면 온갖 미사여구(美辭麗句)를 갖다 대며 환심을 사려고만 노력했다. 스스로 예쁘다고 자만한 적도 없지만, 못났다고 생각한 적 역시 단 한 번도 없다.

한데 이 남자, 자신을 봐도 눈빛 하나 변하지 않는다. 하는

행동을 보면 마치 아직 사춘기가 지나지 않아 여자에게 관심
이 없는 사내아이 같다.

당황스럽기도 하고, 자존심이 상하기도 하고. 복잡 미묘한
기분.

설화가 고개를 홱 돌렸다.

"그럼 내일 잘 가! 내일은 내가 널 신경 쓸 정신이 없을 것
같아서 미리 인사하러 온 거였으니까. 잘 자."

"그래? 그럼 너도 잘 자고 잘 지내."

운성이 태연히 인사를 건네고는 늘어지게 하품을 했다. 그
가 막 몸을 돌려 걸어가려고 할 때였다.

때마침 맞은편에서 누군가 모습을 드러냈다.

"거기, 표운성!"

귀에 익은 목소리가 불쑥 튀어나왔다.

어둠 속에서 모습을 드러낸 자는 다름 아닌 원평이었다. 그
가 식식거리며 소리쳤다.

"그렇잖아도 널 찾으려고 했다! 여기서 우리 실력을 확실히
가늠… 어? 설화?"

원평의 시선이 운성 뒤에 서 있는 설화에게 닿았다.

원평이 화들짝 놀라며 성큼 물러났다.

"너, 너, 너희들! 지, 지, 지금 여기서 뭐 하는 거냐! 이 야심
한 시각에! 후원에서! 남녀가!"

"우리? 얘기하고 있었는데?"

"무슨 얘기?"

“그냥 뭐… 서로 잘 자자고.”

운성이 별생각없이 내뱉은 말이 원평에게는 몹시 오해의 소지가 있는 말로 들렸다.

“잘, 잘, 잘… 자자고? 자자고……? 네놈이 감히! 감히 설화의 순결을 꺾으려고 하다니! 내가 죽어도 용서할 수 없다!”

“뭔 헛소리야? 그냥 각자 잘 자자고 말한 거라고.”

“닥쳐라! 네놈의 변명이 통하리라 생각하느냐! 설화야! 네가 어찌 이런 놈에게 순결을……!”

“그만하세요, 오라버니. 더 말씀하시면 참지 못할 거예요.”

설화가 정색을 하며 대꾸했다.

원평이 울상을 지었다.

“설마 마음도 이미 빼앗겨 버렸단 말이더냐?”

“오라버니! 그냥 인사만 나눴을 뿐이라구요! 잘 자고 잘 가라고!”

“그래? 정말 그것뿐?”

“당연하죠! 도대체 무슨 생각을 하신 거예요? 그리고 표운성! 넌 왜 사람 오해하게 말을 하는 거야?”

“내가 뭘? 잘 자자고 한 건 사실이잖아.”

“그게 묘하게 다른 느낌이거든?”

“그런가?”

운성이 하품을 하고는 원평을 물끄러미 바라보았다.

원평이 움찔거리며 물었다.

“뭐, 뭐냐?”

“너… 얘 좋아하냐?”

“갑자기 무슨 헛소리냐!”

원평이 얼굴이 벌게져서 소리쳤다.

운성이 재미있다는 듯 다가갔다. 그럴수록 원평은 마치 뱀을 만난 꼬마 아이처럼 뒷걸음질 쳤다.

“그럼? 싫어하는 거야?”

“누가 싫다고 했냐!”

“그럼 좋아하는 거네.”

“누, 누가 좋다고 했느냐!”

“그럼 싫어하는 거잖아.”

“아니다!”

“도대체 어느 쪽이야?”

“그, 그렇게 묻는다면… 좋아하는…….”

“거봐. 역시 좋아하는 거네.”

“흥! 네놈의 화술에 말려들 것 같으냐? 그럼 반대로 물어보지! 너는 설화를 좋아하느냐?”

“아니.”

원평이 잘 걸렸다는 표정으로 말했다.

“그럼 싫어하는군?”

“응.”

“뭐?”

원평이 눈을 휘둥그레 떴다.

이런 대답이 나올 거라곤 생각도 하지 못했다.

‘이놈은 설화에게 흑심을 품고 있는 게 아니던가?’

원평이 저도 모르게 물었다.

“왜?”

“왜냐고 물으면… 글쎄, 나랑 성격이 좀 안 맞아.”

“성격이?”

“응.”

“설화 성격이 어떤데?”

“뭐랄까, 좀 잔소리를 많이 하는 편이잖아. 내가 한 말을 잘 믿지도 않더라고. 나서지 마라면 꼭 나서서 뒤처리하게 만들고.”

“그래?”

이제 두 사람은 마치 오랜 친구처럼 서서 이야기하고 있었다.

운성이 불만 어린 표정으로 말을 이었다.

“게다가 날 허풍쟁이로 몰아가질 않나.”

“그럼 설화가 널 믿으면? 그럼 말도 잘 듣지 않을까?”

“그럼 뭐 다시 생각해 볼 수도 있지. 외모는 예쁘잖아.”

“그렇지. 설화, 예쁘지.”

“근데 지금은 아냐. 나랑 안 맞아.”

“그렇구나. 난 몰랐어.”

“설화, 너 줄까?”

“오오! 정말? 넌 관심없는 거야?”

“그렇다니까? 너도 날 못 믿어?”

“아니, 아니! 믿어! 나 줘!”

“그래. 줄게. 가져가.”

“응, 고마워! 너, 좋은 녀석이구나?”

그 순간, 두 사람은 후원 한쪽에서 찌를 듯이 뻗어오는 살기를 느끼고 고개를 돌렸다. 설화가 매서운 눈으로 두 사람을 쏘아보았다. 그녀가 잔뜩 분기를 억누른 목소리로 말했다.

“지금 누가 누구를 맘대로 주고 말고 한다는 거얏! 내가 물건이냐!”

그제야 원평도 정신을 차리고 운성에게 검을 겨눴다.

“그래, 설화는 물건이 아냐!”

“시끄러워요! 오라버니도 잘한 거 하나 없어요! 다들 정말!”

설화가 앙칼지게 소리치고는 몸을 휙 돌렸다.

그녀가 뒤도 돌아보지 않고 후원을 빠져나가자 원평이 애타게 불렀다.

“설, 설화야!”

“이런, 화난 모양이네.”

운성이 무심히 말하자 원평이 고개를 홱 돌렸다.

“표운성! 넌 지금 보니… 그렇게 나쁜 놈 같진 않구나. 그럼 또 보자.”

원평이 씩 웃고는 설화를 쫓아갔다.

운성이 그의 뒷모습을 물끄러미 바라보다가 또다시 하품을 했다.

“일이 끝나서 그런가? 오늘따라 무지 피곤하군.”

그는 천천히 객당으로 돌아갔다.

별당 후원에서 머지않은 전각의 지붕.

하품을 늘어지게 하는 운성을 가만히 지켜보는 눈이 있었다. 복면을 하고 기를 숨기고 있는 그는 비월대주 도검추(道劍推)였다.

"후후! 슬슬 약효가 나타나는 모양이군."

그의 뒤로 흑의복면인이 내려섰다.

"대주님, 준비됐습니다."

"몇 명인가?"

"분부하신 대로 일곱으로 추렸습니다."

"잘했어. 지시를 내릴 때까지 대기하도록."

"존명!"

흑의사내가 어둠 속으로 사라졌다.

도검추는 운성이 객당으로 들어갈 때까지 가만히 지켜보았다.

일각. 딱 일각만 더 기다린다.

그때쯤이면 표운성은 세상모르고 잠에 빠져들어 있을 것이다. 한몽초를 복용했다. 한몽초는 복용한 지 한참이 지나서야 약효가 발휘되기 때문에 졸음이 몰려와도 뭔가에 당했다는 의심을 하기 힘들 것이다. 그저 생리적인 현상으로 받아들일 게다. 잠이 들면 업어 가도 모른다.

그럼에도 비월대는 은신술이 가장 뛰어난 자들로 일곱 명을

추렸다. 인원이 너무 많으면 원평이나 차설화에게 자칫 노출
될 수도 있기에 그만큼만 추린 것이다.

준비는 완벽했다.

도검추가 입꼬리를 올렸다.

"후후! 좋은 꿈꾸시게."

스슥―! 사사삿―!

객당의 마당에 검은 인영들이 나타났다.

모두 여덟 명. 비월대다.

비월대주 도검추가 앞장서서 객당의 정문으로 다가갔다. 방
안에 잠입하는 것은 정문을 통해서다. 얼핏 위험해 보여도 지
붕을 통해 들어가는 것보다야 안전하다.

이곳은 적지가 아니라 창비문의 안뜰이다.

굳이 어려운 잠입 경로를 택할 필요는 없는 것이다.

도검추는 천천히 문을 열었다. 문틈으로 비월대 일곱 명이
바람처럼 스며들었다. 마지막으로 도검추가 들어갔다.

'후후!'

예상대로 방 안은 어둡고 적막하기만 했다.

만약 깨어 있었더라면 문을 열 때부터 누구냐고 물어왔을
것이다.

도검추와 비월대가 살금살금 침상으로 다가갔다. 칠흑 같은
어둠이지만 창비문의 객당이니 방 구조는 눈 감고도 훤하다.

숨결도 들리지 않는 침상.

비월대 일곱 명이 검을 뽑아 들었다. 그리고 높이 치켜드는 순간, 도검추가 문득 손을 들어 제지했다.

이상하다.

숨결조차 들리지 않는다니.

조용해도 너무 조용하다. 위화감이 감돈다.

오히려 코를 고는 소리로 시끄러워야 정상일 터인데.

도검추가 얼른 이불을 확 젖혔다.

'없다!'

이불 속에는 배게 말고 아무것도 없었다.

아뿔싸! 방심하고 말았다. 신중에 신중을 기했건만, 마지막엔 자신도 모르게 방심한 것이다.

한몽초를 너무 믿었다.

숨결이 들리기 이전에 기척도 느껴지지 않는다는 것을 눈치챘어야 했다.

"제길!"

욕지기가 입 밖으로 튀어나왔다.

그 순간 검은 그림자들이 위에서 뚝뚝 떨어져 내렸다. 그림자들은 정확히 비월대 무인들 곁에 바짝 붙어서 목에 검을 겨누었다.

"헛!"

비월대원들이 저마다 헛바람을 집어삼켰다.

기척도 없이 내려서서 순식간에 검을 겨눈 자들이다. 개개인의 실력이 비월대원들에 비해 월등하다는 것을 단박에 알 수 있다.

　이때 방 한쪽 구석에서 목소리가 불쑥 튀어나왔다.

　"정말이네. 정말 왔어."

　"표운성!"

　도검추가 경악성을 토해냈다.

　분명 방 안에서는 아무런 기척도 느껴지지 않았다. 한몽초에 당한 것이 아니라면 어디 멀찍이 도망이라도 간 줄 알았다.

　한데 예상을 완전히 뒤엎었다.

　표운성이 지금껏 방 안에 있었다. 그리고 처음부터 자신과 비월대의 행동을 은밀히 지켜보고 있었다. 게다가 이 많은 무인들은 누구란 말인가! 어디서 갑자기 나타났나?

　도검추는 소름이 돋았다.

　'이 녀석, 정체가 뭐지?

　운성이 저벅저벅 걸어왔다.

　그가 어둠 속에서 말을 뱉었다.

　"이걸로 확실히 너희 목적이 뭔지 알았다."

　도검추가 입술을 쿡 씹었다.

　'그래서 기척을 숨기고 지켜만 본 것이군.'

　이제 빼도 박도 못한다.

　침상에서 칼까지 꺼내 들었으니 둘러댈 변명도 없다.

　한몽초는 어떻게 견뎠을까? 음식을 먹었다면 분명히 중독됐을 텐데.

　'아!'

도검추는 검을 겨누고 있는 무사들을 의식했다.

그들이 처음부터 운성과 함께 있었다면 쉽게 풀리는 의문이다.

운성이 더 가까이 걸어왔다.

"너희들, 누구냐?"

"……."

"말하기 싫어?"

도검추는 대꾸하지 않았다.

대신 기회를 노렸다.

운성이 조금 더 가까이 다가오길, 일수(一手)에 칠 수 있는 거리까지 다가오기만을 기다렸다.

설사 주위에 있는 무사들에게 죽임을 당할지언정 운성만은 죽여야 했다. 그것이 자신의 임무였다.

그리고 그가 노리던 기회가 찾아왔다.

'지금!'

도검추가 섬광처럼 빠르게 검을 뻗어냈다.

하지만 이어진 소리는 비명이 아니라 날카로운 쇳소리였다.

까앙―!

"큭!"

검신을 타고 전해진 강렬한 진동에 그는 신음을 내뱉으며 손을 놓고 말았다. 허무하게 놓친 검이 양주(梁柱)에 날아가 박혔다.

어느새 구룡도로 검을 쳐낸 운성의 눈빛은 차갑게 가라앉아 있었다.

운성이 도를 슥 들이밀었다.

"어디서 온 거냐고 묻잖아."

"네놈이야말로 사문이 어디냐?"

"질문을 질문으로 대답하는 건 예의가 아니지."

"흥! 내가 입을 열 거라고 생각하나?"

"그래?"

운성이 가볍게 웃음을 뱉었다.

"극신."

"예, 문주님."

그림자 중 한 명이 대답했다.

순간 도검추는 눈을 부릅떴다.

'문주? 문주라고? 이자가?'

이렇게 어린 문주가 있다는 말은 지금까지 들어본 적이 없다. 그렇다면 어디의 문주란 말인가?

운성이 도검추에게서 시선을 거두지 않은 채 말했다.

"다른 놈들 조져 봐."

한데 극신이 대답도 하기 전에 비월대원들이 종이 인형처럼 픽픽 쓰러지기 시작했다. 그림자 하나가 얼른 비월대원의 복면을 벗기고 상태를 살폈다.

"독단. 이 녀석들, 독단을 깨물었습니다."

얘기를 듣는 순간 운성이 빠르게 손을 내뻗었다.

파파팟!

목표는 도검추였다.

도검추는 운성이 공격해 오는 것을 알았지만 손가락 하나 까딱할 수 없었다.

운성의 손은 경이로울 정도로 빨랐다.

"큭!"

순식간에 점혈한 운성이 도검추의 입을 벌렸다.

다행히 독단은 없었다.

"넌 독단이 없네?"

운성이 아혈(啞穴)을 풀었지만 도검추는 대꾸하지 않았다.

운성의 말대로 그는 독단을 입에 물고 있지 않았다. 창비문의 대주들은 위험 임무를 맡더라도 독단을 소지하진 않는다. 대주 정도 되는 자들은 적에게 잡히더라도 기밀을 누설하지 않을 정도는 된다고 믿기 때문이다.

운성이 침상으로 걸어가서 앉았다.

"정말 극신이 아니었다면 황천 갈 뻔했어."

"평소답지 않게 너무 피곤해하시더군요."

극신이 담담하게 대꾸했다.

역시 운성이 한몽초에 당하지 않았던 것은 극신이 있었기 때문이다.

평소에 비해 유난히 졸음을 못 이기는 운성을 보고 그가 주의를 준 것이다. 그가 나서지 않았다면 운성은 한몽초의 취기(醉氣)를 방출할 생각조차 하지 않고 잠들었을 것이다.

운성이 여전히 뻣뻣하게 서 있는 도검추를 바라보았다.

“지금 나랑 놀아보자는 거지?”

“죽여라. 내 정체를 발설하진 않을 거다.”

“좋아, 그래야 재미있지. 나도 네 입을 열게 할 생각은 없어.
다만 오밤중에 내 방으로 놀러 왔으니 기꺼이 놀아주지.”

“무슨… 생각이냐?”

“천천히 알아봐. 아직 밤은 기니까.”

운성의 표정에 사악한 미소가 떠올랐다.

*   *   *

짹짹, 짹짹짹.

상쾌한 아침을 알리는 새소리가 본당 후원에서 울렸다. 차
대혁은 창문을 활짝 열고 쏟아지는 아침 햇살을 만끽했다.

“잘 주무셨습니까?”

마침 엽상섭이 본당으로 들어서며 인사를 건넸다.

차대혁이 빙그레 웃으며 몸을 돌렸다.

“어서 오게.”

“오늘따라 기분이 좋아 보이시는군요.”

“간밤에 꿈자리가 좋아서 말일세.”

엽상섭이 가만히 미소만 지었다.

그는 그 꿈자리가 무엇을 의미하는지 잘 알고 있었다.

운성을 처리하는 것을 두고 이르는 말이다.

물론 차대혁과 엽상섭은 아직까지 객당 근처에 얼씬도 하지

않았다. 혹시라도 원평이나 설화에게 의심을 살 만한 행동은 삼가기 위해서였다. 뿐만 아니라 그 두 사람의 이목을 속이기 위해서 비월대주에게는 일을 처리하는 즉시 아침이 될 때까지 창비문을 떠나 있으라고 지시했다.

확인해 보지 않았지만 비월대주는 운성을 처리했을 것이다. 그의 실력을 믿는다.

이제 남은 건 원평이다. 원평을 먼저 설득시키고 설화를 넘길 것인지, 아니면 설화를 넘기고 원평을 설득시킬 것인지 결정해야 한다.

안전을 보장하기에는 후자다.

전자의 경우, 원평의 반대가 심해서 오히려 방해를 받을 수 있다. 후자의 경우에는 충격을 받은 원평이 검을 거꾸로 돌릴 수 있다.

마침 엽상섭이 물었다.

"이제 어떻게 하시겠습니까?"

당연히 원평에 관해 묻는 것이다.

"자네 생각은 어떤가?"

"뜻이 맞지 않다면 원평이라도 일찌감치 버리는 쪽으로 생각해 보셔야 합니다. 간담초월(肝膽楚越)이란 말도 있지 않습니까? 뜻이 맞지 않다면 아무리 가까워도 먼 것입니다."

차대혁이 가만히 고개를 끄덕였다.

옳은 말이다.

너무 욕심을 부려 아무것도 잃지 않으려고 하다간 오히려 더 큰 걸 잃을지도 모른다.

원평을 버리기로 하면 가장 깔끔하다.

하지만 원평은 지금 창비문의 얼굴이나 다름없었다. 그는 창비문을 세운 차대혁에게 있어서 하나의 자부심이었다.

그래서 욕심이 난다.

버리기가 아깝다.

한데 안고 가자니 그놈의 융통성없는 성격이 문제다. 버리자니 아까운 인재요, 거두자니 말썽이다.

그야말로 계륵(鷄肋)이 아닌가.

차대혁이 한숨을 내쉬었다.

"조금만, 조금만 더 생각해 보세."

"시간 끄실 일이 아닙니다, 문주."

엽상섭의 목소리에서 조급함이 묻어났다. 차대혁이 미적거리면 자신 또한 입장이 곤란해진다.

하지만 차대혁은 섣불리 결정을 내리지 못했다.

"오늘 저녁까지 결정을 내리겠네."

엽상섭은 입을 다물었다.

내심 답답했지만 겉으로 내색하지 않았다.

어차피 말 귀에 봄바람이다. 어떤 소리를 해도 들리지 않는다. 아니, 들으려고 하지 않는다.

이럴 땐 스스로 깨우쳐야 한다. 그 깨달음이 너무 늦지나 않길 바랄 뿐이다.

한동안 이어졌던 칙칙한 침묵이 깨졌다.

침묵을 깨고 본당으로 들어온 사람은 설화와 원평이었다.
차대혁이 인사를 건네는 두 사람을 환한 미소로 맞이했다.

"어서들 오게. 설화는 잠자리가 불편하지 않더냐?"

"별말씀을요. 정말 오랜만에 푹 쉬었어요. 여러모로 신경
써주셔서 감사해요, 숙부님."

"그런 말 말거라. 당연한 일 아니더냐."

차대혁이 부드럽게 미소 지었다. 조금 전까지 엽상섭과 은
밀히 대화를 나누던 그의 표정은 조금도 찾아볼 수 없었다. 차
대혁이 탁자로 걸어가 앉았다.

"모처럼 모였으니 함께 차라도 마실까?"

세 사람이 탁자에 모여 앉았다.

설화가 두리번거리고는 물었다.

"혹시 표운성은 아직 오지 않았나요?"

"글쎄? 아직 자고 있는 것이 아니겠느냐?"

차대혁이 짐짓 태연히 대꾸했다.

어차피 그녀가 찾는 표운성은 이제 창비문 어디에서도 찾아
볼 수 없을 것이다. 나중에는 새벽 일찍 말도 없이 먼저 떠난
모양이라고 대답해 주면 그만이었다.

설화가 못마땅한 표정으로 말했다.

"신세를 졌으면 마땅히 아침 인사를 하러 와야지, 도대체 언
제까지 잘 거람?"

"하하하, 그간 힘든 여정이었을 테니 피곤했겠지. 혹시 나

때문이라면 신경 쓰지 말거라. 괜찮다."

그때였다.

갑자기 문밖에서 시끄러운 소리가 쩌렁쩌렁 울렸다.

"문주님! 안에 계십니까? 문주님!"

목소리를 들은 차대혁과 엽상섭의 표정이 일순 싸늘하게 굳었다.

'놈이 어떻게?'

두 사람의 뇌리에 같은 생각이 떠올랐다.

그들은 비월대주가 실패했을 거라는 생각은 추호도 하지 않고 있었다. 때문에 아주 잠시 동안 운성의 목소리조차도 알아듣지 못했다.

그래서 한편으로는 자신들이 잘못 들은 게 아닌가 하고 일말의 의심을 남겨두고 있었다.

하지만 다음 순간, 그들은 그 의심을 철회했다.

쾅!

운성이 문을 벌컥 열고 본당으로 들어선 것이다.

"헉!"

앉아 있던 네 사람이 동시에 놀라 자리에서 벌떡 일어났다.

무례한 운성의 태도에 놀란 게 아니었다. 운성이 뒷덜미를 쥔 채 개처럼 끌고 들어온 사내를 보고 놀란 것이다.

산발한 머리에 피로 흠뻑 젖어버린 몸, 얻어터져서 퉁퉁 부어오른 얼굴과 찢어진 이마. 처참하게 일그러진 몰골을 한 사내는 곧 눈알마저 허옇게 뒤집힐 것 같았다.

사내의 모습이 워낙 처참한 몰골이라 원평과 설화는 누군지 알아볼 수조차 없었다.

다만 제 발이 저린 차대혁과 엽상섭만이 그가 누군지 단박에 알아보았다.

'비월대주……!'

차대혁이 믿을 수 없다는 표정으로 나직이 신음을 흘렸다.

그가 조심스러운 눈길로 운성을 바라보았다.

이제 어쩔 생각일까? 왜 이렇게 모든 사람 앞에 비월대주를 끌고 왔을까? 자신의 목숨을 노린다는 것을 알고 위기를 넘겼으면 빨리 도망가야 마땅하거늘, 아침부터 본당을 찾은 이유는 뭘까?

문안 인사나 하자고 온 게 아닌 것만은 분명하다.

차대혁이 짐짓 놀란 척 물었다.

"표, 표 대협, 이게 대체 무슨 일이오?"

"보면 모르시겠습니까?"

운성이 식식거리며 대꾸했다.

차대혁이 일단은 발을 빼고 물었다.

"도대체 무슨……?"

"간밤에 이 정체 모를 놈이 제 방에 침입했습니다!"

차대혁의 눈썹이 꿈틀거렸다.

지금 '정체 모를 놈'이라고 했나?

됐다. 적어도 표운성이 비월대주의 정체를 아직 확인하지 못한 것만은 분명하다. 그럼 이제 적당히 연극에 어울려 주기만 하면 될 일.

차대혁이 더욱 놀란 시늉을 했다.

"어떻게 그런 일이? 대체 그자가 왜 객당에 잠입했다는 겁니까?"

"왜긴 왜겠습니까? 놈이 제 목숨을 노렸습니다!"

그러자 이번엔 원평이 놀라서 소리쳤다.

"뭣이? 이놈이 자네 목숨을?"

"그래. 그것도 이놈 하나가 아니라 일곱이 더 있었지!"

"한 놈이 아니라니? 자네는 괜찮은가, 친구?"

원평은 어젯밤 운성의 베푸는(?) 정신에 감동해서 그를 완전히 동료 이상으로 생각하고 있었다.

운성이 차대혁을 바라보며 대답했다.

"나는 괜찮지만 이놈의 정체는 아직 밝혀내지 못했지."

차대혁이 짐짓 탄식했다.

"그토록 경계를 철저히 하라 일렀거늘! 도대체 그놈이 언제 대협의 방에 들어갔단 말씀입니까?"

"축시 초(丑時初)쯤 이었습니다."

"축시 초라니? 그럼 지금껏 대협께선……."

"이놈을 밤새 고문했지요."

차대혁이 의아한 표정을 지었다.

"하지만 밤새 아무런 소리도 듣지 못했는데……."

"다들 주무시는데 시끄러울 것 같아 아혈을 제압하고 고문했습니다. 정체를 밝힐 생각이 있으면 눈동자로 신호를 보내라 했지요. 한데도 끝까지 입을 열지 않더군요. 어디서 온 자인지 몰라도 꽤나 지독한 녀석입니다."

차대혁이 입을 꾹 다물었다.

밤새 고문을 했다니.

비월대주가 누군가.

창비문에서 가장 뛰어난 타격대의 대주다.

물론 호신위나 당주급 무인 중에는 그보다 무공 실력이 뛰어난 자들도 있다.

하나 비월대주 역시 강호 어디에 내놔도 아깝지 않을 인재다.

한데 그 비월대주를 고문했다고?

그럼 비월대는? 비월대원들은 어찌 됐나?

"그럼 그놈과 함께 잠입한 일곱은 어찌 됐소?"

"모두 죽었습니다."

"죽었……!"

차대혁이 저도 모르게 소리를 내지르다가 입을 다물었다.

놀란 자는 그뿐만이 아니었다.

방 안에 있는 모든 자들이 놀랐다.

혼자 여덟 명을 상대했단 소리가 아닌가. 도대체 어떻게 운성 혼자 상대했을까?

다른 사람들이 궁금할 지경이니 일을 저지른 차대혁과 엽상섭이야 오죽하라. 두 사람이 알고 싶은 건 한두 가지가 아니었다.

하나 더 이상 캐묻기도 힘들다. 너무 집요하게 물어보다간 오히려 이상하게 보일 것이다.

운성이 여전히 분이 풀리지 않는지 식식거리며 말했다.

"어쨌든 전 이놈의 입을 열고 싶습니다, 문주님!"

"물, 물론 그래야지요, 표 대협. 감히 창비문에 잠입해서 대협의 목숨을 노린 자라니! 용서할 수가 없소!"

"그래서 말인데, 이 녀석을 지금 문주님께서 좀 문책해 주시겠습니까?"

"뭐, 뭐라고요?"

차대혁이 황당해서 되물었다.

운성이 당연한 것 아니냐는 듯 답했다.

"창비문에서 일어난 일입니다. 제 안전에 책임을 진다고 하시지 않았습니까? 하니 이놈을 제가 보는 앞에서 문책해 주십시오. 문주님이 이놈의 개 같은 배후를 알아낸다면 저도 창비문의 허술한 경계를 더 탓하진 않겠습니다."

차대혁은 당황했다.

자신이 보낸 자객을 자신이 문책하는 꼴이라니!

이걸 어떻게 받아들여야 하나.

한데 차대혁이 뭐라고 대꾸도 하기 전에 운성이 먼저 나섰다.

"그럼 이 녀석 아혈을 풀어주겠습니다."

운성이 혈을 풀어주자 만신창이가 된 도검추가 흐느끼듯 중얼거렸다.

“나는… 입을 열지 않을 것이다.”

워낙 심한 고문을 당한 탓에 발음도 정확하지 않았다.

차대혁은 쓸개를 핥는 심정이었다.

비월대주는 자신이 가장 아끼는 무사 중 한 명이다. 한데 이렇게 만신창이가 돼서 헐떡이는 걸 보니 억장이 무너졌다.

한데 어쩌겠나.

이가 갈리는 심정이더라도 문책할 수밖에 없다.

차대혁이 웃지 못할 이 상황에 짜증이라도 내듯 소리쳤다.

“네 이놈! 네놈은 누구의 사주를 받고 감히 본 문에 잠입한 것이냐!”

“……”

역시 도검추는 입을 열지 않았다.

차대혁이 다시 소리쳤다.

“썩 입을 열지 못할까!”

“…죽여라.”

도검추가 힘겹게 말을 흘렸다.

그의 말이 가시가 되어 차대혁의 심장을 찔렀다.

하나 내색해서는 안 된다.

‘대주, 미안하네. 조금만 더 버티게.’

차대혁이 다시 한 번 매몰차게 몰아붙였다.

“죽음인들 허락할 것 같으냐! 배후를 밝혀랏!”

“배후를 밝히라잖아.”

운성이 끼어들며 깐죽거렸다.

도검추가 무서운 눈빛으로 운성을 쏘아보았다.

"어쭈? 노려보면 어쩔 건데? 어쩔 건데?"

운성이 도검추의 무릎을 발로 밟았다. 진기를 잔뜩 싣자 으드득 소리가 났다.

"끄으으윽!"

도검추의 눈이 허옇게 뒤집혔다.

무릎이 부서진 것이다.

그가 고통에 몸부림을 쳤다. 차마 두 눈 뜨고 봐주기 힘든 광경이었다.

차대혁이 다시 소리쳤다.

"말해! 누가 시킨 짓이냐!"

"죽여라!"

도검추가 발악하듯 소리쳤다.

사실 그건 문주를 향한 간절한 애원이기도 했다. 제발 자신의 목숨을 빨리 끊어서 이 고통에서 벗어나게 해달라는 호소였다.

운성이 다른 한쪽 무릎도 발로 밟았다.

으드득!

"끄아아악!"

도검추가 거품을 물며 비명을 내질렀다. 이루 말할 수 없는 고통이 뇌리를 들쑤셨다. 뼈가 부러지기만 한 게 아니다. 잘게 부서졌다. 이제 도검추는 평생 두 다리를 사용할 수 없을 것이다. 무인이 다리를 못 쓰니 앞으로의 인생은 불 보듯 뻔하다.

살아 있어도 죽느니만 못할 게다.

운성의 목숨을 노린 대가는 너무나 컸다.

차대혁은 순간 더럭 겁이 났다.

저러다가 대주가 자신의 이름을 대는 것이 아닌가. 순간 이성을 잃고 무의식중에 자신을 지목하면 어쩌나.

차대혁이 더듬거리며 다시 물었다. 지금까지의 날카로움이 사라진 목소리였다.

"배, 배후를 밝혀라. 그러지 않으면… 넌……."

"끄으으!"

"진짜 끈질기네."

운성이 이번에는 도검추의 어깨를 잡았다. 진기를 싣는 순간 어깨가 부서지고 평생 팔도 쓰지 못할 것이다.

순간 도검추가 울부짖었다.

"그만! 그마아안!"

동시에 차대혁이 기합을 내지르며 달려나갔다.

"으아앗!"

푸욱!

그가 내찌른 검이 도검추의 심장을 관통했다. 도검추가 움찔 떨더니 이내 고개를 떨어뜨렸다. 절명한 것이다.

도검추의 등 뒤로 삐죽 튀어나온 검날을 보고 운성이 몸을 세웠다.

"죽이면 어떡해요? 이제 말하려고 했을지도 모르는데."

"미, 미안하오, 표 대협. 차마 더는 지켜볼 수가 없었소. 이런 방식은 너무 잔인하오. 이건 우리 정도인의 방식이 아니오."

"흐응. 그런가요?"

운성이 의미심장한 표정으로 차대혁을 보았다.

차대혁이 얼른 몸을 돌렸다.

"밖에 있는가?"

"예, 문주님."

이미 실내에서 한바탕 난리가 났기 때문에 밖에 대기하고 있는 무인은 많았다.

"당장 표 대협의 방으로 가서 다른 자들을 확인하게."

"옛."

무사가 쏜살같이 달려갔다.

원평과 설화는 여전히 멍한 표정이었다. 두 사람이 죽은 도검추와 운성을 번갈아 보기만 했다.

"표 대협, 정말 죄송하게 됐습니다. 당장 방을 옮겨 드리도록 하겠소."

"죄송하단 말씀으로 넘어가실 일이 아니잖아요, 이건. 제 목숨을 위협받았다고요. 문주님께서 안전을 보장하신다고 하지 않았습니까?"

"그럼 어찌해야 할지……."

"은자 이천 냥."

"예?"

네 사람이 동시에 눈을 동그랗게 뜨고 운성을 보았다.

"은자 이천 냥을 더 주셔야겠습니다."

"갑자기 그게 무슨……?"

"지금 제가 입은 정신적 피해가 이만저만이 아닙니다. 그에 대한 보상금이라고 생각하십시오. 문주님만 믿고 있다가 목이 떨어질 뻔했습니다."

"끄음……."

차대혁이 불편한 기색으로 신음을 흘렸다.

하지만 어찌 보면 잘된 일일지도 모르겠다. 우선 돈을 마련하겠다는 핑계를 대고 표운성을 조금 더 잡아둘 수 있는 것이 아닌가.

그렇다면 이번에야말로 확실히 놈을 없애리라.

성공만 하면 내준 이천 냥도 다시 찾아오고 비월대주의 원수도 갚는 셈이다.

차대혁이 고개를 끄덕였다.

"알겠소, 표 대협. 모든 게 내 불찰이니 대협의 요구를 받아들이겠소. 하나 갑자기 그 많은 돈을 마련하려면 시간이 조금 걸릴 듯합니다. 그 점, 미리 양해를 구하겠소."

"역시 문주님은 저랑 잘 통하시는군요!"

운성이 해맑게 웃었다.

"설명해 주십시오, 사부님."

원평이 딱딱한 얼굴로 말했다.

한바탕 혈풍(血風)이 휩쓸고 지나간 실내에는 이제 차대혁과 엽상섭, 그리고 원평만이 남아 있었다.

차대혁이 손가락으로 관자놀이를 꾹 눌렀다.

머리가 지끈거렸다.

그가 피곤한 표정으로 탁자에 앉았다.

"나중에, 나중에 설명하마."

"아니오. 지금 들어야겠습니다."

"나중에 말해준다지 않느냐!"

"사부님!"

원평은 한 발자국도 물러서지 않았다.

엽상섭은 그저 착잡한 표정으로 창가에 서 있을 뿐이었다.

원평이 그런 그를 차갑게 노려보았다. 어찌 된 영문인지 모르겠지만 조금 전 일어났던 불상사에 그도 관련되어 있을 거란 강한 직감이 든 탓이다.

차대혁이 역정을 부렸다.

"나도 모른다, 이놈아! 웬 놈이 표 대협의 침소를 노린 게 아니더냐!"

"웬 놈? 지금 웬 놈이라고 하셨습니까?"

"……!"

차대혁이 흠칫 떨고는 말을 잇지 못했다.

알고 있었던 건가?

하긴 원평은 창비문의 소룡(小龍)이라고 불리는 인물이다. 아무리 비월대주의 얼굴이 만신창이가 됐다지만 조금만 눈여겨본다면 알 수 있었으리라.

원평이 노기 서린 목소리로 말했다.

"그자는 분명히… 비월대주였습니다."

"……!"

"제 말이 틀렸습니까?"

"…맞다."

"사부님!"

원평이 홧김에 다시 소리쳤다.

어찌 이런 대답을 이리도 태연하게 한단 말인가.

뭔진 몰라도 자신이 모르는 사이에 사부는 모종의 일을 꾸민 것이 틀림없었다.

그것도 치사하고 졸렬한 방법으로.

차대혁이 길게 한숨을 내쉬었다.

올 것이 온 것이다.

일을 먼저 저지르고 수습하자는 쪽으로 마음이 기울었었는데, 이제는 저지르기 전에 달래야 할 일이 생긴 게다.

"평아, 앉아라."

"이대로 듣겠습니다."

"앉아!"

원평이 마지못해 앉았다.

차대혁이 차분한 눈길로 그를 보았다.

"평아, 너는 작금의 강호가 어떻다고 생각하느냐?"

"엿 같다고 생각합니다."

"그럼 어떻게 하고 싶으냐?"

“당연히 마도 무리를 모조리 쓸어버려야 한다고 생각합니다.”

“그럼 언제가 좋다고 생각하느냐?”

“빠르면 빠를수록 좋다고 생각합니다.”

차대혁이 가만히 한숨을 내쉬었다.

“너는 내 수제자다. 어릴 적부터 너의 모든 면이 마음에 들었다. 해서 애착도 많이 가졌지. 처자식이 없는 나로선 네가 내 아들과도 같았다. 한데 네가 커갈수록 딱 하나가 마음에 들지 않았다.”

“뭡니까?”

“고집.”

“……”

“너는 굽힐 줄을 모른다. 굽힐 줄 모르는 자는 언젠간 부러지고 만다. 그게 강호의 법칙이다. 굽힐 땐 굽힐 줄을 알아야 한단 말이다.”

“갑자기 왜 그런 말씀을 하시는 겁니까?”

“들어보아라. 모든 것은 적기(適期)가 있다. 가장 알맞은 시기가 있단 말이다. 매서운 칼바람이 싫다 하여 성급히 꽃을 피운 나무는 결국 얼어 죽고 마는 법이다. 지금 강호가 바로 그렇다. 살을 에는 칼바람이 불고 있다. 이럴 땐 웅크려야 하느니라. 그리고 때를 기다려야 한다. 기다리다 보면 기회는 반드시 찾아오게 되어 있다. 세상 이치가 그렇다.”

차대혁은 잠시 뜸을 들였다.

잠시간이지만 무겁디무거운 침묵이었다.

그가 다시 입을 열었다.

"마교와… 손을 잡기로 했다."

"……!"

원평이 벌떡 일어났다.

"그게 무슨 말씀입니까?"

"들은 대로다."

"사부님!"

차대혁이 입을 한일자로 다물었다.

"이건 아닙니다! 있을 수 없는 일입니다!"

"평아, 지금까지 내가 한 말을 못 알아듣겠느냐!"

"못 알아듣겠습니다! 아니, 알아듣고 싶지도 않습니다! 이럴 수는 없는 겁니다!"

"어쩔 수 없는 결정이었다!"

"비겁한 변명입니다!"

"원평 네 이놈!"

차대혁이 노호성을 터뜨리며 내력을 끌어올렸다. 그의 장삼 자락이 세차게 펄럭였다.

하지만 원평의 표정은 조금도 바뀌지 않았다.

"하나만 묻겠습니다."

"무엇이냐?"

"표운성을 죽이려고 한 이유도 그것입니까?"

"만약을 대비해서였다."

“설화를 마교에 넘길 때 차질이 생길까 봐?”

“그 이유 또한 없잖아 있다.”

“하! 하하! 하하하하!”

원평이 실소를 터뜨리더니 이내 대소로 이어졌다. 입은 웃고 있었지만 눈은 그렇지 않았다. 분노와 서글픔이 뒤섞여 묘한 표정이었다.

“이런 분이셨군요. 제가 어려서부터 따른 사부님이 이런 분이셨군요!”

“우리 문이 언제까지 버틸 수 있을 거라고 생각했느냐? 이대로 버티다간 우리 역시 비검문처럼 모조리 개죽음을 당할 뿐이야!”

“…그러셨군요.”

“뭐가 말이냐?”

“비검문, 비검문의 멸문이 사부님을 이토록 나약하게 만들었군요.”

“그건 아니다. 이건 냉철하게 판단한 결과야.”

“됐습니다.”

원평이 손을 들어 올렸다.

그는 여전히 충격에서 벗어나지 못한 표정이었다.

비월대주가 죽을 때보다 더 심한 충격이었다.

그가 천천히 뒷걸음질 쳤다.

“사부님은 더 이상 제 사부님이 아닙니다.”

“평아, 너!”

"실망이 큽니다."

"앉아보아라. 와서 좀 더 이야기를……."

"아니오. 지금은 아무 얘기도 하고 싶지 않습니다."

원평이 몸을 휙 돌렸다.

"평아!"

하지만 그는 일별도 주지 않고 그대로 걸어갔다.

문을 열고 나간 그가 어디론가 몸을 날렸다.

차대혁이 손을 들어 올렸다가 힘없이 내렸다. 엽상섭이 다가왔다.

"충격을 많이 받은 모양이군요."

"아직 어려서 그럴 걸세. 한심한 녀석."

"너무 갑작스러웠으니 말입니다. 게다가 좋게 나온 이야기도 아니었고."

"저렇게 뛰쳐나갔으니 언제 돌아올지 모르겠군."

"오히려 잘됐습니다."

"무슨 말인가?"

엽상섭이 음흉한 미소를 지었다.

"그가 있었다면 서로 검을 겨눌 상황이 왔을지도 모르지 않습니까? 이대로 오후까지 나타나지 않으면 표운성과 설화 아가씨를 우리끼리 칠 수 있지 않겠습니까?"

"과연."

"처음 의도대로 원평의 일은 나중에 정리하실 수 있을 겁니다."

“하긴 그 아이가 없는 동안 일을 벌인다면 녀석도 별수없을 테지.”

차대혁의 눈빛이 차갑게 번뜩였다.

*   *   *

“원평이 문을 나섰습니다.”

극신이 보고했다.

운성이 천천히 고개를 끄덕였다.

원평이 분기탱천한 얼굴로 문을 뛰쳐나갔단다. 모든 것이 예상대로 움직이고 있다.

원평은 이번 일에 관련이 없다.

운성은 탁자에 앉았다. 그가 손가락으로 탁자를 톡톡 두드리며 생각을 정리했다.

간밤의 침입자들. 그들은 담도 크게 문을 통해서 잠입했다.

목적은 암살.

누구의 지시였을까?

너무 간단하다. 창비문이다.

극신은 항시 자신의 뒤를 은밀히 따른다. 그런데 극신은 멀쩡했다. 즉, 음식을 통해서 약효가 들어왔단 말이다. 그리고 준비하고 있었다는 듯 잠입한 암살자들.

게다가 차대혁은 그 암살자의 입을 열기도 전에 죽여 버렸다. 운성은 오늘 아침 암살자를 고문하면서도 시선은 차대혁을 응시하고 있었다. 암살자가 고문당할 때 차대혁은 극도로 불안해했다.

모든 정황이 말하고 있다.

'창비문이 마교와 손을 잡기로 작정했군.'

그렇다면 지금까지의 엽상섭의 행동도 모두 이해가 된다.

마음 한쪽 구석에 남아 있던 찝찝한 기분의 정체.

차대혁이 마교와 손을 잡기로 했다면, 엽상섭도 설화를 죽이기 위해 애쓸 필요가 없다. 아니, 그는 오히려 설화를 안전하게 이곳까지 데려오기 위해 노력했다.

왜 그랬을까?

창비문이 무사히 마교와 손을 잡기 위한 증표다.

차대혁이 설화를 마교에게 넘긴다면 마교로서도 이보다 확실한 보증이 없는 것이다. 훗날 창비문이 마음을 돌려먹는다고 해도 질녀를 팔아넘긴 문파를 어느 정파가 도와줄까.

말이 좋아 손을 잡는 것이지, 엄밀히 말하자면 충성의 증표나 다름없다.

"모든 게 착착 이어지는군."

운성이 재미있다는 듯 미소 지었다.

원평이 문을 뛰쳐나갔으니 언제 돌아올지 모른다. 어쩌면 창비문이 마교와 손을 잡을 것이라는 이야기를 들은 것인지도 모른다. 기분이 풀리려면 적어도 오늘 안으로 돌아오지 않을 가능성이 크다.

그럼 차대혁과 엽상섭은 어떻게 할까?

자신과 설화를 치려고 할 것이다.

가장 좋은 시기는?

오늘이다.

오늘 중으로 창비문은 자신을 공격할 것이다. 설화도 공격할 게다.

"이제 어떻게 하시겠습니까?"

"흥정을 해야지."

"예?"

운성이 웃으며 일어났다.

"수고했어. 나머지는 내가 알아서 하지."

"알겠습니다. 그럼."

극신은 두말하지 않았다.

운성이 알아서 한다고 했으니 그가 알아서 처리할 것이다. 그는 운성을 믿었다.

문주를 절대적으로 믿었다.

운성은 아무 일도 없었다는 듯 태연하게 행동했다.

창비문의 장원을 돌아다니며 이것저것 구경하기도 했고, 창비문에서 마련한 음식을 거리낌없이 먹기도 했다. 가끔 시녀들에게 원평은 왜 보이지 않느냐고 물어보기도 했다. 그럼 아침에 몹시 화가 나서 어디론가 갔다고들 하더라는 이야기만 돌아왔다.

운성은 마냥 생각없는 사람처럼 창비문 곳곳을 누비고 다녔
다.

하나 사실 그는 창비문의 움직임을 면밀히 살피는 중이었
다.

미세한 변화는 신시 초(申時初)에 일어났다.

창비문 무사들의 움직임이 묘하게 변하고 있었다.

'움직인다!'

해가 저물 때쯤 사단을 벌일 생각이리라.

운성이 걸음을 서둘렀다.

"아?"

설화가 멈춰서 운성을 보았다.

막 문을 열고 나오던 운성과 마주친 것이다.

운성이 웃으며 물었다.

"나 보고 싶어서 온 거야?"

"아니."

설화는 고개를 절레절레 흔들었다.

걱정이 돼서 왔더니 실없는 소리는 여전하다.

아침엔 너무 놀라서 운성을 찾아와 볼 생각도 하지 못했다.
암살자를 고문하는 운성의 잔인함에 치를 떨기도 했다.

하지만 시간이 지날수록 왠지 운성이 신경 쓰였다. 얼마나
놀랐을까? 기분은 괜찮을까? 장원을 서성이며 돌아다닌다던
데 마음이 진정되지 않은 걸까?

자신을 따라 여기까지 와서 그런 일을 당했으니 괜히 미안한 마음도 들었다.

한데 지금 보니 괜찮은 모양이다.

운성은 평소와 똑같은 모습이다.

운성이 씩 웃으며 말을 이었다.

"안 그래도 찾아가려던 참이었어."

"왜?"

"한 가지 중요한 사실을 알려주려고."

"뭔데?"

"그냥은 안 돼."

"그럼?"

"은자 오천 냥."

"뭐?"

설화가 놀라서 소리쳤다.

또 장난을 치나 싶어서 운성을 보았다.

한데 뭔가 다르다.

지금까지 실없는 소리로 장난을 치던 운성의 표정이 아니다. 마냥 은자만 밝히며 어떻게든 돈을 뜯으려 하던 그 운성이 아니었다.

운성이 말을 다시 이었다.

"정보 제공료로 오천 냥, 그리고 문제 해결까지 바란다면 오천 냥 추가. 도합 일만 냥."

"지금 무슨 소리 하는 거야?"

운성의 표정에 웃음기가 사라졌다.

"너에겐 아주 중요한 정보야."

"그게 뭔데?"

설화는 왠지 가슴이 뛰었다.

지금까지 너무 좋지 않은 소식만 잔뜩 들어와서 그럴까? 어쩐지 운성의 입에서 불길한 말이 나올 것만 같았다.

"좋아, 그럼 정보는 무상으로 제공해 주지. 단, 정보를 들은 후에 해결을 원한다면 일만 냥을 내는 거야. 어때?"

"말하기나 해, 그 정보가 뭔지."

짜악—!

운성의 뺨이 홱 돌아갔다.

그의 따귀를 올려붙인 설화의 손이 허공에 그대로 멈췄다. 그녀의 눈가에 이슬이 맺혔다.

운성이 뺨을 어루만지며 쑥스럽게 웃었다.

"한 대 맞았네. 헤헤."

"어떻게 그런 말을 할 수가 있니?"

"사실을 말했을 뿐이야."

"듣기 싫어!"

설화가 고함을 내질렀다.

그녀가 눈을 질끈 감았다.

"가버려!"

"응?"

“여기서 나가라고!”

“왜 그래?”

“왜? 몰라서 물어? 넌 숙부님을 모욕했어! 엽 총관님도!”

“그냥 사실을 말한 것도 모욕인가?”

“닥쳐! 그게 사실이라는 증거 있어?”

“증거라면 딱히… 하지만 정황상 분명히…….”

“믿을 수 없어! 절대로! 그런 말로 내게서 돈을 뜯어낼 생각이었니?”

“뭐, 돈을 받을 생각은 있었지만, 그러기 위해서 지어낸 말은 아냐.”

설화는 무섭게 운성을 노려보았다.

운성은 믿을 수 없는 말을 했다. 숙부와 엽 총관이 모두 마교에 예속됐고, 곧 자신을 죽일 것이라는…….

그리고 자신이 해결해 줄 테니 일만 냥을 내란다.

이런 말을 들으면 어느 미친 사람이 ‘고맙습니다’ 하고 일만 냥을 줄까? 숙부를 의심하기 이전에 운성의 말을 의심하는 것은 당연한 수순이다.

이를 알기에 운성도 설화에게 화를 내지 않았다.

설화가 힘없이 말했다.

“제발… 숙부님과 엽 총관님을 나쁘게 말하지 마.”

만약 그들이 정말 자신을 배신한다면 앞으로 살아갈 용기마저 잃을 것만 같았다. 상상하고 싶지도 않은 경우였다.

“현실을 직시해.”

운성의 표정이 차갑게 식었다.

설화가 그를 원망하듯 보았다.

모든 것이 혼란스러웠다.

"너랑 더 이상 얘기하고 싶지 않아. 그만 갈게."

설화가 몸을 돌렸다.

운성이 그녀의 팔을 낚아챘다.

"내가 그랬지, 난 믿어도 된다고."

"…시간이… 시간이 필요해."

"이런 건 아무리 생각해도 결론나지 않는 거야, 직접 배신당하기 전까진."

"그래도 지금은… 너무 힘들어."

설화가 손을 빼내고 걸음을 옮겼다.

그렇다.

운성의 말대로 배신당하기 전까진 깨우치지 못할 것이다. 그래도 지금은 싫다.

설화는 무겁디무거운 발걸음을 겨우 옮겨갔다. 그런데 막 객당 모퉁이를 돌아설 때였다.

쒜에엑!

허공을 찢는 소리와 함께 날카로운 검이 쏟아졌다.

설화가 반사적으로 물러나며 검을 쳐냈다.

까앙――!

쒜엑! 쒜에엑!

다시 이어진 파공음.

순간, 설화는 몸이 붕 떠오르는 것을 느꼈다. 어느새 운성이 그녀를 안은 채 뒤로 성큼 물러선 것이다.

타타타타탁!

설화가 있던 자리는 순식간에 가시밭이 됐다. 시커먼 철시(鐵 矢)가 바닥에 빼곡하게 꽂혔다.

사삭! 사삭!

담장 위로 흑의인들이 빼곡하게 나타났다. 그리고 객당의 양쪽 모퉁이에서 청의무사들이 우르르 몰려나왔다.

설화의 눈동자가 커졌다.

"창비문!"

반면 운성은 태연한 목소리였다.

"생각할 시간이 없다고 했지."

설화는 자신의 눈으로 보고도 믿을 수 없다는 표정이었다.

무사들 틈에서 두 사람이 저벅저벅 걸어나왔다.

차대혁과 엽상섭이었다.

"과연 눈치채고 있었나?"

차대혁이 운성에게 물었다.

운성이 히죽 웃었다.

"너무 빤하잖아."

"엽 총관의 말이 사실이었군. 아주… 약았다더니……."

"이 정도로 감탄하면 섭섭하지."

차대혁이 설화에게 고개를 돌렸다.

"미안하게 됐구나."

“숙부님……?”

“창비문을 위해서 어쩔 수 없는 선택이었다.”

설화는 고개를 내저었다.

“거짓말이죠? 그렇죠?”

“……”

“지금 저 놀라게 해주려고 그러는 거죠? 원평 오라버니처럼. 그죠?”

차대혁은 씁쓸한 얼굴로 시선을 내리깔았다.

설화는 마음이 바짝바짝 타들어갔다.

죽음이 두려운 것은 아니다.

그의 배신이 두려웠다. 그가 정말로 자신을 속인 걸까 봐. 자신이 믿을 수 있는 사람이 완전히 사라진다는 게 두려웠다.

설화의 눈길이 엽상섭에게 향했다.

“엽 총관님! 뭐라고 말씀 좀 해보세요!”

“죄송합니다, 아가씨.”

“그런……!”

설화는 아직도 꿈을 꾸는 기분이었다.

운성에게 얘기를 들었을 때, 그의 말을 완전히 무시했던가? 절대로 일어날 수 없는 일이라고?

그건 아니다.

분명 일말의 가능성은 있다고 마음속 어디선가 인정했다.

한데 너무 빨리 일어났다.

이건 빨라도 너무 빠르다.

아버지를 잃고 할아버지를 잃은 지 얼마나 됐나.

그런데 이제 숙부님과 엽 총관이 자신을 버리려고 한다.

슬픈 감정?

그런 건 느껴지지도 않는다. 마냥 당황스럽기만 하다. 어리둥절하다. 이유 없이 사지가 벌벌 떨린다.

그녀는 잘 알고 있다. 진짜 슬픔은 시간을 두고 천천히, 그리고 지독하게 철저한 모습으로 다가온다는 것을.

차대혁이 착 가라앉은 목소리로 말했다.

"널 해치고 싶지 않다. 네가 협조만 한다면 우린 널 건드리지 않을 것이야."

설화는 아무 말도 하지 못했다.

그저 멍하니 서 있었다. 넋이 나간 그녀의 귀에는 아무것도 들리지 않았다.

차대혁이 운성을 보았다.

"방해할 것인가?"

"난 대가없는 일엔 나서지 않아."

운성이 어깨를 으쓱였다.

"그럼 실례하지."

차대혁이 무사들에게 눈짓으로 명을 내렸다.

열 명의 무사가 설화에게 다가갔다.

"가시죠."

그들이 설화를 이끌었다.

설화는 멍하니 그들이 이끄는 대로 걸어갔다. 이때 운성이 뒤에서 중얼거렸다.

"할아버지만 불쌍하게 됐군."

순간 설화의 몸이 움찔 떨었다.

멍한 의식 속에 스쳐 가는 한 사람의 얼굴.

자신의 안전만을 빌어주던 할아버지.

무기력 속에서 작은 의지가 피어나기 시작했다.

그녀가 우뚝 멈췄다.

"……?"

차대혁과 무사들이 눈살을 찌푸리고 그녀를 보았다.

설화가 천천히 입을 열었다.

"물어볼 게 있어요."

"무엇이냐?"

"왜… 왜… 절 속이셨나요?"

"말했지만 창비문을 지키기 위한 어쩔 수 없는 선택이었다."

"정말 그 방법밖에 없었나요?"

"미안하구나."

"아버지와 할아버지는 숙부님을 믿었어요. 그래서 절 여기로 보내신 거구요."

"항상 옳기만 한 사람은 없다."

"할아버지가 틀렸다는 건가요?"

"시대를 읽지 못하신 거다."

“마교의 개가 되는 것이 시대를 잘 읽는 건가요?”

설화의 몸에서 살기가 서서히 피어오르고 있었다.

차대혁은 일이 간단하게 풀리지 않을 거라고 직감했다.

“그래야만 할 때도 있는 법이지!”

“당신은 비겁해! 치졸하고 간사해! 그래도 믿었는데!”

순간 차대혁이 버럭 맞받아쳤다.

“난들 어쩌라는 것이냐! 아버지를 잃고, 동생을 잃은 나는 슬프지 않은 줄 아느냐! 하지만 시대가……!”

“시대! 시대! 시대가 변해도 변하지 말아야 할 것들이 있는 법이죠!”

“그게 뭐란 말이더냐! 강함에 굴복하는 것은 강호의 법칙이고 자연의 법칙이다! 이 모든 것이 강하지 못해서 일어난 일이 아니더냐!”

검을 쥔 설화의 손에 힘이 들어갔다.

그녀가 착 가라앉은 목소리로 말했다.

“할아버지와 아버지를 생각해서라도 숙부님의 부탁은 들어드릴 수가 없어요.”

“네게 손을 대지 않으려고 했건만!”

설화가 얼음처럼 차가운 눈빛으로 차대혁을 쏘아보았다.

“비겁한 인간.”

차대혁의 눈썹이 성큼 올라갔다. 그가 노기 서린 목소리로 외쳤다.

“뭣들 하나! 끌고 왓!”

순간, 설화의 몸이 빙글 돌았다.

쉬쉬잇―!

츄아아악!

그녀를 둘러싸고 있던 무사들이 피를 뿜으며 쓰러졌다. 사방에서 열 명의 무인이 피를 쏟아내며 쓰러지자 마치 커다란 꽃이 그녀를 중심으로 핀 듯 착각마저 들었다.

비화검이었다.

그녀의 전신에서 살기가 폭사되어 쏟아져 나왔다.

차대혁이 이를 꽉 물었다.

"이익! 뭘 멍하니 서 있는 것이야! 쳐랏!"

명이 떨어지자 삼십여 명의 무사가 일제히 달려들었다. 검이 쏟아져 들어오고, 창이 쏟아져 들어왔다. 설화는 부드럽게 몸을 움직여 쏟아져 들어오는 창검을 피했다. 마치 바람에 나부껴 흩날리는 꽃잎처럼 가볍고 유연한 움직임이었다.

쏟아지는 창과 검은 나풀거리는 꽃잎에 상처를 내지 못했다.

우아하게 몸을 비틀며 창검을 피하던 설화가 손을 내뻗기 시작했다.

슈슈슉!

이번에는 그녀 주위로 혈화가 피기 시작했다.

"크악!"

"아악!"

꽃을 향해 달려들던 말벌들이 피를 토하며 쓰러진다. 그들은 곧 짓이겨진 꽃잎처럼 처참하게 쓰러져 갔다.

하나 그녀는 혼자였고, 적은 다수였다.

비화검이 여럿을 상대하기에 좋은 무공이긴 하지만, 상대가 지나치게 많았다. 게다가 설화는 아직 비화검을 대성(大成)하지도 못한 상태였다.

시간이 지날수록 진기가 소진되고 검이 무거워졌다.

그녀의 움직임이 더뎌졌을 때, 차대혁이 소리쳤다.

"궁(弓)!"

순간 설화를 감싸고 있던 무인들이 썰물처럼 물러나고, 담장 위의 흑의인들이 활을 쏘아냈다.

쒜엑! 쒜에엑!

새카만 철시가 그녀를 향해 사정없이 날아들었다.

땅! 캉!

"흐윽!"

몇 대의 철시를 튕겨냈지만 모두 피할 수는 없었다. 철시 두 대가 어깨를 베듯이 스쳐 지나갔다. 피가 튀며 그녀의 양팔에 선혈이 흘러내렸다.

털썩!

바닥에 착지한 설화가 한쪽 다리를 꿇었다.

"그만 가자."

차대혁이 담담히 말했다.

설화는 천천히 몸을 일으키고 물러났다.

그녀는 완전히 이성을 되찾고 있었다. 조금 전까지만 해도 갑작스런 상황에 정신이 없었다. 한데 사람을 베고 피를 보고 나니 정신이 확 돌아왔다.

그녀는 객당 문 뒤에 숨은 운성을 힐끗 보았다. 새카맣게 날아드는 철시를 피해 그곳에 숨었던 모양이다.

"표운성."

"응?"

운성이 문짝에 숨은 채 대답했다.

"너… 싸움 잘해?"

"엄청."

"믿어도 돼?"

"몇 번이나 말해. 속고만 살았냐?"

설화가 피식 웃었다.

그러고 보니 최근 속고만 살고 있다.

그래, 이왕 속는 거 한 번 더 속아보자.

그녀가 차대혁과 엽상섭을 무섭게 노려보며 말했다.

"일만 냥 줄게."

"오! 정말?"

운성이 소리치며 문짝에서 성큼 나왔다.

설화의 눈에 한기와 독기가 맺혔다.

"대신 모조리 죽여줘."

운성이 씩 웃었다.

"좋아, 의뢰 수락!"

그가 허리춤에서 구룡도를 뽑아 들었다.

차대혁이 이맛살을 구겼다.

"결국 방해할 셈인가?"

"의뢰를 받아서 말이야. 공짜가 아니거든."

"쯧, 명을 재촉하다니. 둘이서 우리를 상대할 수 있다고 생각하나?"

운성이 픽 웃었다.

"둘은 무슨, 나 혼자서도 충분해. 너희 같은 쓰레기는 말이야."

차대혁은 화내지 않았다.

어차피 두려움에 질려 허세라도 떠는 것이리라.

적어도 운성이 한 걸음 더 나서기 전까진 그렇게 생각했다.

"자, 시작해 볼까?"

운성이 한 발 내디뎠다.

그 순간, 장내의 무인들이 저도 모르게 움찔거렸다.

운성의 눈빛이 변한 것이다.

단지 그뿐이다.

한데, 운성의 눈빛을 바라보는 것만으로도 위축이 된다. 마치 범 앞에 선 강아지가 된 기분이다. 솜털마저 쭈뼛쭈뼛 선다.

지금까지 너무 헤픈 모습만 봐서 그런가?

사람이 완전 달라졌다. 이자가 조금 전까지 실없는 소리나 해대던 그 남자가 맞나?

전혀 다른 사람이 됐다.

사자(死者)의 눈.

운성의 눈은 마치 이미 죽어버린 사람의 그것과 닮아 있었다.

순간, 그 눈이 번쩍 빛났다.

『무적문주』 2권에 계속…

RELOAD

리로드

Book Publishing CHUNGEORAM
이수영 판타지 장편 소설

'Fly me to the moon' 의 작가 이수영!
'리로드Reload' 로 귀환하다!

—빈약한 운명 하나를 쥐어 그 자리에 넣었구려. 허나 그대가 되돌린 인간은 인간이라기엔 너무도 강한 운명을 가진 자요. 그자로 인하여 뒤틀릴 운명들은 어쩌하려오?

운명의 여신이 준엄하게 물었다.

—나는 대가를 치렀소. 운명의 여신 베기르 라라여, 동의하시오?

전신(戰神) 카자르 엔더는 하나 남은 혈손을 위해 신력의 반을 희생했지만 그의 투기는 흔들리지 않았다. 그는 현존하는 전쟁의 신이고 대륙에서 가장 크게 숭앙받는 신이었다. 하위 신들과 비슷할 정도로 신력이 감소했어도 그의 영향력은 줄어들지 않았다.

—오만하구려, 카자르 엔더여.

베기르 라라가 냉소했다. 운명의 여신은 평소에는 조용했지만 뒤틀린 시간과 인과에 대해서는 엄격하였다. 그녀가 다스리는 운명의 굴레는 신들조차 벗어날 수 없는 것. 장대를 휘두르는 눈먼 여신을 신들도 두려워했다. 그러나 오만하고 교활한 전신(戰神)은 그녀를 외면하고 항의하는 다른 신들을 향해 미소 지었다.

—누누이 말하지만, 말로만 떠들지 말고 덤벼.

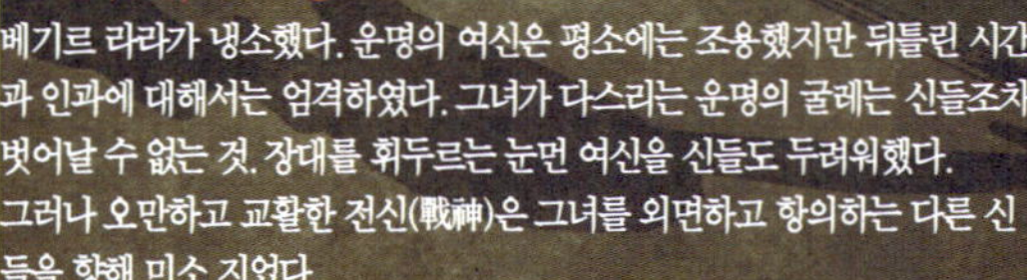

● '낙월소검(落月笑劍) - 달빛은 흐르고 검은 웃는다'
BOOKCUBE에서 절찬 연재 중.

Book Publishing CHUNGEORAM

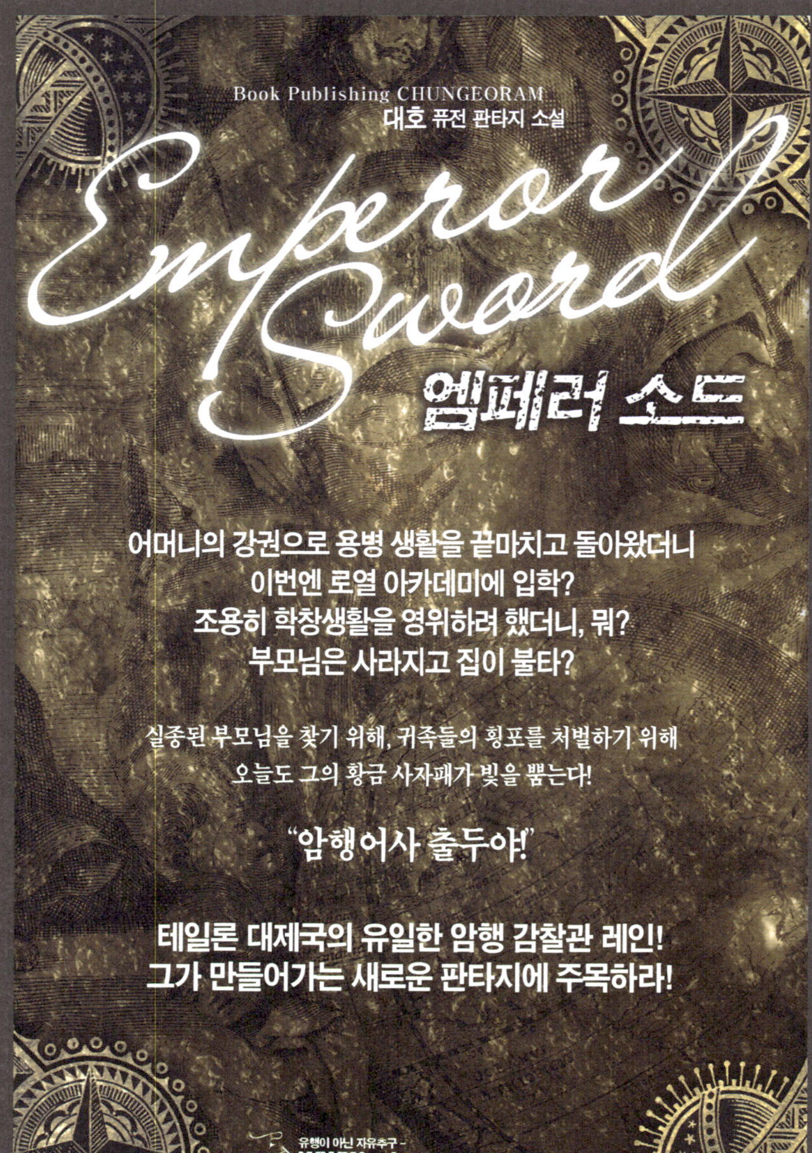
Book Publishing CHUNGEORAM
대호 퓨전 판타지 소설

Emperor Sword
엠페러 소드

어머니의 강권으로 용병 생활을 끝마치고 돌아왔더니
이번엔 로열 아카데미에 입학?
조용히 학창생활을 영위하려 했더니, 뭐?
부모님은 사라지고 집이 불타?

실종된 부모님을 찾기 위해, 귀족들의 횡포를 처벌하기 위해
오늘도 그의 황금 사자패가 빛을 뿜는다!

"암행어사 출두야!"

테일론 대제국의 유일한 암행 감찰관 레인!
그가 만들어가는 새로운 판타지에 주목하라!

유행이 아닌 자유추구 -
WWW. chungeoram.com
Book Publishing CHUNGEORAM